だいわ文庫

細菌No.731

霧村悠康

大和書房

主な登場人物

Q	謎の画家。
古都波風魔風	Ｓ病院医師。
依藤一郎	七色製薬会長。
菱田三男	鹿三島工業会長。
黒沼影潜	謎の老人。
田尻義男	黒沼の部下。
永沢冴子	黒沼の秘書。
西畑むつみ	女子大学生。菱田三男の孫娘。
吉村刑事	Ｓ署。依藤一郎担当。
川崎刑事	Ｓ署。依藤一郎担当。
武田尾刑事	Ｓ署。菱田三男担当。
里宮刑事	Ｓ署。菱田三男担当。
西畑美代子	菱田三男の三女。西畑むつみの母親。
栗原七海	某製薬会社研究所員。
山林多茂津	栗原七海と同じ研究室の別グループリーダー。
黒田光輝	Ｓ中央公園在住。
アリス	ＵＳＡ伝染性微生物研究所特別研究員。
ピーター	ＵＳＡ伝染性微生物研究所特別研究員。
ロクサーヌ	ＵＳＡ伝染性微生物研究所特別研究員。
マイケル	ＵＳＡ伝染性微生物研究所特別研究員。
ジョン・ブラウン	ＵＳＡ伝染性微生物研究所長。

目次

序　章　終戦前夜　7
第一章　ホームレス連続死　14
第二章　遺物の行方　39
第三章　三分の一　110
第四章　未知の蛋白質　167
第五章　人体実験疑惑　252
第六章　見えざる容疑者　313
第七章　暗黒の眠り　377
終　章　新型ウイルス　434

細菌No.731

序　章　終戦前夜

「最早（もはや）これまでか……」

部屋の扉の隙間（すきま）から外にあかりが漏（も）れないように、灯火に黒い布がかぶせられ、影の中で三つの野太い声が搾（しぼ）り出された。窓はない。冷たい壁が四面を取り囲んでいる。

地上にある建物の中では、これからの不安に苛（さいな）まれながら、右往左往する軍服姿がみすぼらしい。

「そもそも、あの馬鹿どもにこの国を任せておいたのが、この日の間違いを起こした根本原因だ」

「そうですな。この戦争は、初めから勝ち目はなかった」

「それが証拠に、真珠湾攻撃から間もなく、帝都東京が米軍の空襲を受けている」

「それを大本営は、うまく人民の目から隠しとおした」

「あの攻撃を知る者は、実際に被害をこうむった東京の爆弾の下にいた者たちだけですからな」

「しかも報道管制だ。国民が知るはずもない」

「そのまま、米軍の戦力が欧州に向けられているのをよいことに、亜細亜をものにせんとやりたい放題。だいたい判断が間違っていたのだ」

「あの時、米軍がこちらに鉾先を向けていたら、とうの昔に我が国は」

「まず、これほどまでに神国日本が侵されることなく、戦争は終わっていたでしょうな」

男の感情を含まない冷たい声が、あとの二人のおしゃべりを押し止めた。

「そんなことはどうでもいい。これがこの国の運命だったのだ。あとからなら何とでも言える。ならば、君たちにこれまでの動きを止めることができたかね」

ほかの二人は不服そうな唸り声をあげたが、この期に及んで、戦争の是非論を問うても、所詮意味のないことと思ったのか、それきり静かになった。それに時間がなかった。

地下室の中にいるこの男たちにとって、目の前に広げられている図面をどうするか、ただその一点において、緊張が解けなかった。

六尺（約百八十センチ）四方もあろうか？　ほぼ正方形の紙面で、何やら細かい線が縦横に入り乱れている。

「図面はこれ一枚だな？」

「最初は三枚ありました」

「あとの二枚は？」

「一枚、私の責任分は、ご命令どおり、確実に焼き捨てました」

「灰はどうした」

「焼却炉の中ですが」

「完全に焼けたのだな？」

影の中に、首を縦にふる気配が感じ取れたのか、質問した男は安堵したようだ。

「では、もう一枚は？」

「我々は、これまでに多大の犠牲を払って、いったい何をしてきたのか……。この戦争は何だったのか。なくしたものは計り知れませんぞ」

「君の感傷を訊いているのではない。質問に答えたまえ。もう一枚の図面は？」

「昨日、ご命令どおりに、やはり焼き捨てました」

「灰は？」

同じ質問がとんだ。

「全部集めて、その辺にばら撒いておきましたよ。まさかあれをまた集めてどうにかしようなんて輩は」

「撒き散らしたんだな。どのくらいの範囲にだ？」

「そうですな。日本全国でしょうかな」

「なんだと！」

「あ、これは失礼。何しろ、屋上に昇って、風に撒き散らしましたからな」

そう、この男は喜々として、もう間違いない戦争の終結に心を躍らせ、とてつもなく重たい荷物であったあの図面を、炎の中に投じたのであった。

「さて、最後の一枚を焼却すれば、すべてはこの世から消え去る。だが、これから将来どうなるか知れたものではない。これまでに何年、いや十数年に渡って密かに進められたこの計画。利用価値はいくらでもある」

「しかし、連合国軍がこの国を支配するんですよ。植民地になるかもしれない。日本という国がもうなくなるかもしれない。そんな中で……あんた……初めから、この一枚は残しておくつもりだったのだな。私たちのほうの図面を焼き捨てさせておいて、これだけを独り占めしようという腹だったのか」

「いいや、独り占めするつもりはない。第一、私がこれをこのまま持っていたら、もし万が一見つかった時に、極めてまずいことになる」

「じゃあ、どうするつもりだ」

「三人で、三等分して隠し持っていようと思っている」

「何ですって!?」

「三等分だなんて。どういうことです？」

「なに、一人が見つかっても、あとの二人の持つ図面がなければ、実体はつかめないということさ」

「それはそうですが。そうしてまでも、この計画をこのまま持っている価値があるのですか？」

「あるに決まっているだろう。今言ったように、これほどまでのものは、世界に二つとはないだろう。必ず使い道が出てくる。この国の再興のためにはな」

まさに明日、長かった戦争の終わりが告げられる。ポツダム宣言の無条件受諾が決められたばかりだ。完膚なきまでの敗戦であった。

原子爆弾の投下を待つまでもなく、日本の主要都市は連日の空爆で、ほぼ壊滅的な被害をこうむり、国全体が機能しなくなっていた。これからどうなっていくのか？誰にもわからなかった。

この計画の存在を世界が知ったら、人類の歴史の中でも、最も驚愕に値するものになるだろう。それほどまでに、長い年月をかけて菊００号作戦は、なんら変更されることなく、密かに続けられていた。

それが、戦争の終結とともに、完全に封印されようとしている。

「この図面を、三寸三分（約十センチ）四方に分割してくれ。正方形だ」

二人は釈然としないままに、また残すことを承諾したわけでもないのに、いつの間にか図面の上に縦横の線を引き、そこに鋏を入れていた。

しばらくすると、三百枚ほどの、一辺が三寸三分の正方形の紙が束ねられた。かさばる紙の山がいくつもできた。

「これを三つに分けて、一人ずつ保管するのですか？」

「そういうことだ。どこでも自分が最も安全と思われるところに隠しておいてもらいたい。場所は君たちに任せる」

紙片が三つに分けられた。

「どれでも取りたまえ」

それぞれが束を懐にねじ込んだ。

「私が号令をかけたら、集まってもらいたい」

「しかし、我々にもし万一のことがあれば、どのようにして、我々が隠した場所を知ることができるのです？」

「確かに君の言うとおりだ。だから一人でも欠けたら困るのだ。したがって」

改めて緊張した気配が伝わる。

「毎年この日、十四日、互いの無事を確かめ、こうして分散させる図面が再び必要となる状況にないかどうか、考える時間を作りたいと思うのだ」

二人は思わず闇の中で、見えない顔を窺った。

「私はひとまず、ここから去る。君たちは知っているはずだ。銀座の一丁目に最も頑丈（がんじょう）に作られた地下壕（ごう）があることを。確か以前に一度、君たちと入ったことがあったな」

二人に、一年ほど前の銀座あたりを歩いた時の光景が、瞬時浮かんだ。長く暗い階段が、彼らを地表からはるか深くの、音に聞く帝都地下網に導いたのであった。

「あの時、入口があった建物は、私の所有だ」

「それにしても、何も、わざわざこのような危ない場所で会わなくても」

二人の口から不満そうな声が漏れた。

「いや、この東京を中心にしばらくは時間が動くだろう。ここにいなければ、この国の先のことはわからないに違いない。危険極まりないが、ここにいなければならない」

できるだけこの東京から遠ざかりたい衝動に押し潰されそうになりながら、しかし、今後も今までどおりの生活を何とかして続けようと思うならば、この地に留まらなければならない矛盾に、彼らは気がついていた。

その後三人は密かに、混乱する大本営の地下室を出た。すぐに地上に出る必要はなく、張り巡らされた地下通路の一本ずつをそれぞれが選び、それぞれの方向に辿（たど）っていった。

第一章　ホームレス連続死

1

六十数年後の大都会東京には、戦争当時の面影はない。

都心の朝は、昨夜からの雨も上がって、さわやかな青空が広がっていた。雲一つない空は久しぶりであった。

日の光はまだ周辺の高層ビルに阻(はば)まれて、地上まで降りてきてはいなかったが、S区の中心にあるこの広い公園の底も徐々に明るくなり始めていた。

音さえ都会の底には届きにくいらしい。木立(こだち)の中に散在する青いテントも、ひっそりと静まり返ったままだ。木々は梢(こずえ)に小鳥たちを遊ばせていても、それもいつものことで、誰一人注意を向けるものもない。

いつの頃から、そこにいるのか……。

この界隈(かいわい)では有名な老人が、公園の片隅で暮らしていた。

年はわからなかった。頭にはふさふさと白い髪があふれている。住んでいるところが公園の中という以外、普通の老人であった。いつもこざっぱりとした身なりをしていた。

老人はしばしば同じ公園に住む人々の視界から消えた。そして、気がつくと、老人は公園にいた。

テントの中の空間には、整然と家財道具が並べられ、この老人の際立った特徴として、おびただしい量の書物が積み上げられていた。老人は普段はテントのすぐ側の木陰に身体を休ませて、文字を追っていた。

「あのじいさん。よほど偉い学者か何かじゃないか？」

「ああ。本当に難しいことをいろいろと話すんだよなあ。俺たちにはチンプンカンプンだ」

「世捨て人だな」

「何言ってやがる。俺たちだって、世捨て人じゃないか」

「おっと、そりゃそうか。こりゃ、忘れてたよ」

げらげらと笑い声が公園にこだました。そのような噂を気にすることもなく、老人は静かに暮らしていた。時が流れて、老人の身体にも時間が過ぎた。

そして、今朝の晴れ渡った空の下で、老人のテントの中だけが静かなままであった。

周りの住民たちが賑(にぎ)やかにその日の活動を始めても、老人は出てこなかった。

「じいさん、今日は姿を見ないが、どこかに行ったのかね？」

「いや、このところ毎日いるよ。いつもなら本を読んでいる時間だがなあ」

「まさか、ヤバイんじゃないだろうな」

空は青いというより昼の太陽に白く、公園の中も人が頻繁(ひんぱん)に通っている。いささか汚れの目立つ連中がテントの前に集まった。

「おい。じいさん。邪魔するよ」

中に空気の動きは感じられなかった。

少しばかり嫌(いや)な予感に、彼らはテントを開けた。目の前に、静かに横たわっている老人の身体があった。

「なんだ、じいさん、いるじゃないか」

顔を覗(のぞ)かせた人々の問いかけに、老人は答えなかった。

「何だか、様子が変だ」

簡易テントである以外、一般の居室と何も変わらなかった。片隅に千羽鶴がかかっているのが、ホームレスの老人の住む広がりに何となく和やかな感触を与えている。

考えてみれば、長いつき合いにもかかわらず、男たちはこの老人の名前を知らなかった。

「おい、じいさん」

老人は黙ったままであった。目を開ける様子がない。男は布団の上から老人の肩に手をかけてゆすり始めた。老人の首がぐらぐらと揺れ、それでも老人は目を開けなかった。

「こりゃ、おかしいぜ」

つい先日も、同じ公園の中で、やはりテント暮らしの男が一人、死んだばかりであった。

「救急車だ」

「脈が弱いぜ」

男は、テントの入口から覗いている何人かの仲間たちに、絶望的な目を向けた。

公園を通って通勤している者たちは、男たちが集まって騒いでいるテントにあまり目を向けないようにしながら、傍らを足早に通り過ぎていく。けたたましい救急車の音が近づいてきても、そこからばらばらと白衣の救急隊員が走り降りてきても、無関心のままに人々は足を速めた。

「この人ですか？」

「そうなんだ。起きてこないので呼びに入ったら、息はしてるようなんだが、返事しないんだ」

「お名前は？」

男たちは押し黙ったままだ。首をふっている者もいる。

「お年もわからないでしょうな」

「血圧が測れないくらいに低いな。尿失禁もある。見たところ、外傷はないようだが」

「S病院救急に搬送しよう」

公園から一番近い救急病院であった。このあたりで何かが起こると、大概はS病院に運び込まれる。

「脳内出血か、梗塞じゃないでしょうかね」

老人の腕に点滴のための針が挿入され、しっかりと固定された。透明な注射液が、老人の腕に吸い込まれていった。

担架が運び込まれ、老人の細い身体が軽々とその上にかつぎ上げられた。

再び、けたたましいサイレンの音を公園中に響かせながら、救急車は走り去った。

「このところ、やけに病人が多いな」

「なあに、この前あったばかりだから、そう思うだけさ。玄さんも相当の年だっただろ。このじいさんだって、いくつになるやら。何かあってもおかしくない年だよ」

混み始めた都会の交通を巧みに避けながら、救急車はS病院の門に滑り込んでいた。

2

昨夜から一睡もせずに救急患者を診続けていたS病院の当直医古都波は、乱れた髪を汗の滲んだ額にはりつけながら、目の前の高層ビルの間から一直線に落ちてきた陽光に、眩しそうに目を細めた。

当直勤務が終わる午前八時まで、あと半時間ぐらいであった。人というのは、始動し出した頃にいろいろと災禍に巡り合う確率が高いらしい。当直の残り三十分でバタバタと、さまざまな患者が運ばれてくる。

病院玄関から、都会の朝日をわずかばかり楽しむことができたのは、むしろ奇跡のようなものであった。

古都波医師は、周囲を高層ビルに包まれ、わずかな隙間の中に満ちる白い太陽の光を感じるのが好きであった。すべての光が自分に向かって落ちてくるような気分がする。視野の中に映る暗いところと明るいところが、キャンバスの上で躍る影と光のように感じられ、絵筆が闇を撫でれば光が満ちて、時間が運ぶ映像のような動きをかもし出す。

一瞬間の芸術家気分は、遠くから近づいてくる救急車のサイレンで、あっという間に破られた。

病院の前を行く人たちには日常のことで、何の関心も示さず、それぞれの目的地に向かって歩いている。誰が救急車の中で唸っていても、所詮、他人事であった。自分が異常なく歩いていることがごく当たり前のように、何も考えることなく、人は進む。

次の瞬間に地震が起こるかもしれず、また次の瞬間に足元が崩れ落ちるかもしれない危険性をはらんだ大都会に、あるいはまた、横でビルを建設中の工事現場にそびえ立つクレーン車が突然倒れてくるかもしれない危険性さえあることも考えることなく、人々は平和に時を過っていく。

古都波はそのようなことを考えながら、静かに救急車の到着を待っていた。サイレンの音が空気を震わせてやんだ。

「先生。公園で老人が起きてこないという通報がありまして」

救急車の後部に回り、寝台を器用に運び出しながら、救急隊員は、搬送した身元・年齢不詳の老人の状況を、簡潔に古都波に伝えている。

意識はなかった。顔が生きている人間の表情ではなかった。酸素マスクを外してみても、細胞の一つひとつが静止して、生気というものがまったく感じられなかった。呼吸は停止し、脈ももちろんなかった。皮膚はまだ温かみを保っていたが、生きている人間の体温ではなかった。

「搬送中、心臓マッサージは続けていたのですが」

救急隊員が少し残念そうに呟いた。

「我々が着いた時には、もう血圧もほとんど測定できませんでしたから」

看護師が手際よく老人の衣服を脱がしている。肌が顕わになったところから、古都波は順に皮膚を見ていったが、特別暴行を受けたような跡もなく、体表自体には何も問題がないと判断された。

「心筋梗塞でしょうかね」

すでに蘇生術は意味がないと考えたのか、古都波は死因を特定すべきと考えていた。事件性がないかどうか。

「頭、胸、腹のCT。それと血液検査」

都会の中心では、どのような患者が運ばれてくるかわからない。一見、特別な問題がないように見える患者でも、犯罪が潜んでいる症例がままある。

これまでの経験からS病院では、救急搬送されて死亡した症例については、今、古都波医師が言ったような検査は、病院経費で必ず行うようにしていたのである。

救急隊員が、老人の身柄を古都波にあずけて、あとはよろしく、と言いながら引き上げる時、S署の刑事とすれ違った。彼らは目で挨拶を交わしながら、事件性はないか、と尋ねる刑事に、病死のようです、と答えている。公園内でのホームレスの死は、警察が関与することとなる。

時間は午前八時を過ぎていた。古都波の勤務時間は終わっていた。だが、古都波は、都会の底で孤独の死を迎えた老人に、特別な感情を持つことなく、機能していない老人から二十ccの血液を抜いたあと、身体にシーツをかぶせると、老人の乗ったストレッチャーを自ら押して、レントゲン室に向かった。

老人の身体がCT室に消えた。

「診察したところ、とくに妙なところはない。DOA（到着時死亡）だ」

技師は軽くうなずくと、CTの操作を始めた。通常の検査では、自動的に、はい、息を止めてください、という機械的な声が入るが、この老人の場合意味がないので、技師はその音声を切った。

すぐに撮影が始まった。老人の身体がせり上がり、撮影ドームの中に移動していく。一枚一枚身体の輪切りの映像が、一センチ間隔で画面に現れてきた。

「頭蓋内には、何もなさそうだな」

老人の脳は、八十～九十歳と推定される年齢のわりには、たいした萎縮もなく、もちろん、出血や梗塞もない。

二人は無言のまま、胸、腹、骨盤腔と現れる画像を見ている。

どのCT画像にも、死因となりうるような病変は見つからなかった。

「動脈硬化もたいしたことないな。何を食べていたか知らんが、この年齢にしては、綺麗なもんだ。贅沢をしている現代人のほうが、はるかにひどいのがいる」

再び老人をストレッチャーに横たえて、白い布で身体を覆うと、古都波は救急室まで戻った。部屋の入口で待っていた刑事たちが振り向いた。古都波は軽く頭を下げた。

救急室担当の看護師が小さな紙を手に、古都波に近づいてきた。

「この患者さんの血液検査の結果です」

CTを撮っている間に、データが出ている。古都波は、さっと検査結果に目を走らせた。

「格別な異常はないようだな」

血球も、蛋白質も、肝臓の機能も、腎臓、電解質なども、通常の測定範囲で目立った異常値は見当たらなかった。

「強いて言えば、少し蛋白質が低いくらいか」

老人の年齢あるいは生活を想像すれば、それもいたしかたない範囲のことであった。

「この年にしては、貧血もないな。案外、健康的な生活をしていたのかもしれん」

古都波は何となく妙に感心している。

「ん？　リンパ球のパーセンテージがちょっと低いかな」

血液細胞の解析結果で、リンパ球の欄が2・8パーセントとなっている。その分、白血球の中の好中球という細胞の占める割合が多くなっていて、そこは95・6パーセントとあった。

だが、それも死因となるほどの問題ではない。古都波は、老人の死は自然死と判断した。

これらの一連の検査結果を含めて、古都波は待っていた刑事たちに自分の診断を述べ、特別な問題は認められないと伝えた。

「また、無縁仏ですか……」

つい最近も、同じようにS中央公園から年齢不詳の男が運ばれてきた。その日のうちに患者が息を引き取ったことは、病棟に顔を出した時に気がついた。その男も無縁仏になったと聞いた。

目の前で老人は元の衣服を着せられて、そのまま警察の手に渡された。今度は病院の裏の出口から、誰に見送られることもなく、静かに運ばれていった。

「おやっ？」

古都波は、部屋を出る時、脱衣籠の中に何やら紙切れが落ちているのを見つけた。折り鶴のようであった。古都波は手に取ってみた。老人の衣服が入れられていた籠である。

確かにそれは折り鶴であった。古紙で折られた鶴で、紙の色がどのようなものであったか、くすんでわからないような折り鶴であった。背や尾のところが毛羽立ち始めている。色褪せた紙のわりには、鶴の形がはっきりとしていた。

「あの老人が持っていたのかな？」

老人の持ち物だとすると、何か救急室のストレッチャーの上で屍となった老人の静かな姿に相応しいような気がして、古都波は手のひらにその折り鶴をそっとのせたまま、更衣室に向かっていた。

3

老人は几帳面だったようだ。鶴の羽根やら尾の部分が、紙が古びていることを差し引けば、ほとんどズレもなく、確実な鋭角を保って折られていた。

古都波はじっとその折り鶴に視線をやった。鶴の折られた羽根の奥に模様らしいものがある。羽根の部分を少し押し広げてみると、そこには色褪せたインクで書かれた線と、数字があった。線は直線と、曲線が混ざっているようだ。

何かの切れ端でも利用して折られたらしい。古都波は対になっているもう一方の羽根の中も覗いてみた。やはり、同じような線が引かれている。

古都波は興味をそそられて、破れないように、折り鶴をていねいに広げてみた。

何かの図面かと思われるような直線、曲線、そして少しばかりのかすかな数字が現れた。

古都波は紙を表裏、両方見比べてみた。この折り鶴の素材となった紙はやはり図面の一部であったようで、裏面は無地であった。

「ずいぶん古いもののようだが……」

描かれた線は、すべてが折り紙の端まで伸びており、当然、その折り紙に続く紙があったとすれば、それらの線は、そちらにも伸びているに違いなかった。古都波は、折り紙の端にじっと目を凝らした。

紙が古くなって、少しばかり毛羽立ったところもあるが、よく見てみると、直線ではない。細かいゆがみがあった。

「何かもっと大きな図面を切って、折り紙として利用したようだ。面白い模様だ」

図面と見れば、どこかの場所なのかもしれなかったが、古都波にはそこに縦横に走る線が、何だか少しばかり前衛的な絵画のような気がしてきて、その線が自分の視界の中でぐるぐると動き回るかのように感じた。

「ふん。なかなか面白い……」

S署では、運び込まれた老人の遺体が、普段どおりの手順を踏んで、監察医の手で詳細に検分されていた。刑事が書いた一枚の報告書の中に、S病院の医師名があるのを見ている。

「それじゃあ、S病院の先生は、この老人の死に何も問題はないとおっしゃったんだな」

監察医は老人の身体をひっくり返したり、戻したりして、ざっと全身を検視した。

「じゃあ、問題ないだろう。私の見たところでも、とくに外傷もないし、死後の格別な異状反応も認められない。事件性はないと考えていいと思う」

「そうですか。それでは死体検案書お願いします」

「この老人の名前は？」

「それが……今、相棒のほうが老人の住んでいたという公園のテントを調査にいっています。何か手がかりがあるかもしれません」

「それじゃあ、本人の名前がわかってから検案書を書くか」

ひとまず老人の遺体は防水袋に入れられて、低温庫に収納された。すでに体温が、生きている時よりもずいぶん下がっていた老人の身体は、低温庫の中で、あっという間に残りの熱を吸い取られて、まさに冷たい骸（むくろ）となって横たわっていた。

　一方、S中央公園の老人のテントに着いた二人の刑事は、捜査を進めていた。

「じいさんは、どうなりましたかね？」

　尋ねた男に、吉村（よしむら）刑事はじろりと視線を投げると、

「死んだよ」

　答えながら、もうそれ以上の質問は許さないというような威圧感を目の動きに加えた。男たちがざわめいた。

「じいさん、死んだんだってよ」

「もう年だからなあ」

　テントの中に入ろうとしていた川崎（かわさき）刑事が、その言葉をとらえて振り向いた。

「年？　老人の年を知っているのか？」

「あ、いや。そういうわけでは……。でも、あのじいさん、ずいぶん長くここにいるって話ですぜ」

「そうそう。本当か嘘か知らんが、何でも、戦争が終わってからずっといるらしい」

「戦争？　太平洋戦争か。そんなバカな。それじゃあ、もう六十年以上も前じゃないか」

　ざわめきを耳にとどめながら、刑事たちは、老人のテントの中を、手際（てぎわ）よく調べていった。

書物の山であった。妙にいじくると、片端から崩れ落ちそうであった。

川崎刑事が一冊の古ぼけた本を開いて見せた。

「ここに名前があります」

背表紙の裏側に、馬場一夫とあった。墨で書かれたようで、本自体が黒ずんでいて読みにくいが、確かにそう読めた。

「あの老人の名前でしょうか？」

一冊一冊開くたびに埃を吸い、古い紙の独特の匂いに閉口しながら、何か手がかりはないかと、刑事たちは黙々と書物を調べている。

今度は吉村刑事が、くるりとこちらを向いた。

「ここには、林浩一郎とあるぞ。先ほどとは別の名前だな」

「あ、ここにもあります。依藤一郎」

それからも、書物に書かれた名前が数人見つかった。木村正夫、山本好兼、中倉道明……。

「これじゃあ、どれが老人の名前か、わかりませんねえ」

「この様子じゃ、どれも本の持ち主というだけで、全然老人とは関係がないかもしれんぞ」

それから一時間も経ったであろうか。テントの外では、公園の住人たちはすでに解散し、それぞれの生活に戻っていた。日もまた傾き始めて、少しずつ周囲の高層ビルの影が、園内を端から暗くしつつあった。

さしもの大量の書物も、ほとんどすべてが調べられて、横によけられた。

整理ダンスのようなものが一つあり、中には、どこで集めてきたのか、何着もの衣服や下着が、案外綺麗な状態で納められている。だが、これと言って、身元の手がかりになるような物件が隠されている様子もなかった。

タンスの上段の小さな引出しの中には、細々としたものが詰まっていた。ざっと見渡した刑事の目に、缶に入っている錠剤のようなものが捉えられた。つまんでみると、フィルムに包まれた薬の粒であった。７７１０、７７１１などと数字が打ってある。

「じいさん。病院にでも行っていたのかな？」

「まあ、ビタミン剤でも飲んでいたんじゃないか」

「鑑識に頼んで分析してもらわなくていいですかね」

「別にかまわないんじゃないか？　死因は自然死だからな」

身元不明の死人は、この大都会では日常茶飯事である。蒐集した名前の一つが老人のものとして特定し得る可能性は、他の情報がない今の段階では皆無であった。

次から次へと凶悪犯罪が起こる今日、事件性に乏しい一人の老人の死に、いつまでもかかわりあっている暇はなかった。

「千羽鶴がある……」

川崎刑事がつるされた千羽鶴に手を伸ばした。

「そんなもの置いておけ。後日、役所の担当がかたづけにくる。この書物にしても、全部いずれは廃棄処分だ」

身体中に古書の匂いと、もしかしたら戦後六十数年の埃が沁み込んだかもしれないという想いで、二人の刑事はテントの外で大きく背を伸ばした。排気ガスで汚れた都会の空気も、この時ばかりは新鮮に思えて、肺胞の中一杯に充満させたのであった。

4

東京の真ん中で、一人の老人に死が訪れていた頃、太平洋を越えて遥か遠く彼方、北米大陸の東の端、ワシントンＤＣ郊外にある研究所の中で、関係者たちはちょっとした緊張に包まれていた。

この研究所は、周囲二十キロメートルに棲息するものといえば野生の動植物のみで、人の居住地はまったくなく、特務機関の厳しい管理下に置かれていた。

自然の地形と、生茂る万緑の森に遮られて、衛星からも捉えられることがない。

極めて危険性の高い細菌、ウイルスなどの伝染性病原微生物が、研究所の施設の中で、それもごく限られた空間で扱われていたのである。

研究にたずさわる、とくに優れた研究者も選抜された数人のみであり、研究特務については、一切（いっさい）を彼らの頭の中に秘めていた。

万が一にも、ここで保管されている微生物が何らかの形で外に出ると、まさに世界中を感染症に巻き込むパンデミックな恐慌（きょうこう）を引き起こす危険性があった。毒性は、それぞれの微生物によって異なってはいたが、いずれ劣らぬ強力な毒素であった。

感染すれば、間違いなく死が待っている。

今、彼らの目の前の画面に、細かく震えるように蠢（うごめ）く、無数の小さな物体が映し出されていた。

「これが細菌７６０です」

この細菌の映像を撮影した研究者が、冷静な声で、明瞭に発音した。

「ほぼ、二年に一度、遺伝子変異を起こすのはご承知のことと思います。今のところ、今回の変異が完成するのは、今月末と推計されます」

目の前の画面が変わり、変異が完成した期日と題したスライドが示された。

「あと二週間ほどだな。この次の変異の予想はできているのか？」

「もちろんです。先回動いた遺伝子の位置は、完全に検証済みです。過去数回の遺伝子の動きから、７６１の変異は三通りの可能性が考えられます」

スライド画面が変わった。

「まず、第一の可能性が」

ポインターが動いて、細かい文字の並んだ遺伝子の塩基（えんき）配列の、あらかじめ赤い色で記されている部分に止まった。

「ここに、例のトランスポゾン（移動可能な塩基配列）が動きます」

残りの研究者の目が、塩基配列の上を走り回る。

「できてくる毒性を持つ蛋白質は」

今度は、今示された塩基の移動で作られた新しい遺伝子から得られるアミノ酸配列が示された。三次構造と呼ばれる、蛋白質の立体構造まで描出（びょうしゅつ）されている。

「毒性はどうなる？」

「約二倍ですね」

「新しい種類の毒性の可能性は？」

「この変異に関しては、なさそうです」

「この変異に関しては、ということは、残る二つの変異では、また新たな毒性の発現があるというのかね？」

研究者の指がキーを押した。

「これが二つ目の可能性です」

　続けて蛋白質の三次構造が映し出された。

「こちらの蛋白質の毒性は、この構造から見てもわかるように、性質が細菌７６０と明らかに違ってきます。この蛋白分子が攻撃するのは」

　研究者が示したのは、主として神経系に発現している蛋白質であった。

「神経毒か？」

「そうです。性格が違っているので、細菌７６０の毒性と比較はできませんが、以前に類似した神経毒を発現した経緯があります」

　スライドが変わって、細菌７５５と出た。

「ほぼ十年前のデータですが、今回のこの二番目の可能性の変異と類似しております」

「どの程度だ。もし感染したなら」

　答えは間髪をいれず、研究者の口から出た。

「この変異株はこれからのものです。細菌７５５のデータから類推するに、人ならば数日のうちに確実に死亡します。一〇〇パーセントです。マウス、ラットともに一時間以内に死亡します」

「それでは、第三の可能性について説明を続けてもらおう」

「第三の変異でも、出てくるのは、今までの毒素と同じ性質のものです」

「ならば、第一の可能性とどう違うのだ？」

「いえ。どうやらこの第三の変異では、一つの遺伝子から二つ蛋白質が作られる可能性があるのです」

「なるほど。それで」

「アミノ酸配列と三次構造から類推するに、それぞれ一つずつの蛋白質の毒性は、これまでのものとほぼ同じと考えられます」

「アミノ酸の一部が、一方では抜け落ちているだけなんだな」

　同じ遺伝子でも、ＤＮＡ（デオキシリボ核酸（かくさん））の塩基配列の読み始めが二ヵ所ある場合があり、そうなると違ったアミノ酸配列になる。すなわち二種類の蛋白質ができることになる。

「二種類の蛋白質を産生する細菌は、これまでにあったか」

「過去に遡（さかのぼ）って調べました。細菌７４８があります。二種類の毒素を出しますが、致死性は弱いものです」

「二つの蛋白質が同時に産生されるとして、今回何か特別なことが起こる危険性はどうだ？」

「同じような性質の蛋白質ですから、毒性が少し増えるだけだと考えますが」

「それにしても、一つでも毒性が極めて強いのだから、それが倍となると……」

「いえ。倍になるかどうか。それに、７６１の蛋白質も体内に入れば、ほぼ即死ですから」

所長ジョン・ブラウンが立ち上がった。いかつい肩の大きな男であった。青い目が冷たく光っている。他の若い研究者が白衣を着ている中で、この男だけはスーツに身を固め、隙（すき）なくネクタイをしめていた。

所長は部屋から出ていく時に、思いついたようにドアのノブにかけた手を離して、後ろを振り向いた。

「これまでの一連の研究の中で、細菌の毒性が致死的なものになってきたのは、この三十年くらいのことだ。それまでの細菌は毒性はあったが、弱かったか、あるいは死亡するまでに時間を要した」

押し黙って緊張した顔つきで耳をそばだてている研究者の顔をぐるりと見渡した所長は、脅（おど）すように声を低めた。

「この建物の実験室はすべて、カメラでモニターされているのを知っているな。二十四時間、監視しているということだ。何か起これば、直（ただ）ちに研究室は遮断（しゃだん）される仕組みになっている」

誰も身動きをしなかった。

「動作を見ていれば、実験中に失敗したかどうか、簡単にわかるものだ。君たちは、常に毒性の高い細菌を扱っているということを知っている。失敗したら死ぬという緊張感があるだろう。失敗すれば間違いなくパニックになるような動作が現れる。失敗という行為から導き出される即座の感情の動きがね」

所長は落ち着いた声に戻った。

「で、失敗がわかった瞬間に、その研究室はすべての外界から遮断されるようになっている。この部屋とても例外ではない。汚染が判明すれば、直ちに四方のシャッターが落ちる。我々は完全に隔離される。まあ可能性は少ないが、地震が起きて、汚染が起こっても同じだ。その場合は建物全体が遮蔽(しゃへい)される」

「そのあとはどうなるのです？」

「焼却される」

所長はあっさりと言った。

所長は、遮断された研究室の内部だけが火葬されるとつけ加えた。

「各研究室は大型のコフィン（棺(ひつぎ)）と思えばいい。わかったかね、諸君。諸君に任された研究は、もちろん諸君も充分に認識していることと思うが、半世紀以上にも渡って極秘裏に、世界のどこにも知らされぬまま続けられてきたものだ。このようなものは極めて危険だから、何故(なぜ)焼却しないのかと疑問に思うだろう。だが、これを完全にこの地球から抹消できないわけがあるのだよ。もちろん、国防上もこのような病原体を持っていることは大きな武器になる。こちらには抗毒素もある。こちらがやられる心配はない。しかも変異を繰り返していく細菌だ。例えば敵対する国が抗毒素を作っても、こちらはまた新たな変異株を手にすることができる。いつまでも、永久に防衛し得ない生物兵器を保持できるということなのだ」

研究者たちは直立不動、身体がこわばっていた。

「だが、理由はそれだけではないのだ。私には、先任者から申し送られている別の懸念材料があるのだよ。いつか必要な時がくれば、話すことになろう。だが、私はその時が永遠に来ないことを祈っている」

謎めいた言葉を残して、ジョン・ブラウンは靴音高く立ち去っていった。

第二章　遺物の行方

1

東京銀座一丁目、中央通りを少しばかり東にそれたところに、古い洋館がある。もう少し東に歩を運べば、そこにはまた広い道路が中央通りと並行して走っている。

それぞれの大通りの地下には銀座線と都営浅草線が走っているが、大都会東京の地下鉄は、はたしてこれほど多くの地下鉄線が必要なのかと思えるくらい、やたらめったら、地中奥深くを縦横無尽（じゅうおうむじん）と言えるほどに、走り回っている。

よくこれで地面の底が抜けないものだと、地図を眺（なが）める度に感心する者もいるに違いない。

その二つの道路、あるいは二本の地下鉄線に挟（はさ）まれた一角に、いつ建てられたかわからないようなくすんだ壁面を、きらびやかな銀座の世界に平気でさらけ出しているこの洋館、一銀荘（いちぎんそう）があった。

壁の一部が黒ずんでおり、その煤をもっとよく分析すれば、それは六十四年前にこびりついたものであることがわかるであろう。昭和二十年三月十日の東京大空襲で被害を免れた建物は、こうして昔日の苦しみ、悲しみの痕をとどめているのだ。煤に混じって、当時災禍に焼かれた人々の恨みを刻み込んでいるのかもしれない。

軋むような観音扉を押し開けて中に入ると、そこは薄暗い廊下である。床は石が敷きつめられていて、歩けばでこぼこと、少しばかり不安定であった。

やや薄暗い奥に歩を進めると、右手に階段があった。手すりも足元もすべて木で作られていて、細かい華やかな洋風の彫刻が施されている。だが、幾多の足に踏まれた階段の板木はすでに縁が丸くなり、また手すりは年季を語るように黒光りしている。

最近までこの建物はアパートメントとして、各部屋に住人がいたらしい。建物の老朽化とともに入居者は減り、ついにすべての借家人がいなくなった時、一銀荘の管理人は、いくつかの部屋の内装を現代風に変えて、それらを貸し出したのである。

一階の両脇を占める大部屋は、服飾の店舗として商売をしている。二階より上階の小部屋は、外の廊下や入口の扉の古さとは比べ物にならないほどの明るい内装に変わり、一つひとつの部屋のほとんどがギャラリーとなっていた。

この時代錯誤しそうな一銀荘の三階の一室、銀座アートと称する画廊を借りて、現代美術作家の絵画展が開かれていた。

絵画展を訪れた人は、まず一銀荘の建物に驚き、中に入って石の回廊と薄暗い不安定な階段に驚き、さらに三階まで登ってきて、少々不安になってくる。

こんなところに画廊があるの……。そのような疑念もまた、一銀荘の雰囲気にぴったりで、むしろ時代を間違えたような楽しみがある。

暗い階段と廊下の先に灯(とも)るあかりは、この極めて古い建物の中に、何か時間を遡(さかのぼ)ったような奇妙な幻想をかもし出し、訪れる人々に別世界の感覚を与えていた。

いつの頃からか、誰ともわからない謎の画家Qから、多くの人々に、絵画展の案内状が届くようになっていた。ほとんどの人は興味を示さず、案内状はすぐさまゴミ箱行きとなったが、何割かの人は暇に任せて、毎年変わる会場に出かけていった。入場無料である。

Qという人物が誰なのか、ということに、画商を含めて画廊を訪れた大半の人は興味を持ったが、本人が「Qです」と名乗って会場に現れたことは一度もなく、会場となった画廊の持ち主すら、本人と会ったことはなかった。

会場の予約はすべてインターネットで行われ、絵画の搬入搬出は運送業者任せであった。

画廊の賃料は、個展の前に確実に支払われていたから、画廊主はQ本人が現れようが現れまいが頓着(とんちゃく)しなかった。

Qの絵は、多岐に渡る手法が用いられていた。油絵、水彩画、鉛筆画、切り絵、水墨画などなど。絵の大きさも小さいものは名刺の大きさから、大きなものは畳(たたみ)二畳もありそうなものまで。会場に入ると、何だか目が回るようであった。写実中心という以外は、とても一人の手になるものとは思えず、Qとは個人ではなく、複数の画家の集まりと人々は考えた。

ただ、今回はこれまでのものと違った画風の絵が一枚、何か異質な感覚を持って、切り絵やら水彩画に混じって置かれていた。

その絵はちょっとしたデザイン画のようでもあったし、子どものなぐり書きのようでもあった。鉛筆とインクで描かれた直線やら曲線やらが、十号くらいの画用紙の上を這(は)いまわっていた。ところどころ記号とも思えるような文字や数字らしい図形が散らばっており、乱雑に描かれたように見えて、どこか秩序があるようにも捉(とら)えられる絵であった。

これまで、写実主義とも呼べるような油絵やら水彩画、鉛筆画を見ていた客たちは、このぐるぐる巻きの線描画を見て、一様に首をかしげた。

ごく一部の人々だけが、Qに属する一人が新しい分野を切り開いたか、あるいは別の画家が加わったと解釈した以外は、ほとんどの客はその絵の前を、顔をしかめて通り過ぎた。客たちは、次の絵がまた元の写実画風に戻っているのを見て取ると、ホッとしたように絵の前で歩を止めるのであった。

一銀荘と同じくらいに古い、いや年をとった老人が一人、Qの絵画展会場に姿を見せたのは、会期がちょうど半分くらい過ぎたある日の夕方であった。

表通りの賑やかさから隔絶したような姿のその老人は、杖を手にしてはいるものの、肩幅が広く、がっしりとした体格であった。しっかりとした足取りで、迷うことなく奥に進み、暗い階段をしくじることなく三階まで上がってきた。

老人は寒くもないのにコートを羽織っていた。額には深く皺が刻まれていて、長く白い眉毛が、奥に光る目を覆っているかのようだ。頬から顎にかけても長い髭が伸びており、これもまた人相を隠すような感じで、白く光っていた。

老人はQの絵画展会場の入口に立って、白っぽく光る部屋の中を見渡した。

老人の目は躊躇いなく一枚の絵の上に止まった。ほかの絵には目もくれなかった。真っ直ぐに視線を絵の上に固定したまま、すぐ前まで進んだ。

老人は絵の前で動かなかった。目の奥で眼球だけがせわしく動いていた。十号くらいの大きさの画面の中を、ぐるぐると見回していた目が、ほぼ中心のあたりで停止した。さらに顔が近づいた。

十号ばかりの絵の中の、目の前のごく小さな、およそ十センチ四方の部分、そこだけが老人の意識の中にあった。

その部分には、色褪せたインクで書かれた細い直線と曲線が絡み合いながら描かれており、ところどころに小さな数字のような、あるいは記号のような文字が、わざと少しかすれたように、そうすることで何となく絵画的になるように工夫されていた。

周りの線や模様は中心となる図柄からの延長であり、最初しばらくはその延長線を追いかけていた老人の目も、結局は延長部分には興味あるところを見出せなかったようで、やはりじっと十センチ四方の部分だけに集中していたのである。

やがて老人の口から、呟きが漏れた。

「とうとう見つけたぞ……」

老人は声を聞かれるのを恐れでもするかのように、慌てて周りを見回して、部屋の反対側に一人の男の客を見つけると、ぎょっとしたように身体を固くした。

いつの間に入ってきたのか、その男性客は老人を無視しながら、絵をゆっくりと順に見ている。何の変哲もない、普通の絵画好きの客のようであった。

老人は部屋の外に出ると、画廊から離れたところまで廊下を進んだ。そこは借り手もない部屋が並んでいて、薄暗い。老人は携帯電話を取り出した。

「今、一銀荘におる。三階の画廊の借主を調べてくれ。三〇三のほうだ。部屋を借りている人物に連絡をとりたい」

わかりました、という相手の声に電話を切りかけて、老人は慌ててつけ加えた。

「ああ、もう一つ。今、三〇三号室の画廊では、Qという画家の絵画展が開かれておる。この人物あるいは団体が何者か調べてもらいたい。何？　いや、Qだ。アルファベットのQ……。そう、一文字だ。何年か前から、この銀座界隈で絵画展をやっているところまでは知っておる。謎の画家Qなんて呼んでいる輩もおるらしい。できる限り、このQを特定してもらいたい。よろしいな」

携帯電話をぱちんと閉じると、老人は再び画廊に足を入れた。そして先ほどの男性客がまだいるのを見ると、少しばかり顔をしかめながら件の絵に近づいて、またしげしげと見入るのであった。

2

大都会東京は夜も眠らない。

地上の煌々としたあかりを反映した空が白っぽくても、やはり背景の宇宙の暗さが夜であることを人々に認識させている。メインストリートは昼間の喧騒をそのまま引き継いでいるが、そこから少し入った住宅街は、結構静かな時間が流れているところもある。

そのような数少ない閑静な住宅街を、一人の老人が、街灯の光で作られた長い影を目の前の道路に落としながら、ゆっくりと歩いていた。

すでに真夜中近い。つい先ほどまで、旧友と会い、遠い昔話をしてきたところであった。

まさに半世紀を超えた時を隔てて、突然連絡が来たのである。それは青天の霹靂ともいえるような邂逅で、実際、老人はその旧友はすでに死んだものとばかり思っていたのだ。

別れたのち毎年、同じ場所同じ時間に会う約束をしていたにもかかわらず、つき合いはほぼ数年で途絶えていた。

もう一人、同じように会う約束をしていた友も、いつの間にか姿を見せなくなった。二人とも死んだのであろうと勝手に推測しながら、今日まで過ごしてきたのだ。

それが、昨日、不意に電話がかかってきた。初めは誰だかわからなかった。相手の名前を聞いて、老人は仰天した。

「そうだよ。俺だよ。何をそんなに驚いているのだ」

「当たり前だろう。いったい何年ぶりなんだ」

「いや、少し日本におれない事情があったものでね。しばらく海外にいたのだ。十年くらい前のことだよ、帰ってきたのは」

「海外って、どこにいたんだ？」

「そんなことは、どうでもいい。君には関係のないことだ」

「相変わらずだな。あんたは自分のことになると一切しゃべらないのは、昔と同じだな。それにしても、本当にあんたなのか？」

「会えばわかるよ。明日、例の場所に来てもらいたいのだ」

「例の場所って、あそこのことか？　まだ、残っているのか？　いまさら、何の用だ」

「それは会ってから話す。と言っても、俺たちの間で話すことといえば、八月十四日の約束以外にないじゃないか」

「今頃あんな約束、どうしたというのだ。あんなもの、この現代にどうしようというのだ」

「電話ではこれ以上話せない。とにかく来てくれ。もちろん、紛失はしていないだろうな、あの時に分けた図面。夕刻七時でどうだ」

電話は一方的に切れた。

老人は、今取った電話がまるで夢であるかのような気分で、自分が座っている大きな椅子とデスク、そして自分がいる部屋をぼんやりと眺め回した。

背後からは、都会の高層ビルに遮られることなく陽が差し込んできていて、デスクの上に飾られている小さな写真を照らしている。その写真の中には、若い美しい女性が一人、こちらを向いて微笑んでいる姿が写っていた。

　老人は、自分が今、一番愛おしく思っている孫娘の姿をじっと眺めた。そして、何ごとか心に決めたように、目の前の電話にまた手を伸ばした。


　老人は、遠くで光る夜空を感じることなく、前を行く自分の影に視線を落としながら、先ほどまで会っていた相手とのやり取りを思い出していた。

　何十年ぶりかで会った相手は、昔とまったく変わってはいたが、深い眼窩の奥に光る目だけはそのままで、間違いなく本人であった。

「おい、依藤は来ないのか」

「あいつの行方はわからない。お前のほうこそ、知らないのか。私が海外にいた間にも、連絡は取れていると思っていたが」

「なに、あいつもいつの間にか、ここに姿を見せなくなったのだ。その後は知らん」

「そうすると、君だけが、この現代の世で、成功したと言えるのだな」

「それはどうかな。私は、そのまま事業を大きくしただけだ」

「まあ、いい。そんなことは、この菊００号作戦に比べれば、屁みたいなものだ」

「やはり、そのことか？」

「当たり前だろう。それ以外に我々に何の約束があったというのだ。昨日、電話でもそう言ったはずだ」

「いまさら、この現代の、当時とはまったく様変わりした大東京に、あんなものを持ち出して、どうしようというのだ」

相手の老人は、長い眉毛の下に、ずるがしこく動く目の光を隠しながら、殊勝な声で言った。

「俺も老い先短くなってきた」

少しの間の沈黙があった。

「それで、菊00号の事実を、今の政府に知らせようと思う。これからの日本に、大いに利用価値があるだろう」

思いもよらなかった発言であった。老人は面食らった。

「何だって！　あの事実を今の政府に。利用価値がある？　あんたも変わったな。まさかそのような殊勝な言葉をあんたの口から聞くとはな」

老人は相手の顔を疑り深そうにじっと見つめたが、目の中までは見えなかった。

「いくらでも利用はできるだろう。この大都会が、さらに恩恵をこうむるのだ。いいじゃないか。過去の戦争という罪悪の償いだ」

こんな奴じゃあない。菊00号作戦をまた蒸し返そうとしている本音は、きっと別のところにある。老人は警戒心をさらに強めた。

「何か私の言うことに疑問があるようだね。だが、今も言ったように、私はこの国に何らかの貢献をして、あの世に行きたいのだ。どうか私の気持ちを汲み取ってくれ。あの図面、君の持つ三分の一を私に返してくれないか？」

「仮に私の持つ図面をお返ししたとしよう。だが、残り三分の一はどうなる？　依藤は行方不明なのだろう。彼の持つ三分の一がないと、図面は完成しないはずだ」

「確かに君の言うとおりだ。だから、今、私は部下に命じて、依藤の消息を調べさせているところだ。私は一年ほど前に、確かに依藤だと思える人物を見かけている、この東京で」

「な、何だと！　依藤を見かけただと！　じゃあ、依藤が見つかり次第、残りの三分の一の図面も手に入るというわけだな」

それまでは、自分の持つ三分の一も、あのまま隠しておいたほうが安全のようだ。簡単には、この男に渡せない……。

「あんたがそこまで菊００号作戦を復活させたいと思っているとはな」

「どう思ってくれてもいい。とにかく、この国への私からの餞別だ。図面を返してくれ」

相手は机の上に額をこすりつけた。

「わかった。私の預かった図面は、お返ししよう。というより、私もあんた同様の権利があると考えてよろしいな。返すにあたって、条件が一つある。私もあんたと行動をともにさせてもらいたい。あんたの言ったことが、確実に実行されるか、この国を危険な方向に導かないか、それをこの目で確かめたい」

いささか自分の身に及ぶ危険をはらんでいる。老人はそれを覚悟の上で、再び日本が戦火にまみえることを極度に恐れるあまり、そう提案した。愛する孫娘の顔が一瞬浮かんだ。

声を聞いた相手が、腹の中で笑い声をあげたところまでは、老人は気づいていない。

「かまわん。好きなようにしてくれ。君に三分の一を預けた時点で、君にもそれだけの権利が生じたとしてよかろう」

「そうか。それでは、図面をお渡ししよう。だが、今、ここにはない。あるところに隠してある」

「どこだ？　すぐに持ってこれるところか？」

急いた男の声が奇妙に響いた。やはり、何かおかしい。

「いや。遠くだ。取りにいくのに、一週間は時間が欲しい」

「一週間？　何故、そんなに時間がかかるのだ」

「だから遠いところと言っている。そうだな、来週の今日、また電話をくれ。その時に、次の会合の時間を決めよう。もし万が一、私に連絡が取れないようだったら、まだ図面は回収できていないと考えてもらいたい。その時は、次の週だ」

「何だと！　一週間と言ったではないか？」

「私の今の仕事を何だと思っているんだ。あんたが何をしているのか知らんが、私はこれでも毎日、忙しい日々を送っているんだ。まだ現役で働いているのだぞ」

老人の現在の地位を知っているだけに、相手は押し黙った。

「一週間で何とかする努力はしてみよう。あんたのほうも、その間に依藤の情報を集めておいてくれ」


そのことを思い出しながら歩いている老人は、目の前の自分の影が震えているように感じた。だが、それは自分が震えたわけではなく、背後から車のヘッドライトが迫ってきたためであった。光に照らされた影が左右にゆれて、長く短く伸び縮みした。

老人は妙な感覚を覚えて、後ろを振り向いた。

目を射たのは、迫りくる太陽のような二つの強い光であった。

3

そこだけ奇妙な静けさであった。

道路のわきの樹木の中に、奇妙に折れ曲がった老人の肉体が、ところどころ大きな裂け目から血液を噴出させながら、引っかかっていた。

老人を撥ね飛ばした車は、速度を落とすことなく、少しふらつきながら、そのまま走り去った。

老人の家は、すぐ近くであった。

朝、目を覚まして、横に夫が寝ていないことに気がついた老妻が、不安で心臓がきゅっと痛くなるのを感じた時、遠くからパトカーのサイレンと思われる音が近づいてきた。老妻は、これはもうそのサイレンの音が夫の災厄を意味していると信じ込んで、慌ててつっかけを引っ掛けて外に飛び出した。すぐ先の道路を塞ぐように人だかりがあった。

何かを取り巻くようにして立っていて、誰もが青ざめた顔に口を閉ざしていた。停まったパトカーからバラバラと警官が降りると、集まっていた人たちの輪が崩れた。

警官の指示で、人々は遠ざけられ、直ちに道路を塞ぐようにロープが張られた。

老妻は、胸が潰れるような思いで、よろよろとそちらのほうに近づき、無意識のうちにロープを持ち上げて、中に入ろうとした。

「あ、入っちゃいかん」

警官がとんで来て老妻を押さえたものの、すでに老妻の目は、すぐわきの木立の中に引っかかっている物体を捉えていた。物体に絡みついている衣服らしいものに見覚えがあった。

「お、おとうさん……」

老妻は声を震わせながら、搾り出すように夫を呼んだ。

「おとうさん……」

肉の塊のようになった夫の顔と思われる部分に視線が動いた時、老妻はその場に崩れ落ちていた。

老人の身元は、したがって簡単に判明した。

菱田三男八十八歳。鹿三島工業会長という肩書きがあった。

死亡していた場所からすぐ先の屋敷に、老妻と二人で住んでいた。娘三人は皆嫁いでいて、菱田は長女の婿に会社を譲り、自分は会長として引き続き忙しい業務をこなしながら、老妻と悠々と過ごしていた。

老人は左側から、ほとんどブレーキをかけないまま突っ込んできた車に撥ねられたらしく、左半身がことごとく破壊されており、右半身と大きなずれを生じていた。ちょうど人間を二つに縦割りにして、ずらしたような格好であった。

撥ね飛ばされた時に、木立の幹にでも激突したのであろう、顔面はほぼ原型をとどめていなかった。脳漿が割れた頭蓋骨からはみ出して、木の枝に引っかかっていた。

「それにしても、ひどい撥ねようだな」

「ええ、ブレーキの跡すら見えません」

「左のほうの損傷が激しいようだが、左からぶつかったにしては、道路の方向と矛盾するが」

「おそらく何かに感づいて、被害者が振り向いたところに突っ込んだんじゃないですかね」

「ブレーキをかけていないとすれば、害者を初めから」

「その可能性はありますね」

「狙われる理由が何かあるのかな？」

「まあ、日本有数の大きな建設会社の会長ですから、何かあってもおかしくはないでしょうが」

「ともかく、轢き逃げ事件だ。加害者の車両の特定を急げ」

「この近くにお住まいの方で昨夜、深夜、そうですな、午後十一時頃から午前一時頃までの間、何か妙なことに気づかれた方はおられませんかな。この状況では、おそらくは被害者を撥ねた時には、相当大きな音がしたかと思いますが」

武田尾（たけだお）刑事が声を張り上げた。野次馬の輪がゆれた。一人が声をあげた。

「このあたりは、夜遅くはほとんど人通りがありませんよ。車もあまり通りません。よくこんなところで、事故が起きたものだ。不思議なくらいですよ」

鑑識と話をしていた里宮（さとみや）刑事が戻ってきて、武田尾に囁（ささや）いた。

「車は特定できるそうです。もちろん、詳しいことは帰ってから、ということですが」

武田尾は大きくうなずいたのち、またあたりをぐるりと見回して、都心にもこのような閑静な場所があるのかと、少し驚いたような顔つきで首をかしげた。

いつも騒々しい世の中で動き回っている武田尾に新たな感動を与えていたこの空間も、突然、散り始めた野次馬をはじき飛ばすように駆け込んできた一人の女性によって崩された。

「お父さん……」

「お嬢さんですかな？」

武田尾の問いかけに、女性は答えた。

「西畑（にしはた）と申します。ここで父が事故に遭（あ）ったと連絡があったものですから」

「菱田三男さんのお嬢さんですね」

父親の名前を男の口から聞いて、女性は父親の災禍（さいか）を確信したようだ。

「残念ながら、お亡くなりになりました。ご遺体は司法解剖のために、本署へ運びました」

「死んだ……。解剖? いったい、何が……」

西畑美代子(みよこ)、菱田三男の三女と名乗った女性に、武田尾は遺体発見時のことを話した。

「轢き逃げと思われます。昨夜、深夜」

「そんな……。そ、それで、母は?」

「ああ。お母さんは少し気分が悪くなられたようで、救急車で近くの病院に運びました。病院の名前は、ええっと、誰か聞いているか?」

警官の一人が寄って来て、病院の名を告げた。

「おじいちゃんが亡くなった……」

祖父が轢き逃げの犠牲(ぎせい)になったことを告げられると、むつみの視界が見る見るうちに涙でくもり、彼女はそのまま床に崩れ落ちた。握りしめた携帯電話から、母親の声が聞こえてくる。

「むっちゃん、むっちゃん。大丈夫?」

美代子も泣き声だ。

自分の名前を誰か別人のもののように遠くに感じながら、むつみはつい一昨日の夜、祖父菱田三男からかかってきた電話を思い出していた。

東京の実家を離れて独り、奈良の女子大学に通うむつみは今年二十一歳になる。何人かいる菱田三男の孫の中でも、ひときわ目立つ美人で、祖父の最もお気に入りの孫娘であった。

それまで手元から離したことのないむつみが奈良の大学に合格し入学すると言った時、両親は彼女が巣立っていくのを受け入れる心の準備ができていたのに、祖父は断固として反対した。可愛いむつみを、会いたければすぐにでも呼び寄せることができる距離に置いておきたかったに違いない。

むつみの報告を、祖父は唖然とした顔で、次には怒りで膨張した静脈を額に浮かばせ、最後には悲しみに満ちた顔で聞いていた。今までに見たことのないような祖父の表情の七変化をみて、むつみは少しばかり祖父が気の毒になったが、そこは我慢、と奈良に行くことをきっぱりと告げたのであった。

友人と近くのレストランで昼食を摂っている時にかかってきた祖父からの電話は少し奇妙なもので、むつみは祖父の身に何かが起こったのかと訝ったくらいだった。

「むっちゃんか？　おじいちゃんだ。じつはむつみに頼みがある」

あらたまった祖父の固い声に、むつみは首をかしげた。

「今日これから、むつみに手紙を送る。その中には大事なことが書いてある。なくさないように大切にとって置いて欲しい。おじいちゃんももう年だから、おじいちゃんに何かあったら、そこに書いてあることをよく読んで、むつみが思う形で行動して欲しい」

「ええっ？　何のこと？　変なこと言わないでよ、おじいちゃん」

「読めばわかる。あるものの隠し場所が書いてある」

「隠し場所？　あるものって、何よ？」

むつみの問いには答えず、祖父は続けた。

「それをどう利用しようと、むつみに任せる。大切なものだ。だが、放っておいてもどうってことのないものだ。無視してくれてもいい。無視しておいても、何ら問題のないものなのだ。今のままならば。だが、一方では使いようによってはとても有意義なものになる」

訳のわからない祖父の電話に、むつみは一緒に食事をしていた友人を気にしながら、

「わかったわ。とにかく、おじいちゃんからの手紙が届いたら見てみるわね」

と告げた。菱田三男は、安心したように電話を切った。

祖父の最後の声を聞いてから、まだ二日と経っていない。突然の訃報（ふほう）であった。祖父の一昨日の言葉が、何か祖父の災厄を予知したかのようにいまさらながら思えて、

むつみは床に臥したまま泣き続けた。

やがて、むつみは手の中の電話がツーという音しか発していないことに気づくと、ようやく顔をあげた。学校に行くために施したわずかばかりの化粧が、涙で完全にぐしゃぐしゃになっている。

今日は午前中に講義があった。午後からは何もない。むつみは気を取り直した。涙と化粧で汚れた顔を冷たい水で洗い、もう一度薄い化粧で顔を引き締めると、むつみは毅然と背筋を伸ばして、いつものように机の上に飾ってある二枚の写真に、行ってきます、と告げた。そこには、両親の写真に並んで、祖父菱田三男の顔が微笑んでいた。

4

銀座一銀荘、三〇三号室の画廊で開催されていたQの絵画展の最終日が来た。

老人が現れたあと、一銀荘の周辺では一人の男が、鋭いまなざしを建物のあたりに送っていた。男は時には会場の三〇三号室に上っていったりもしていたが、ついに絵の作者らしき人物には巡り合わなかった。

最終日は午後五時で閉場となる。その時間に合わせるように、一台の小型のトラックが一銀荘の前に横付けにされて、中から大きなサングラスをかけた男が一人出てきた。風邪でもひいているのか、顔半分を覆うような白いマスクを着けていて、時々咳き込んでいる。

男は一銀荘の中に入ると、さっさと三階の会場に足を運んだ。そこにはまだ女性の客が一人いた。

女性の客はサングラスの男を認めると、眺めていた絵から目を離して、男に向いた。

「もう、おしまいですわね」

「そうですね。そろそろ五時ですから」

「どなたかが回収に来られるのかしら」

男は奇妙なことを訊く客だと思ったのか、じろじろと女性を見つめている。かすかに沈丁花の香りが漂った。

「五時です」

男は女性のほうに腕時計を突き出しながら、もう一度言った。

「そろそろかたづけますから」

「あなたが回収なさるの？」

男は無言で、絵画をワイヤーから取り外し始めた。

女性はまだ立ち去らずに、男に声をかけてきた。

「あのう……。あなたはこちらの絵をお描きになった画家の方ではいらっしゃらないのですか？」

絵画を手に抱えながら、男は後ろ向きのままで答えた。

「いいや。わしは運送屋です」

野太い声だ。何となくマスクの中にくぐもって、聞き取りにくい。

女性客は一枚の絵の前に足を運んだ。それは先日老人が佇（たたず）んでいて、さかんに調べるように眺めていた線描画であった。

男の取り外し作業が、次第にその絵に近づいてくる。女性が絵の前から動かないのを見ると、男はそこを通り越して、残りを外しにかかった。

ついにその絵一枚を残して壁ががらんとすると、さすがに男は女性に声をかけた。

「もう外したいんですが」

女性は後ろに下がった。

「この絵がお気に入りなんですね？」

尋ねられて、少し嬉（うれ）しそうに女性はうなずいた。

「運送を依頼されたのは、今回の絵画展を主催された方ですよね」

「そうだと思いますが。わしは会社から、今日この時間に、ここの絵画を全部回収しろとだけ言われてきたものですから」

「わたくし、ここに何回も足を運んだのです。この絵を売っていただきたくて。でも、どなたに言えば売っていただけるのかわからなくて。絵画展Qとありますが、Qというのは画家の方たちの集まりか何かですか？　あるいはQというのは、お一人のお名前でしょうか」

男は何も答えず、作業を続けている。女性は仕方なく、一人でしゃべっている。

「作者の方もいらっしゃらないようだし、画廊の持ち主の方に連絡をさし上げても、わからないの一点張りで。最初は隠していらっしゃるのかと思いましたが、画廊主の方も作者の画家さんとは直接会われたことがないようで、手の打ちようがなかったのです。最終日にここに来れば、作者の方にお会いできるかと思いまして」

まだ三十くらいのその女性は、洋風の顔つきに、少し愁（うれ）いを帯びたまなざしで、さかんに男に訴えてきた。

男は最後の一枚、線描画を取り外した。そして隣室に姿を消すと、今度は次から次へと絵画を納める箱を取り出してきた。

男の仕事の邪魔をしないように身を移動しながら眺めていた女性は、また男に尋ねてきた。よほど絵が気になるらしい。

「これ、どちらに運んでいらっしゃるのですか？」

「あ、それは申し上げられません。私どもでは作家の方に確実にお返しするのが義務ですから」

「でも、画家の方たちはどこの誰ともわからないんでしょう？」

「今日は倉庫にひとまず保管するだけです」

「何とかして、この絵の作者の方に連絡が取れないでしょうか？」

「すみません。わしではお役に立てません」

「そうですか……。じゃあ、あなたの会社に尋ねてみますわ。依頼主の記録があるのでしょう？」

「ええ。あるにはありますがね。お教えできるかどうか、その辺のところは会社に訊いてください」

それっきり男は口をつぐんで、せっせと絵画を布にくるみ、箱の中にしまい続けた。会社に訊いてくださいと言いながら、名刺さえ渡そうとしない。女性は男が着ているジャンパーに、南北運送と縫い取りがあるのをしっかりと目に焼き付けると、コツコツと軽やかなハイヒールの音をさせながら出ていった。かすかに沈丁花の香水が部屋に残った。

一銀荘の出口で、女性は停まっている小型トラックに業者の名前がないかどうか、車体の周りを一周してみたが、何も書かれていなかった。

「南北運送……」

画廊の中では、それまで絵をしまうのに専念していた男が、女性が残していった香りを楽しみながら、サングラスの奥から女性の去っていった方向をじっと見つめていた。ふと思いついたように窓に近寄って下を眺めれば、今降りていった女性が、男が乗りつけたトラックの周りをぐるりと一回りしている。

「妙な女だ……」

何枚もの絵が男の屈強な腕で運び出された。エレヴェーター一つない古い一銀荘の階段を、それも薄暗くて足元不如意の中、男は下っては上がり、上がってはまた絵を何枚かかついで下りてきた。

さすがに三十枚近い絵を運び終えた時、男の息がわずかに乱れていた。手をぶらぶらとゆすったあと、彼はサングラスとマスクを外して、ポケットから取り出したタオルで顔を拭（ぬぐ）った。うつむいているので、表情がわからない。男はまたサングラスとマスクで顔を覆って、運転席に乗り込んだ。

エンジンがかかる音がして小型トラックの車体が一ゆれしたかと思うと、いささか迷惑な排気ガスを吐き出しながら、一銀荘から遠ざかっていった。すぐあとを黒塗りの乗用車が道路の反対側から発車して、小型トラックを追い始めたのを、運送業者が気づいたかどうか……。

運送業者の男は、まったく自分のペースで一時間も走ったであろうか、東京郊外の田畑がちらほら見えるところまでやってきた。周りの山陰が闇と変わり、残照さえ消えなんとして、さらに暗くなりかけた頃、ようやくアパートの前に停車した。

男は一階の端部屋の鍵を開けて、中に入り込んだ様子だ。部屋のあかりが点いた。

やがてすべての絵画が搬入されると、男は部屋の電気を消して、ドアに鍵をかけ、またトラックを運転してこちらに向かってきた。先ほどとは違って、かなりスピードをあげている。

トラックは見る見るうちに闇の中に姿を隠していった。赤いテールランプがふっと消えた時、追跡者は暗がりに停めた車から降りて、アパートのほうに足を運んだ。

アパートは二階建てで、十室ほどあるらしい。どの部屋も頑丈な鉄の扉が閉まっており、あかりの見えている部屋はまったくない。どうやらワンルームマンションのようで、扉を閉めてしまえば、中に人がいるのかどうかすらわからない状態だ。

「倉庫代わりに使っているようだな」

ナヴィで住所を確認したのち、追跡者は立ち去った。

運送業者の男は小型トラックを運転しながら、少し神経質にバックミラーを覗いていた。画廊からこちらに向かっている間、何となく背中に尾行者の気配を感じていた。

それに、最後まで画廊にいた女性のことが気になっていた。

運転しながら、どこまでもついてくる黒塗りの自家用車も気になった。

今は背後に追跡者があるようには思えなかった。運送業者のなりをした男は、少し安心したようにホッと一息つくと、右手をハンドルに載せたまま、左の手でサングラスとマスクを取り外した。そのまま鼻歌を口ずさみながら、嬉しげにハンドルを操っている。

何がおかしいのか、男はニヤニヤしながら、どこまでも運転を楽しむのであった。


一方で、運送会社のトラックを尾行した男と、画廊に最後までいた女は、先日、線描画をしきりに覗き込んで納得していた老人の前にいた。

「絵の搬入場所がわかりました」

「Qについては、どうだ？」

老人は線描画の作者をQと呼んでいた。噂でも、絵画展の主催者の正体は謎と聞いている。老人は故意に姿を隠していると考えたのだ。謎、すなわちquestionのQに違いないと感じていた。

「今日も現れなかったのだな？」

「ええ。それらしき人物は」

「それらしき人物？　君はＱがどのような人物と想定しているのかね？　それらしき、と言う以上、Ｑの実体について、何か知っていることでもあると言うのかね？」

「あ、いや。そういうわけでは」

「そうだろう。先入観はいかん。Ｑが男であるのか、それとも女か。大人か、子どもか……。何しろ画廊の持ち主のところにもまったくＱに関する情報はない。すべて、インターネットでのやり取りだ」

「じゃあ、Ｑのメールアドレスはわかるのですね」

「ああ。だがもちろんどこでどんな奴がネットをやっているのか、わかるわけもあるまい」

「ですが、こちらからの通信手段はある、と言うことですよ」

「と思って、あの絵を見つけた次の日、こちらから絵が欲しいとメールを出してみた。梨の礫（つぶて）だ。むしろこちらのアドレスを相手に教えてやったようなものだ」

　老人は顎を撫（な）でて質問を変えた。

「絵を運んでいった運送業者というのは、どのような男だ？」

「はい。南北運送という会社の名前が入ったジャンパーを着ていました。サングラスとマスクをつけた」

「なに！　サングラス？　マスク？　顔は見えなかったのか？」

「絵を運び終わって帰る時に、ちらっと」

「どのような顔だった？　サングラスとマスクでどうしてわかる？」

「いや。両方とも取って、汗を拭いていましたから」

男が指さしたテーブルの上に、デジカメで撮ってすぐに印刷した写真が数枚重ねてあった。中の一枚に、運送業者の横顔が、トラックの陰で一部が切れたような形で写っていた。

「なるほど。三十代前半くらいの男だな」

「そう思います」

「で、この男がやってきたという南北運送に当たってみたか？」

「調べてみると、確かに南北運送という運送会社は二軒、この東京にあったんですが」

「男はいない」

「よくおわかりですね。どちらにも問い合わせたのですが、今日、銀座に絵を引き取りにいくという注文は入っていないそうです」

「と言うことは、この運送屋の男がQか、あるいはQの指令で動いている男に違いない。でかした！」

老人は、この頃ではなかなか聞くことのない言葉を発して、ポンと膝を叩き、椅子から立ち上がって、部屋の中をうろうろとし始めた。

「その男が絵を運び込んだというアパートは？」

住所が告げられた。

「よし。明日から、そのアパートを見張れ。Qに関する手がかりをつかむんだ。画家本人を捕まえることができれば、なおいい。時と場合によっては、アパートに侵入してもいい。私にはどうしてもあの絵が必要なんだ」

閉ざされた部屋の中で、老人の眼が、長い眉毛の奥にギラギラと光っていた。

5

講義には身が入らなかった。早く祖父からの手紙が見たかった。

遠くに聞こえる教授の声が講義の終了を告げたらしい。むつみは、机の上をかたづけるのももどかしく走り出した。

借りているマンションはオートロックがかかっている。鍵を開ける時に手が震えて、なかなか鍵が入らなかった。久しぶりに走り続けたことで、息が切れたせいばかりではないだろう。

郵便ポストを開けるのにも気が急いた。はたして、中には一通の封書があった。封筒は、中に手紙が入っていることすら疑わしい薄いものであったが、宛名と裏書は確かに見慣れた祖父の字であった。

　中には折りたたまれた紙が二枚。万年筆の文字がぎっしりと並んでいる。

「むつみ。電話で話したように、万が一私の身に何かあれば、この手紙に指示されたように動いて欲しい。まず、おじいちゃんの故郷の奄美大島に行きなさい。大島の南の町、瀬戸内町というところの一番西の端に灯台がある。曽津高埼灯台という名前だ。灯台の向こうにコンクリートの壁で囲まれた二十メートル四方くらいの場所がある。ヘリポートになっている。

　そこの壁には、米軍が攻めてきた時の砲弾の痕がまだそのまま残っているから、すぐにわかるだろう。人間の愚かしき行為の証拠がそこにある。そこの北側の壁の外側に一ヵ所、鉄の扉がついている。見えないところだが、手を伸ばせば届く。扉は小さなものだが、開けるには鍵がいる。

　鍵は曽津高埼灯台に行くまでに通る西古見という場所にある旧日本軍の砲撃用観測トーチカの中だ。丸いトーチカのちょうど中心を掘ってみなさい。そこに箱に入った鍵がある。五年程前におじいちゃんはその場所にまだ鍵がちゃんとあるのを確かめてある。

　その鍵で開けた壁の扉の中に、あるものの隠し場所を書いた手紙が入っている。それから先は、むつみの判断に任せる。そのまま何もしないで帰ってもいい。あるいは隠してあるものを取り出してもいい。それは、図面の一部だ。三分の一しかない。残りの三分の二は、戦争が終わった時に一緒にいた仲間の二人が、それぞれ三分の一ずつ持っている。すべてが揃わないと、全体がほとんどわからないだろう。だからむつみが手にする三分の一だけでは何の意味も価値もない。

だが図面で全貌がわかると、使い方によっては非常に大きな財産ともなり、また別の使い方をすれば、悪魔の贈り物ともなりかねない。無視してくれてもいい。

おじいちゃんが一番愛するむつみにこのような判断を任せて、まことに辛いものがある。今のまま何もしないで葬り去ってもいいとも考えていた。

先ほど、残りの三分の一を持っている人物から、六十数年ぶりに連絡が入った。図面を完成させたいということを言ってきた。それを聞いて、私は非常な恐怖を覚えた。悪用されれば重大な災禍を、またこの現代にもたらすことになりかねない。

だが一方で私は、現代の人々の良心を、いや、人間というものの良心を試したい気持ちが湧いてきたのだ。この図面に描かれているものの全貌がわかった時、どうしておじいちゃんがこのようなことを書いたのかわかるだろう。わかってもらいたいという気持ちと、やはり寝ている子をわざわざ起こすこともあるまい、という気持ちが交錯している。むつみに任せる」

手紙は、あまりよくわからないままに、ぷつりと終わっていた。

奄美大島？

あとの二人が、それぞれ残りの三分の一の図面を持っているならば、どこの誰とくらいは書いてくれてもよさそうなものなのに。むつみは自分自身に驚いた。私、何を考えているの……。

祖父の手紙からは何か非常に危険な匂いが漂ってくる。

むつみはもちろん過去の悲惨な戦争のことは知るはずもない。何かとてつもないものが、また現代に甦(よみがえ)ろうとしている。

むつみは急に身体が冷え込むような、訳のわからない恐怖を覚えた。

放っておけばいい……。むつみの頭の中で、危ない、危ないという危険信号がさかんに鳴り続けていた。

おじいちゃん。むつみにどうして欲しいと言うの。何故、こんな手紙を送ってきたの？

東京に帰る列車の中、むつみは車窓を流れゆく景色を楽しむこともなく、祖父の顔を想いうかべてはまた、結論の出ない問答を繰り返していた。

検死を受けた祖父の遺体が帰ってきていた。

通夜から葬儀の二日間は、大手の建設会社の会長でもあることから、ただごった返しているうちに、何を認識する暇もなく、時が過ぎていったようだ。

むつみは祖父の修復された顔に視線を落としながら、長い時間枕元にいた。そして誰にも聞こえないように、何度も何度も、私はどうしたらいい？　と祖父に問いかけていたのであった。

武田尾刑事が里宮刑事を従えて、弔問客でごった返す菱田家にやってきたのは、葬儀の当日であった。

刑事たちは、位牌に向かって一礼したのち、話しかけるべき菱田の血縁者を探した。ほとんどのものは客の応対にてんやわんやで、その中で、菱田三男の顔を覗き込んでいる若い女性に気がついた。

「あのう、こちらの方でしょうか？」

武田尾は身分を名のりながら、顔をあげたむつみに声をかけた。

泣いたあとで赤く縁どられた切れ長の目の奥深くから、きらきら光る瞳が刑事たちに向けられて、二人は思わず、むつみの美しさにどきりと心臓を震わせた。むつみは立ち上がった。花が風にゆれるかのごとく香華が漂った。

「はい。西畑むつみと申します」

声も鈴を転がすようで、通常は動かない耳介すら、引きつけられるようにむつみのほうに動くのを二人の刑事は感じた。

「そうですか。少しお話ししたいのですが」

むつみは二人の刑事を、離れた静かな部屋に通した。

「この度はご愁傷さまでした」

もし私が轢き逃げの犯人だとしても、私にこんなふうに言うのかなあと、妙な疑問に一人場違いなおかしさを感じながら、むつみは二人を眺めた。

「おじいさんですが、一昨夜ほぼ真夜中、ご帰宅中に乗用車に撥ねられたようです。現場はすぐこの近くですが、おじいさんはこのような夜遅く出歩かれることがよくあったのですか？」

「ええ。この頃はよく知りませんが、会長という職業柄、以前は帰宅が深夜になることなど、ごく普通でした」

「なるほど。で、轢き逃げなのですが、何かお心当たりはありませんか？」

「それは、轢かれるだけの理由がないか、とおっしゃっているのでしょうか？」

「あ、まあ、そういうことですが。何か、恨みとか……」

「それは私にはよくわかりません。祖父の仕事関係のことは、ほとんど知らないんです」

「ブレーキの跡がないのです」

「それは、躊躇いなく突っ込んできた、ということですか？」

武田尾刑事の言葉が足りない部分を鋭く推察しながら、むつみの質問が跳ね返ってくる。

「ええ。そのようなのです。おじいさんが深夜にそこを通ることを知っていて襲ったとも考えられます。なにしろ現場は、夜中はほとんど人通りも、交通もないようですから」

突然むつみの心の中に、犯人に対する憎しみが湧き起こった。むつみの顔に血がのぼった。

「車種はほぼ限定されました。すでに手配済みです。早晩、車はわれるでしょう」

「本当に祖父は誰かに恨まれて、撥ねられたのでしょうか？」

「それはまだ、何とも」

「単なる事故の可能性は？」

「もちろんそれもあります。ですが、人を撥ねたら、普通は驚いて車を停止させて、撥ねた人のことを見るために車から出てきます。もちろん、すべての人がそうするとは言い切れませんがね。この犯人は停車しようとした様子すら見えないのです」

むつみは別の可能性に思い当たっていた。祖父は、誰かから六十数年ぶりに電話がかかってきた、その人物から図面の残り三分の一を要求された、と報せてきた。祖父が引き渡しを拒否した可能性がある。

　何か大切な図面らしい。とすれば、相手の人物が祖父を亡き者にしようとして、交通事故に見せかけて殺した？　だが、そうなると祖父から図面は取れなくなる。図面はどうやらとんでもないところに隠してあるようだし……。

　すばやく脳神経回路を駆け巡った思考の中に、答えを出せないいくつかの矛盾と疑問点を感じたまま、むつみは口を閉ざしてしまった。話すことではなかった。

　刑事たちが立ち去ったのち、静かな部屋でむつみは独り、そっと障子を開けた。遠くから都会の喧騒を少しばかり運んできたそよ風に髪を梳かせながら祖父の事故死と手紙の中味を考えていると、言いようのない不気味な影が忍び寄ってくるようで、むつみはぶるるっと細い身体を震わせた。


　菱田三男の告別式の翌日朝早く、むつみは誰に相談することなく羽田空港に向かった。平日の奄美空港行きの便には充分に空席があり、前日の予約でもまったく問題がなかった。

　女子大には、その日金曜日の授業欠席を申し出てある。土曜日、長びいても日曜日には大阪に帰れるだろう。月曜日の授業は出席可能であった。

　両親はむつみが奈良に戻ると信じている。旅装は軽かった。奄美大島に羽田から飛ぶ直行便は、一日に一本しかない。往復一便である。

昨夜、疲れている身体に鞭打ち、むつみはインターネットで奄美大島のことについて、調べられるだけ調べた。地図を出せば、簡単に瀬戸内町の場所もわかった。西古見、曽津高埼という名前も直ちに検索できた。

曽津高埼灯台は、明治二十九年に設置された、奄美群島最古の灯台とある。西古見の海岸から夕日を写したすばらしい写真も掲載されていた。

祖父は五年前にこの場にある砲撃用の観測トーチカを訪れたという。あちこち探してもトーチカの情報はなく、むつみにもそれがいったいどのようなものなのか、想像もつかなかった。

祖父がもしかしたら命をかけて守ろうとしたかもしれない秘密が、遠い日本のはてにある。考えるだけで、むつみの血が騒いだ。

しかも今、目の前の画面に次々と現れてくる奄美大島の自然の光景は、何もなくとも、旅ごころをくすぐるものであった。

迷いは簡単に吹っ切れてしまった。むしろ興奮する脳細胞をなだめるのに苦労しながら、むつみは旅の支度をしたのであった。

老人は長い眉毛の奥から、新聞に掲載された死亡記事を眺めていた。鹿三島工業会長菱田三男が轢き逃げされた記事である。老人は長いため息をついた。

三つに分かれた図面が手に入らなくなる。ようやく別の一人の持つ図面の手がかりをつかみかけたところであった。そのために部下が画家Qの行方を追っている。

菱田三男が持つ残り三分の一が、菱田の死で永遠に闇の中に紛れ込んだままになる。

指示を待っている女性の、ほのかな沈丁花の香りを楽しみながら、老人は言った。

「菱田三男は遠くに隠してあると言っていた。必ずどこかにある。菱田の命を受けた誰かが、それを取りにいく可能性にかけてみようと思う。その命令を出す時間は、菱田にはあったはずだ。何か動きがないか、菱田の家の周りを探るのだ」

6

古都波（ふるとば）医師はかすかな戸惑（とまど）いにも似た胸のときめきを感じていた。

午前中の診察が正午を小一時間ばかり過ぎて終わろうとした時に、遠くから救急車のサイレンの音が近づいてきたのである。病院には、S中央公園で容態の悪くなった患者を搬送する旨、連絡が入っていた。

「また、公園で……」

折り鶴を持っていた老人が亡くなってから、数日後のことである。

患者はやはり相当の年を重ねた、いわゆるホームレスらしく、救急隊からの情報はほとんどなかった。この一ヵ月に三人であった。たちまち古都波の推理は、何らかの事件性を構築していた。

現代の喧騒の中に埋もれたように存在する都心の公園は、奇妙な不一致感を呼び起こし、夜ともなれば無気味とすら言えるような雰囲気がある。そこで何かが……。

「救急隊到着時に心肺停止状態だったのです」

「腹の手術をやっているな。だが、古いものだし、それ以外、傷はない。その他、格別の所見もないですねえ」

「事件性はないですかね？」

救急隊の一人が口を挟んだ。問題がありそうならば、警察への連絡が直ちに必要だ。

「いずれにせよ、S署には連絡をお願いします。こちらでは、いつものとおり、一通りのことは検査しますから」

遺体から手際よく血液が必要量採取され、その後例によって、レントゲンとCTが撮影された。警察から人が来る間に、一通りの検査結果が上がってきていた。

レントゲンフィルムを古都波と一緒に覗き込んでいた看護師が尋(たず)ねた。

「何かありますか？」

「あ。いいや。とくに何もないようだ。この患者は、胃の切除術を受けているようだね」

古都波が指さすCTフィルムに、胃の切除の際に使ったと思われる縫合針（ステイプラー）が発する輝線があった。

「まあ、古いものだ。血液検査値はどうだ？」

看護師が印字された細長い紙を差し出した。ざっと眺めて、異常がないことを確かめ、検査データをカルテに挟もうとした古都波の視線が、はっとしたようにまた検査値に戻った。

かすかな唸り声が古都波の唇の間から漏れた。

午後、古都波は病院奥の事務倉庫にいた。そこにはこれまでS病院で死亡した患者のカルテが保管されている。一冊の死亡カルテを手に取った古都波は、かび臭く薄暗い倉庫の中から出た。

目的とする検査データの貼付してあるページを開く。と言っても、救急搬送後、入院期間もわずかで死亡した患者のカルテは極めて薄っぺらいもので、古都波が知りたいデータは、すぐに見つかった。

データの数字を確認した時、古都波は自分の予想が当たっていたことに、思わずニヤリと笑みを浮かべた。

古都波は大学にいる時に、身近にいたある研究者の研究に非常に興味を持ったことがあった。研究対象は、古都波が自分も研究するならこれをやりたいと思っていたものであった。その研究者は、世界的に有名な科学雑誌に次々と、驚くべき論文を発表していた。古都波は彼の論文をすべて集めて、一心に読んだものであった。世界をリードする内容は、その分野の専門家でも垂涎に値するものであったから、古都波を感動させたのも当たり前のことであった。

やがて何度も読むうちに、古都波は妙なことに気がついた。気がついたわずかなデータの矛盾は、たちまちにして古都波の頭の中で膨れ上がった。

途端に古都波に、その研究者に対する疑惑が湧き起こった。その目で気をつけて見ると、データの入れ換えがあったり、同じ画像が逆さまに貼り付けてあったり、まず見抜くことは不可能な状態で、論文が捏造されていることがわかったのである。

驚愕すべき科学的非行発見に、古都波はずいぶん得意な気持ちになった。そのままの勢いで、古都波は発見事実を当時の教授に報告した。同じ大学内の不祥事に気がついた教授は、古都波に緘口を命じた。そして教授自ら、論文の著者本人のところに赴いて論文捏造を暴露し、教授会にも諮って、事後処理を検討した。

論文捏造疑惑は世間に知れず、そのまま闇に葬られるかと思われた。古都波も静かな態度を取り続けた。にもかかわらず、いつの間にか表面化した。教授は古都波を呼んで、秘密漏洩(ろうえい)のあらぬ疑いをかけた。こうして古都波は村八分となったのであった。
研究者の人間性が絡んだ忌(い)まわしい過去をちらりと思い出しながら、古都波は想像どおり、S中央公園から運ばれてきて死亡した最初の患者のリンパ球が極端に減少していることを確認して、少なからず興奮していたのである。

次の週、古都波はたかぶる気持ちを抑えるのに苦労しながら、二番目に運ばれた老人の血液培養(ばいよう)データを見ていた。血液培養では、細菌や真菌の混入は認められないという結果が返送されてきている。感染症あるいは敗血症(はいけつしょう)の状態ではなかったということだ。

リンパ球が極端に減少していた理由はほかにある……。

第三番目の死亡者にも、まったく同じ現象を認めている。

同じ場所で、不審死とは疑いようのない、誰が見ても自然死のような状態で、三人の男性が死亡している。いずれも司法解剖は行われていないが、医師による死亡確認はされており、CTなどの検査でもこれといった異状は見つかっていない。だが古都波は、三人の血液データに見られた、リンパ球がほとんど消滅しているような状態を見逃す気にはならなかった。

死亡した場所が、都心の底に埋もれたような、同じS中央公園であったことも、偶然の一致とはかたづけられなかった。

あの公園で、何かが起こっている……。

古都波は凍結保存されている彼らの血清（けっせい）を再度融解し、可能なものは培養し、それが無理なものは、既存の細菌およびウイルスの遺伝子を検出してもらうよう検査会社に依頼した。

後日、病院事務経由で古都波本人に料金請求が来たが、金額を見て古都波は苦笑した。

「ちぇっ！　ちょっと道楽が過ぎたか」

独り身の気軽さ、誰も文句を言うものはいない。検査結果はすべてシロで、彼らの血液が既知の細菌やウイルスに感染していたという事実はなかった。

古都波には、予想どおり何も出なかったことが、とんでもない収穫であるような気がしていた。

古都波は、血清に含まれる蛋白質（たんぱくしつ）の解析（かいせき）を依頼した栗原七海（くりはらななみ）のことを思いうかべていた。栗原七海は古都波とは高校が同級で、薬科大学に進み、現在は某製薬会社研究所に勤めている。古都波は医師というわりには化学実験が不得手（ふえて）で、高校時代にはいつも七海に手伝ってもらい、レポートまで助けをあおいだ過去がある。

　第三の死亡者のリンパ球までもが極端に減少していることに気づいた時点で、古都波は七海に連絡を取っていた。

「久しぶりね。何か用？」

　研究中で手がふさがっていたらしい。栗原七海研究員は、いささか不機嫌な声を出した。

「君は蛋白質の解析はお手のものだったな。一つ頼みたいことがあるんだ」

「研究で忙しいのよ。何か大切なこと？」

「ああ。とっても大切なことだ。もしかしたらノーベル賞級の発見があるかもしれない」

　気を惹こうと大風呂敷を広げても、七海は乗ってこなかった。

「何よ、それ？　忙しいんだから、つまらないことなら切るわよ」

「おっと、ちょ、ちょっと待ってくれ。じつは、俺が診た患者さんで、ちょっと奇妙な症例が三例出たんだ」

　古都波は簡単に三人の死亡患者のことを話した。

「既知の感染症は否定されている。血液の中に、何かリンパ球を壊す物質でもないかと思ってね。その解析を君に」

　頼みたいんだ、という言葉は、七海の声に打ち消された。

「毒物ってこと？　それじゃあ、私は専門外よ。大学の法医か警察の特捜研にでも頼んだら？」

「もちろん、それも考えた。だが毒物ならば、ちょっと妙なんだ。もっとほかの症状が現れてもいい。こう見えても俺は大体の毒物は、仕事柄知っているからね。それに、三人とも自然死としてカタがついている。警察にいまさらこんなこと持っていっても、門前払いだよ。間違いない」

コメディアンを真似て、自分で吹き出した古都波に、七海の白けた声がかぶさった。

「蛋白毒がリンパ球だけを攻撃したとでもいうの？」

「ご明察」

「エイズか何かじゃないの？」

「あ。それはない。そのほうは血液で検査済みだ」

「未知の何かが……」

七海の呟きに、古都波はしてやったりと、電話のこちらでニヤリとした。

「そう。その何かが知りたい。忙しいだろうから急ぎはしない。取りあえず、既知の蛋白質以外のものが、彼らの血清に混じっていないかどうか、確かめて欲しいんだ」

「そんなこと言ったって、未知の蛋白質を探すのって、どれほど大変か知ってるの。そういえば古都波くん、化学の成績悪かったわねえ」

七海は唸った。科学者として興味がないこともない。一方で製薬会社に雇われている研究員としては、勝手に自分の研究をすることはできない。ましてや外部から頼まれたサンプルの密かな解析など、露見したら首がとびかねない。迷っている七海に、古都波は追い討ちをかけてきた。

「新しい、誰も知らない、未知の蛋白質かもしれないんだ」

気を惹くような三つの形容詞を並べた。

「でも、もし仮にそのような蛋白質があるとして、どこから患者さんに入ったのよ」

「それはわからない。これはまったくの想像なのだが、誰かがどこかで悪意を持って人工の蛋白毒を合成し、公園のホームレスで効果を試してみたなんてことも、考えられないこともない」

「そんな……まるで、推理小説みたい」

「いや。まあ、そんなこともあり得るということだ。いずれにせよ、取りあえず、あるかないかの確認だけでも」

「でも、もしそんなものがあったら、危険きわまりないわね。そんな人工的なものでなくても、新型のウイルスかもしれないし」

「そうそう。そういうこと」

七海さん、乗ってきましたね……。

「そうなったら、どんどん患者が増えるわよ。大変よ。同じような症例、報告あるの？」

「おっと。そのほうはまずないと断言していいだろう。あればもうとうの昔に、大騒ぎになっている」

「それにしても、可能性の低い話だわね」

七海のトーンが急に下がった。古都波は慌てた。

「いや、俺は俺の勘に賭ける。絶対に何かある」

古都波の論文捏造暴露事件のことは、七海も直接古都波から聞いて知っていた。確かに、妙なお医者さんではあるけれど……。

「うーん。雲をつかむような話だけれど。どのくらいで結果が欲しい？」

七海はつい言ってしまった。

「うん。雲をつかんでみたいな。できるだけ早く」

強引な……。さっきは忙しいだろうから、急ぎはしないなんて言っていたくせに。

「こちらもこんなこと引き受けていることがバレたら、首もんよ。首になったら、どうしてくれるのよ」

「栗原は独身だったたな」

「何よ。ほっといてよ。それがどうしたっていうのよ？」

「あ、いや。首になったら、俺が面倒みてやるよ」

「まあ。それなら、ご免こうむるわ」

「何だ、誰かいい人でもいるのか？」

「何言ってんのよ。そんなんじゃないわよ」

「栗原みたいな美人が独身とは、もったいない」

「もったいないとはどういうことよ。セクハラで訴えるわよ」

これ以上言うと、さらに火に油を注ぎかねないと思ったのか、古都波は冗談はやめることにした。

「すまん。とにかく頼むわ。また連絡するから」

いつ血清を送ってくるのかということも伝えずに、一方的に電話が切れた。

「相変わらず、変な人ね」

ツーという音が漏れてくる受話器を眺めながら、七海は古都波が面倒みてやるよと言った声を思い出して、急に顔が熱くなるのを感じたのであった。

7

銀座の画廊から、絵画展Qの絵画が運送業者によって東京郊外の小さなアパートのていた。

一室に運び込まれた次の日、謎の老人の命を受けた男が一人その部屋への侵入を試みていた。

扉の鍵を操作して、開くのに時間はいらなかった。

朝から人一人見かけない。昨夜の運送業者も姿を見せなかった。男は昼過ぎまで待っていた。周りに人家は見えない。このようなところにアパートが建てられていること自体、不思議な気がした。

重い鉄の扉が、さびた音を発しながら開かれた。中からかび臭い空気が流れ出た。外の明るさから、急に薄暗い部屋に入ったために、少しばかり目が慣れるのに時間が必要だった。男はきょろきょろと壁を見回しながら、窓から分厚いカーテンを通して入ってくる光で、部屋の中を見渡した。

この短い動作の間に、男は非常な違和感を覚えていた。その奇妙な感じが何であるのか、目が慣れる頃には、はっきりとした。男は目をむいた。昨日運び込まれたはずの絵画が一点もなかった。

中にあるのは、古ぼけたソファーと、壁際に積み上げられた段ボール箱だけであった。男は、絵の大きさからすれば入るはずもない手前の段ボール箱を開けてみた。だが、そこに入っているものは、埃をうっすらと積んだガラクタのようなものばかりで、絵と呼べる代物はまったくなかった。

ようやく男は壁際にスイッチを見つけて、部屋の電灯を点した。窓のカーテンを開ける気にはならなかった。埃をかぶるだけだ。蛍光灯の光の下で見ても、絵はなかった。

「そんな……馬鹿な……」

昨夜、確かにあの男が絵を運び込むのを見た。だが、目の前の室内には、一枚たりとも絵画と呼べるべきものはなかった。

「部屋を間違ったか？」

男は外に出てみた。見間違いようもなかった。

昨夜、運送業者が入ったのは、間違いなくこのアパートの、この端部屋だった。男は再び部屋に入ってみた。そして、どう見ても隠しどころのない、一つしかない部屋の床と壁、天井に囲まれた閉鎖空間を、茫然と眺めていた。

絵がない、という報告は、しばらくして気を取り直した男の携帯電話から、捜索を指示した老人のところに入った。

「何だと！　絵がない……。どう言うことだ。君は昨夜そこに絵が運び込まれるのを見たと言ったじゃないか」

もちろん男は、老人からは見えない首を縦にふっている。

「絵もない。誰も現れない。ふん、なるほど」

男の報告を聞いて、老人は推理したとおり、昨夜の運送業者がまず間違いなく謎の画家Q本人か、その関係者であることを確信していた。

「面白くなってきたな。絵がない……か。消えた絵か。なかなかやるのう、どなたか知らんが、Qさん」

老人は呟いている。男は携帯を耳にあてたまま、老人からの指示を待った。長い沈黙があった。突然携帯電話が奇妙な高音を発して、プツリと切れた。

「あ、しまった」

間(ま)の悪い時に携帯のバッテリーが切れてしまった。

「ん？　何だ。切れとるじゃないか」

ぶつぶつと呟きながら、老人は受話器を置いた。

「あの絵がないとなると。いや、あの絵だけでは何の役にもたたん。どこからあの絵図を手に入れたか、それが問題だ。とにかくQなる人物をつきとめねばならん。いったい、どこから手に入れたのか？」

老人の脳裏に、先日、一銀荘の画廊で見た線描画がまた蘇ってきた。何かピンと閃(ひらめ)くものがあって、その絵を眺めていると、ちょうど真ん中あたりに奇妙な絵図があるのに気づいたのである。そこに描かれている直線と曲線に記憶があった。すぐ横に書かれた記号に気づいて、老人は思わず声をあげたのである。それは旧日本軍が使っていた、それも菊０号作戦と、菊００号作戦のみに使用されていた特殊な記号であった。同じようなものが二つとしてあるとは思えなかった。また、そのような記号を偶然にせよ思いつく可能性は皆無に近いと思われた。

おそらく、その絵図の特殊性に気がついた者は、老人以外にはなかったに違いない。誰かがあの図面を手に入れて、それを真似てこの絵の材料にしたに違いない、とは老人の推理だ。ただ、肝心の部分が十センチ四方くらいしかなく、十号ばかりの大きな絵の中で、ほかの部分にいくら目を凝らして見てみても、同じような絵図はなかった。

誰かが偶然、あの図面のバラバラにしたうちの一枚を手に入れたに違いない。とすれば、その近くに、残り三分の一が存在する可能性がある。老人の脳細胞は、静かに、しかし正確に回転していた。

「やはり、Qを捕まえねばならんな」

老人は、目の前に置いてあった運送業者の横顔の写真を手にとって眺めた。部分的にトラックの陰に隠れているとはいえ、本人が目の前に現れれば、充分に判別しうるだけの顔が写っている。

「誰なんだ、君は？」

しばらくして、老人の前の電話が大きな呼び出し音を告げた。

「御前。菱田三男の家族の一人が、今朝から消えています」

こちらも消えたか。今日はよくものが消える日だ。老人は苦笑した。

「孫娘です。西畑むつみという名前です。昨日までは葬儀にも参列して、菱田の家にいたようです。ところが今朝早くにどこかに出かけたらしいのです」

「ほかに不審な動きをしている者はいないのか？」

「ええ。少なくとも、彼女以外の家族はすべております。それぞれの家にいて、後始末にまだ忙しくしています」

「その孫娘と死んだ菱田とは、どのような関係だ？　いや、菱田が何かを託せるような関係か？」

「近所の人にそれとなく訊いてみました。菱田は孫娘のむつみを一番可愛がっていたそうです。彼女は今二十一歳で、奈良の女子大生ですが、東京を離れて奈良に一人下宿する時に、一悶着（もんちゃく）あったそうです」

「菱田が手放さなかったのか？」

「そのようです。近所でも有名な話のようです。よほど可愛かったに違いありません」

「なるほど。で、その孫娘がいない。大学に帰ったのでは」

「そう思いまして、女子大に問い合わせました。本日の欠席届が出ているそうです」

「でかした。その孫が菱田の命を受けているに相違ない。そいつを見つけろ」

「今、手配中です」

女からの通信が途絶えた。老人はまた苦笑した。この女だけだ、自分のほうから勝手に電話を切る奴は。老人は光る舌を出して、ぬるりと唇を舐めた。

染み一つない真っ白な素肌が、胸の二つの高みをまぶしく覆っている。かぐわしい、妖気とも感じるような色気が立ちのぼり、老人の心髄までも刺激している。

わしの身体に、再び精気を取り戻してくれた女だ。まあいい……。

なまめかしく波の連鎖のように蠢く姿態を想像して、老人はにやりと笑みを漏らしたのであった。


Qに関する情報がまた一つ、男から伝えられた。

携帯電話の電池が通話の途中で切れるという失態を犯した男は、老人の叱責を恐れながらも次の調査に向かっていた。一銀荘の三〇三号室を借りている画廊の主催者の割り出しであった。

聞くと、今回初めて一銀荘で個展を開いたQとの連絡はすべて、インターネット経由ということである。だが、もう一つQとの接点があることに男は気がついていた。

「Qからの支払いは、あなたの銀行口座に振り込まれているのですね」

「ええ、そうですが。それが何か？　それに、何をお調べになっておられるのです？」

「いや。じつは、あの中の絵をお譲りいただけないかと、私どもの主人が強く希望しておりまして。何とか作者の画家の方にお目にかかりたいのです」

「私たち画廊主の中でも、ちょっとした評判なんですよ。絵画展Qに出品されている絵画の画風あるいは描写方法について、詳しく調べた人がいましてね」

「ほう」

「いや、これまでに出てきたある画家の隠れた姿ではないかと言う人もいまして。画風、筆使いというものは、いくら隠しても、どうしてもその人の特徴が出てしまいます。まず、絵画展には油絵、水彩画、鉛筆画、切り絵、ペン画、さまざまな絵が出品されていたと思いますが、あれは複数の作者によるものではなく、まずお一人の作品と考えられます」

「えっ！　一人……ですか？　何人もの画家の集まりじゃないのですか」

「間違いないと思いますよ。我々の間では、Qというのは、どなたかわかりませんが、謎の画家、それも個人ということで一致しております」

「すると、世に知られていない新人ということですか？」

「あ、新人とは言えませんがね。これまでにも、何回か個展を開いていらっしゃいますから。ただ、同じ筆致を持つ画家は、私の知る限りではいませんから、まずは素人の方かと」

「素人ですか……」

「ええと、何でしたっけ。ああ、そうそう、振り込みのことでしたね。ええ。画廊の使用料は、個展開催の前の週にきちんと振り込まれていましたが」

「それを見せていただくわけにはいかないでしょうか？」

画廊主はここに来て、急に目の前の男に不審を抱いた。画廊主の不安を察知したのか、男は名刺を取り出した。黒沼海運渉外部、田尻義男とある。

「あ、いや。直接見せていただかなくとも結構です。振り込み人の名前さえ教えていただければ」

「ああ、そういうことですか。それなら」

画廊主は立ち上がって、隣の部屋に入っていった。

しばらく待たされた。やがて戻ってきた画廊主は一枚のコピー用紙を手にしていた。

「これです。通帳はカタカナ記載ですから、漢字ではどんな字を書くのかわかりませんがね」

そう言いながら、田尻と名のった男の目の前に突き出された紙には一行、マフウドウコミヤコナミと書かれていた。

「何ですかね、これは？　まふうどうこみやこなみ……」

「私もこれを見た時には、何のことかよくわからなかったのですが、通帳の前後を見ても、画廊使用金額と一致するものはこれだけですし。まあ、何となく、マフウドウという屋号と、コミヤコナミという名の方かと思いましたがね」

「女性ですか、コナミとは？　女性なんですかね？」

入金元の銀行の名前も有名な大手銀行で、架空の名義で口座を作ることはまず不可能だ。本人のものと考えてよいだろう。だが、知り合いの口座を使ったとも考えられる。

何となくしっくりと来ない気持ちに満たされながら、田尻は老人の待つすぐ近くの建物に歩を急いだ。

「女だと言うのか、Qは？」

「ええ。Qと思われる人物からの振り込み人の名義が、マフウドウコミヤコナミ、つまりマフウドウという会社か何かを経営するコミヤコナミという女性かと」

「女とは限らないだろう。コナミという名前ならば男でもおかしくはない。ましてや画家だ」

「どちらにせよ、コミヤコナミという人物を特定すればいいでしょう」

「マフウドウという会社はどうだ？」

「魔風堂という骨董品店が一軒、神田神保町にあります」

「何、ある？　骨董品店」

「はい。電話帳では、その一軒です。インターネットで調べた範囲では、魔風堂なんてのは、漫画か何かの中でしか出てきませんよ」

「ふむう。骨董品とは、また好都合な。ますます気に入った」

「は？」

「Qという奴がだよ。ともかく、その魔風堂というのが骨董品店であるというのも気に入った。そこに私の欲しいものがある可能性が高い。そこをあたれ。そしてコミヤコナミという人物を特定しろ」

老人は、それまで黙って聞いていた女のほうに目を移した。

「冴子のほうの報告の続きは？」

「菱田三男の孫娘の西畑むつみですが、どうやら羽田から奄美大島に飛んだようです」

「でかしたな。奄美大島か……」

老人は何かに思い当たったようであった。なるほど、奄美か、と呟いている。

二人は老人が口を開くのを待った。

「明日、奄美に飛ぼう。冴子は私についてこい。君は、魔風堂とコミヤコナミをあたれ」

「御前が奄美に飛ばれるとは」

「奄美大島は知らないこともない。それに奄美は菱田の故郷じゃなかったかな。私も菱田も戦争中わずかな期間ではあったが、奄美大島にいたことがある。古仁屋(こにや)町というところだ。軍の基地が散らばっていたのだ。菱田が死んで、菱田の孫娘がそこに飛んだということは、勝手知ったる奄美に菱田が例の図面を隠している可能性が極めて高いと考えていいだろう。菱田本人も遠いところに隠してあると言っていた。間違いない。菱田の孫娘を追うのだ」

老人は光る目をさらに一層ギラギラさせながら、追い求める図面が確実に目に見えてきたことを感じていた。

8

その頃、S中央公園から病院に運ばれて死亡した老人の身元調査の結果が、S署の吉村刑事のもとに届いていた。老人の死からすでに二週間あまりが経過している。死体検案書の名前の欄は空白のままだ。名前が並んでいた。

馬場一夫、林浩一郎、依藤一郎、木村正夫、山本好兼、中倉道明、右近由利男、黒田光輝。

名前の下に、住所が書かれている者が三名で、他は該当なしと記されていた。

吉村は落胆した。住所が判明した三名の中に、老人に該当する年齢の者がいなかったのだ。さらに身体的特徴として、例えば身体に手術痕があるとか、中倉道明に至っては左眼がないとか、まったく老人には該当しない事項ばかりであった。吉村はその時点で、老人の身元を割り出す気力が完全に失せたのを感じた。

「無縁仏として、処理するか……」

引出しを開けて、吉村は今綴じた報告書をぽいと投げ込んだ。

老人は無縁仏として荼毘に付され、埋葬されることになった。その際、老人の財産とも言うべきテントとテントの中のすべてが撤去された。S署から連絡が回った役所の対策課では、係が直ちに老人のテントに向かっている。

誰が置いたのか、テントの入口には花が供えてあった。折られた茎がまだ新しい。

市役所の腕章をつけた係の人間は花を見て、顔をしかめた。

「どうせ、このあたりの公共花壇のを取ってきたんだろう」

役所の人間は、青いテントの並びに目をやって、やれやれといった顔つきだ。近くで様子を窺っていた公園の住人らしい人物に、横柄な声がふりかかった。

「死んだのはここの老人だな」

うなずくのを見たのか見なかったのか、一方的に声が続く。

「誰も触ってはいないだろうな」

一人が反発したように声をあげた。

「男の人が一人、見に来てましたよ」

「何!?　このテントをか？　いつだ？」

「つい先日ですよ。ええっと、そう一昨日だったかな」

「どんな男だ？」

「わかりませんよ。夜だったんで」

「何かを持ち出さなかったか、その男？」

「暗がりで、よく見てませんでしたから」

持ち主が死んでしまい、身元もわからない以上、どうしようもなかった。テントと、中のすべてのものが焼却処分になるのは時間の問題であった。

ただ、老人の持ち物の一覧表は作らねばならない。彼らは大仰ななりで、手馴れた作業を開始した。

「すごい本だな。案外、知的レヴェルの高い人物だったのかもしれんぞ」

「ああ。学者か何かじゃないのか？」

「値打ちのある本もあるんじゃないか？　相当古いのもあるようだ」

彼らは乗りつけた小型トラックに、片端から放り込み始めた。こうなるとゴミ扱いだ。たちまちのうちに書物の山が小さくなった。家財道具も荷台に放り上げられ、布団は折りたたまれ、地面に敷かれた何枚かのビニールも取り払われて、ついに、老人が長い年月身体を置き続けた土が露出した。

「かたづいたな」

処理係の者たちは、ぐるりと周りを見回した。ほとんどの公園の住人は姿を消していた。

役所の車が姿を消すと、三々五々住人たちが戻ってきた。

「おい、手向（たむ）けの花まで持っていきやがったぜ」

地肌の見えているテント跡に、静かに手を合わせている者もいた。

花はすぐ脇に捨てられていた。一人がそのことに気づくと、散らばった花をまとめて、そっとテント跡の土の上に置いた。

「それにしても、どこの誰だったんだろうなあ」

老人の過去を聞いた者は一人もいなかったようだ。

「あのじいさん。少し前までは、よくどこかに出かけていっていたようだなあ」

「俺は見たことがあるぜ。何日かここを離れたら、帰ってくる時は、大体、何冊か本を持って来ていたな」

「やっぱり偉い学者のなれの果てかね」

それまで口をつぐんでいた小さな男が、我慢ができなくなったように、少し得意げな声をあげた。

「俺、じいさんの正体、知ってるぜ」

「何だと!?」

驚いた声とともに、集まっていた者たちの視線が、小男に集中した。

「へへへ。俺、よくじいさんに本を借りて読んでいたんだ」

「そう言えば、おまえも本好きだったな」

「いや、俺のはただの本好きなんだが、あのじいさんときたら、何でも知っていたな」

「やっぱり学者か?」

「いいや、ちょっと違う」

「おい、焦らすな。いったい、あのじいさんの正体は何なんだ？」

「何だと思う。聞けば驚くぜ」

「早く言え」

「この野郎。もったいぶりやがって。殴るぞ」

少し荒くれそうなのが、一歩前に踏み出した。気の短い連中が揃っている。殴られてはたまらないと思ったのか、小男は仰天するような言葉を吐いた。

「七色製薬の会長さ」

「な、何だと⁉　な、七色製薬⁉」

「会長だと」

「会長が何でこんなところに住んでいるんだよ。嘘をつくな」

殴られそうになって、小男はあとずさりした。

「七色製薬の会長と言えば、確か」

案外、世間に通じている者もいるようだ。さほど大きくない製薬会社の名前を知っている者がいた。その男が名前を口にした。

「確か、依藤、とか言わなかったか。そうだ、新聞で見たことがある。依藤一郎だ」

「そう。依藤会長さ」

「おい。てめえ。何で今まで言わなかったんだ？」

「ふん。誰も聞かなかったじゃないか」
「この野郎。一人でいい気になりやがって。どうやって、わかったんだ？」
「あとをつけたのさ。もう何年か前になる」

その小男はいつの頃からか、老人とよくしゃべるようになっていた。老人が木陰で読んでいた書物が縁であった。同じ書物を、小男はつい先日読んだばかりであった。小男は少しばかりむずかしい書物を老人より先に読んでいたのが何となく嬉しくなって声をかけた。

それがきっかけとなって、小男は老人と話すようになった。老人は話しかけられれば誰にも心安く答えていたが、何しろ公園にいる時はほとんど一日中むずかしい本を広げているものだから、多くの住人たちは話しかけにくい気分でいたのだ。

小男は違っていた。自分は、大阪から流れてきた黒田光輝だと名乗った。明治の偉い画家黒田清輝のような名前だなと老人が言うのを聞いて、小男は嬉しくなったものだ。

ただ老人は、あんたはどこの誰です、と訊かれると必ず渋面をつくり、口を閉ざしたから、黒田ももうそのような質問はしなくなっていた。しかし抑えがたい興味は、ある日老人が出かけると、ついに追跡という行動に直結した。

黒田が根をあげるほどに老人は歩いた。S中央公園から遠く離れて、どこまでも進んだ。

「いったい、どこに行くんだ、じいさん？」

黒田は何度も呟いた。脚が痛くなりかけていた。前を行く老人は平気な様子で迷うことなく道を選び進んでいく。公園に住んでいるとはいえ、服装はさほど悪くない。

老人がかくしゃくとした姿で前を行くのと比べると、自分の姿が情けなく、泣きそうになりながらよろよろとついていった時、老人の姿が、とある大きなビルの中に消えた。

入口の大きな大理石に刻まれた名前は、「株式会社　七色製薬」と読めた。黒田は驚きにまぶたが大きく開くのを感じた。

「何の用だ、こんな薬屋に。それにしても、でっかいビルだ」

中を歩く老人の姿があった。受付の女性二人が慌てて立ち上がり、老人に向かって、シンクロナイズドスイミングのように乱れず深々とお辞儀(じぎ)をしているのが見えた。

「それで、どうしてじいさんが会長だとわかるんだ、その製薬会社の？」

いつの間にか車座になった住人たちが、今世紀最大のニュースと言わんばかりに、身を乗り出して聞いている。黒田は得意げにしゃべり続けた。

「そりゃ、どう見ても、あの挨拶ぶりは、単に客が来たというものではないようだった。何しろ、じいさんがそのままエレヴェーターに乗り込むまで、ずっとお辞儀をしたままなんだ。それに、じいさん、迷うことなく、エレヴェーターに乗り込んだ風だった」

「確かめてみなかったのか？」

豪奢なビルディングに入っていくわけにもいかず、黒田はしばらく遠くから、七色製薬を見ていた。老人は出てこなかった。

いつまでもそこにいるわけにはいかなかった。黒田がようやくのことでS中央公園内の自宅にたどり着いたのは、もう夜中近かった。

老人のテントに灯はなく、人の気配もなかった。老人が帰ってきたのは、それから二日後であった。

黒田が老人の名前を知ったのは、まったくの偶然からであった。

公園のベンチの上に、誰かが読み終えて置いていった新聞が、風にめくられてパラパラと音を立てていた。黒田はその新聞を手に取って開いてみた。

七色製薬の文字が目に飛び込んだ。記事を読む前に、小さな写真が目に入った。あの老人の顔写真であった。今回、社長の座を退き、会長に就任するという。新会長の名前が書かれていた。
依藤一郎とあった。

第三章　三分の一

1

羽田を飛び立って二時間あまりの空の旅は、東京を出る時の厚い雲が嘘のように、島々を浮かべた青い海が華麗に眼下を彩って快適であった。海の色は奄美大島に近づくにつれて、青さというより鮮やかな緑の色を増して、やがてはきらきらと光る海面の白さにさらに輝いて、むつみの目に飛び込んできたのであった。胸がときめいた。

機はゆっくりと右旋回して、奄美の地に静かに降り立った。奄美空港の春風は、もう夏のように暑い、湿った空気を運んできていた。

受け取る荷物はない。小さなバッグ一つのむつみは、荷物を待つ乗客を尻目に、さっさと出口を通り抜けた。

頼んであったレンタカーショップは、空港前の駐車場を越えたところにあった。

レンタカーの手続きは簡単に済んだ。二日後に返すまでの四十八時間、自由に乗り回すことができる。

むつみは西古見から曽津高埼灯台に行く道を尋ねてみた。受付の男性が奄美大島の地図を取り出して、この道をこう、と教えてくれた。

雲一つない空の下を、南国の深い緑あふれる国道五十八号線に沿って、むつみの運転するレンタカーは快調に進んでいた。

祖父の遺言とも言える手紙のことが気にはなっていたが、それ以上に南国大島の情緒が何か自然に心に沁み渡ってくるようで、目の前に広がる風景がすべて、むつみには新鮮な感動を与えてくれるように感じられた。

ただひたすら、素朴な風景が続いている。教えられた道は単純なもので、間違えようもなかった。

「すてき……」

全開の窓から吹き込む風に声を流しながら、むつみは名瀬の街に入った。

田中一村終焉の地、という表示が見えた。車は間もなく、最近できたトンネルに入った。旧名瀬市街地（現在は合併されて奄美市となっている）の交通の混雑を避けるために、山を掘り抜いたバイパスで、最近開通したものであった。

トンネルを抜けても、まだ名瀬の中心である。車の数は格段に増えている。すでに空港を出て四十分あまり運転をしているが、肩の凝らない気楽な旅程だ。

あっという間にいくつかの信号を過ぎると、道路の両側の軒並みも途絶えて、緑深い山が覆(おお)いかぶさってきた。

目の前に黒いトンネルが口を開けている。朝戸(あさど)トンネルとある。古めかしいトンネルだが、その昔、国道は、いくつもある峠を越えてつながっていて、一つの峠を越えるだけでも九十九折(つづらおり)を一時間以上かけて行ったものであった。

それぞれの山をぶち抜いて国道が島の南北を貫いたのは、さほど遠くない昔である。旧道らしき狭い道が山肌に見え隠れする。

また長いトンネルに入った。ちらりと見えた入口には三太郎トンネルとあった。

「さんたろう……」

かつて遥(はる)か遠く山の峠に、畑中三太郎という鹿児島から移住してきた人物が開いた茶屋があったという。当時の行商人が通っていたのは、山の中の険しい路(みち)。峠に畑を開墾(かいこん)し、道行く人に休憩場所と茶をふるまった。三太郎坂と呼ばれたらしいが、これまでの奄美の生活の中には馴染(なじ)みのない三太郎という名前が峠につけられたのも、畑中三太郎が奄美の人々の生活の中に溶け込んでいたからであった。

そのような話を知るはずもなく、むつみの運転する車はトンネルを抜け、今では跡形もなくなった三太郎峠の茶屋を、遥か背後上方の山に残して進んでいった。

今度は住用村マングローブと掲示が出た。少し高台になった道を走り続けると、左手に深いマングローブが樹間に光を弾きながら、鬱蒼と佇み広がっている。美しい光景も運転席からはわずかに見えただけで、道はひたすら一本道。奄美の自然の中に埋もれるように進んでいく。

「あ、ここね」

国道を古仁屋まで抜けてしまうと、西古見から灯台には遠回りになり、篠川経由がお勧めとあった。その分かれ道に来たようだ。

道は右手に走り、真新しいトンネルに入った。左下が狭い旧道で、ほとんど利用者はない。

たちまちトンネルを抜けた。

「篠川は、あ、左ね」

真っ直ぐ行けば大和村。どこまでも山の中をくねくねと道がうねる。緑満載の山しか見えず、民家一つない。標識がないままに、それでも二車線の舗装された道路が、道案内するように先に先にと延びている。この島の道路行政は完璧であった。

「おじいちゃん、こんなところで生まれたんだ」

感慨が深かった。大都会東京からいったい何百キロ離れているのだろう。遠く離れた点と点を結ぶ人の縁……。

遠い時代の財宝が埋まっているようで、むつみの心は抑えようとしても抑えきれない興奮に満たされていった。

山を抜けたあたりから道が下りだした。どんどん車が加速される。地図を見れば、もうすぐ海に突き当たる。そこを右に折れるはずだ。

篠川の交差点はT字路であった。むつみは右にハンドルを切った。海沿いのまた細い道だ。

「この辺が瀬戸内町」

瀬戸内海に思いを馳せて名づけられたという。海と反対側には、ちらほらと民家が見える。高低の大きい道が、時には海を隠しながら、またどこまでも続く。

海が目の前に広がった。古志湾であった。少し奥まったところに集落らしき家屋の屋根が緑の中に見え隠れした。それもあっという間に後ろに消えた。

また山の中だ。だが西に向かう道は、海から離れない。すぐにまた湾が現れた。漁船が一艘、桟橋につながれて、ゆらゆらとゆれていた。

むつみはしばらく行って、学校らしい建て物が見えるところで、ようやく二時間あまり休まず運転してきたことに気づいた。疲れを感じることもなく、初めて見る祖父の故郷奄美大島の自然に魅了されたまま、知らぬうちに島を縦断していたのである。

　むつみは車を道路脇に停めて、外に出てみた。真昼の陽光が海を白色に変え、目に眩(まぶ)しい。

　賑(にぎ)やかな子どもたちの声が校庭に広がり、数名の小学生が細長い校舎から飛び出してきた。

　見ると久慈(くじ)小中学校とある。

　久慈小中学校は前身は明治に建てられた学問所と、石碑に刻まれた銘文(めいぶん)が道路に向かって立っていた。島で最も早く学問が普及した場所と、誇らしげに書いてある。遠い過去から流れる時間をむつみは感じていた。

　運転疲れを癒(いや)すというほどでもなかった。むつみはすぐにレンタカーを発車させた。また海沿いを行く。変わりのない自然の風景と、時おり現れる村落に、さらに新しい感動を覚えながら、やがてむつみは西古見という村の名前を見つけた。

　一時を少しまわっている。春というのに午後の陽射しが強い。むつみは車を停めて、祖父の手紙をバッグから取り出した。

　まず西古見の砲撃用観測トーチカに行けと書いてある。こぢんまりとかたまった村を見回しても、戦争の遺物はさしあたって見当たらない。穏やかな情景が続くばかりだ。

「そんなものが、今頃残っているのかしら」

堤防（ていぼう）がはられた海岸を歩いてみれば、格別変わった様子のない静かな漁村のようだ。人の姿も見えなかった。

祖父はそのトーチカに五年前に来ているという。インターネットで検索しても、それらしき案内は見つからなかった。だが祖父が来たという以上、それはどこかにあるに違いなかった。

遠く、今、むつみが走ってきた道路に、小型のトラックらしき影が現れた。

「すみませーん」

トラックはむつみの前で、がたがたとゆれながら停車した。

見慣れないむつみに、老人は不審そうな目を向けている。

「この辺に、戦争中に作られた観測用のトーチカがあると聞いてきたんですが」

老人はしばらく考えていた。

「ああ。観測所のことですかの。それなら、この道をまだ先に行きなされ」

土地の人にも思い出すのに時間が必要な過去の遺産。歴史の長い時空の隔たりがあった。

「そこからの夕日は格別ですよ。是非ご覧なされ」

眼下に緑色から群青色（ぐんじょういろ）まで、少しずつ変化する七色の海が道案内である。

空の青に突き抜けそうな坂道を一気に登りかけて、むつみは慌（あわ）ててブレーキを踏んだ。左手に何か標識らしきものがあったように思えた。通り過ごしている。

横の草叢に車を停めて、むつみは歩いて引き返した。そこには白い木の立て看板があった。「観測所跡」と大きな赤い四文字が目に飛び込んできた。

「あった」

海側すぐ脇の少し高いところに、コンクリート製の狭い通路のようなものが伸びている。説明には、昭和十五年に旧陸軍によって作られたもので、背後の山に備えられた砲台に、攻撃目標までの距離を観測して連絡した、とある。

外部からはまったく見えないように作られていたようだが、平成十六年に整備されたらしい。

「平成十六年に整備された？　おじいちゃんが来たのは五年前。ぎりぎり、まずいんじゃないの」

人が一人通れるくらいの溝のようなコンクリート壁の先に、なるほど円形の壕とも言うべき祠が見えている。少し気味が悪い。むつみは中に入らず、外側を回ってみた。

そこは小さく岬のように突き出した地形で、道路から海のほうに伸びている。トーチカはその岬の付け根に当たるところに、二階建てで設置されていたようだ。天蓋はコンクリートで固められ、上は草ぼうぼうで、南国らしく椰子の木らしきものが根を張っている。

二十メートルほど先の岬の突端まで歩くと、そこは断崖絶壁で、はるか眼下に海が白い波を打ちつけていた。

見下ろすむつみの視野に動くものがあった。白い動物が何頭か、絶壁に足場を見つけて立っている。鋭い泣き声が海に響いた。

「山羊？」

やがて山羊たちは群れをなして絶壁を駆け下り、姿を消した。

野生の山羊を見たのは初めてだった。

独り人間のみ、時間の流れに逆らい、時間を加速し、時を急いで駆け抜けようとしている。人は自らの命を縮めている。初めて感じた想いであった。

目の前に広がる果てしない東シナ海。背後の純朴な自然の大島。そして、すぐそこにある人類が印した自然に逆らう傷痕。

何か言いようのない厳かな気持ちがむつみに満ちていた。これから何が起こるのか知るべくもない未来が、空と海の大空間の中に満ちるように大きく広がっていくのを感じていたのである。

観測所といっても、半径が十メートルくらいの狭い空間であった。天井がすぐ頭の上にある。崩れる危険性でもあるのか、ジャッキのようなもので窓にあたる部分を支えている。その窓に近づけば、東シナ海が長方形に切り取られて、遠くに光っていた。

　この観測所の中心に、祖父は何かを埋めているはずであった。むつみはバッグから小さな園芸用のスコップを取り出して、床の中心あたりの土を掘り始めた。

　五年前に整備されて、今のトーチカの姿を現したという。もしかしたら、足元の土も掘り返されて、祖父が埋めたはずのものも取り払われているかもしれなかった。

　それならばそれでいい。諦めてもかまわなかった。

　湧き立つ冒険心に動かされてここまでやっては来たものの、むつみの心の中では、やはり不安感も拭いきれないでいた。そう思いながらも、むつみの土を掘る手には緩みがなかった。

　トーチカの中の空気は動かない。むつみの額に汗が噴き出ていた。身体中に汗が感じられる頃、スコップの先がカチリと何かに当たったような音をたてた。

　何かある……。むつみの手に力が加わった。十センチ四方の小さな金属製の箱が現れた。むつみは夢中で掘り返し、箱を取り出した。宝物を掘り当てたような気持ちだった。

「やったあ」

　土を掃い、蓋をつかんで力を込めると、簡単に開いた。蓋には少しさびが付いていたが、中はまったく綺麗で、なるほど十二、三センチはあるかと思えるような一個の鍵が、対角線上に置いてある。

それを中から出す時、むつみは胸がドキドキした。これからこの鍵で開ける場所には、祖父が六十年以上ものあいだ大切に隠し続けたものがある。

もはやあと戻りはできなかった。

2

むつみが観測所跡の床の土を掘り返している間、春の陽光が動かない空気の中に満ちていた。三時近い。やはり少し穴掘りに手間取ったようだ。あまりのんびりとしてはいられない。昼食を食べそびれたことなど、気にもならなかった。

むつみは鍵を入れた箱を助手席に置くと、また車を動かし始めた。鬱蒼とした木立(こだち)の中を、枯れた木(こ)の葉が散らばる道路が延びている。

車のエンジンの音で、木々の間に遊んでいるはずの鳥の気配さえ感じられない。一人ぼっちの旅が、このような場所では格別身に沁みてくる。いきおい先を急ぐアクセルに力が入った。まだ舗装道路が続く。

「利用する人もほとんどいないだろうに、よくここまで舗装してあること」

感心しながら眺(なが)めた道路標識が、曽津高埼灯台と読めた。ブレーキに脚が伸びた。

灯台へは左手に細い路を行かねばならないようだ。むつみはハンドルを左に切った。路は細かった。大きな石ころが路の真ん中に突き出ている。わずか車一台の道幅しかない。両側は深い森であった。それでも人の利用があることが、二本の深いわだちで明らかだった。

何分走ったか。何もないでこぼこ路。いつ目標に到達するかわからない路は時間がかかる。白い看板が目に入った。

「あ。あった」

曽津高埼灯台案内の文字が最初に見えた。「この灯台は……」と書いてある。肝心の灯台は影も形もない。

「どうなってんのよ？」

腹立たしく感じながら、むつみはそのあたりを歩いてみた。土が剝き出しになった路は右手に大きくカーヴしている。わだちが曲がって先に消えていた。

むつみは再びでこぼこ路に乗り込んだ。慣れてきた路を巧みにハンドルを操りながら、慎重に進む。路が少し下って、遥か下にあるであろう海のほうに進んでいる。

左手の木立の間に、海の光が見えた。やがて路はついに行き止まりになった。

地面から出ている杭で遮られていて、「これより車輛乗入禁止」とある。歩けということだ。先に幅一メートルくらいのコンクリート路が延びている。

むつみは鍵を入れた箱をつかむと、外に飛び出した。

これまでのでこぼこ道と違って、この先はコンクリートで固められた歩道だ。確かに人の手がつけられた証拠だ。いまだに見えない灯台は、この先にあるに違いない。静かだった。足元からは遠く波の気配が上がってくる。真夏のような強い太陽の白い光がコンクリートの道路に反射して、目の前がますます明るい。眩しいくらいであった。

視界が開けた。青空を切り取るように、真っ白い灯台の姿が浮き出ていた。

むつみの歩が速くなった。道幅は一メートル弱しかない。右手の山側はもう地肌が見えた土の塊（かたまり）で、左は足を踏み外せば間違いなく死が口を開けている断崖である。

灯台がぐんぐんと大きさを増してきた。

灯台の入口には門扉（もんぴ）があった。関係者以外立入禁止。この最果てまでやってきて、引き返す馬鹿もいない。門扉には鍵はかかっておらず、すぐに開いた。

灯台の裏にコンクリートで固められた広い庭があった。現在でもヘリポートとして使われているのは間違いないようで、丸にHの文字がある。

むつみが用事があるのは北のコンクリートの壁だ。影の方角から、むつみは正面に見える壁がそれだと思った。

「それにしても……」

壁が孔だらけだったのだ。

「これが、おじいちゃんの手紙にあった、砲弾の痕？」

大きいものから小さなものまで、無数の傷がコンクリートをえぐっている。東側の壁は一部がなくなっていた。

「六十年前、ここに砲撃が」

連合艦隊の幻影が壁の向こうに煌めく東シナ海に重なるようで、むつみは軽い眩暈を覚えた。

「よくもまあ、こんなものが残っているもんだわ」

残しておくべきものかもしれなかった。戦いの歴史を、そしてその中で身をもって知った痛みを、すべて消してしまってはいけないのかもしれなかった。

少しばかり重たい気持ちになりながら、むつみは北側の壁の外に上半身を乗り出した。壁はちょうどむつみの腰くらいの高さで、遥か眼下にエメラルドグリーンの海が見えた。息を飲むような美しさだった。左手から入る太陽の光が、小さな岩礁に影をつくっている。周りは深い群青色なのだが、岩場に近づくにつれて緑色が増してくる。

宝物のような色彩を裂くように、真っ白い波が時おり現れる。

景色に心を奪われながら、むつみの目はせわしなく壁の外側を這った。

「あった！」

すぐ横に確かにさびた鉄の扉が、壁と一体となったような色で貼りついている。

むつみは鍵を取り出すと、軸が長い鍵を鉄の扉の鍵穴に差し込んでみた。身を乗り出して手を伸ばしてようやく届く。

壁の向こうは足を置くだけの幅はあるのだが、そこから先は断崖となって、海に落ちている。さすがに壁を越える気にはならなかった。

容易には鍵が回らなかった。

「おじいちゃん。これじゃあ、開かない」

塩の混じった雨風に何十年と曝（さら）されているにしては、さびついているというほどではない。何とか手ごたえはあるのだ。乗り出した身を支える背筋が痛んでいた。鍵を握る手がなまりかけている。

むつみは諦めなかった。乾いていた身体にまた汗が噴き出した。何度も手を服で拭いながら、それでも鍵は少しずつ回っていった。

差し込んだ時から見ると九十度は回ったようだ。

カチッと乾いた音がした。鍵を通して手ごたえがあった。何かが弾けたような感じであった。鍵が開いたと思う間（ま）もなく、勢いよく扉が撥（は）ねた。握っていた手が弾かれた。

扉は瞬時に九十度開いて止まった。打たれた手が痛んだ。鍵穴に入っていた鍵はぶるぶると震えて、しばらく微妙な角度を保っていたが、間もなくすっぽりと穴から抜けて、一度コンクリート壁に当たって音をたてたのち、断崖を落ちていった。

むつみは扉の中を覗き込んでみた。コンクリート壁の中は空洞で、鍵が入っていたものと同じような箱が置いてあった。

「これだ」

ふいにバランスが崩れ、慌てて扉をつかんで、滑りそうになるのをこらえた。目の前の美しい海がその時には奈落の底のように見えて、むつみの全身から汗がどっと噴き出した。

「ひゃあ」

今度は慎重に手と身体を動かして、むつみはしっかりとその箱をつかんだ。それは同じような十センチくらいの立方体の箱であった。

「こんな小さな箱に、何が入っているというのよ」

中には油紙で巻かれたものがあった。開いてみると、二つ折りの封筒である。

「なに？　また手紙なの」

中の便箋の文字は祖父の手によるものであった。少し色が褪せた万年筆で書かれた手紙には、むつみに宛てた次のようなメッセージがあった。

「むつみ。お前がこれを見るかどうかは、まったく予想もつかない。できれば、このままむつみの目に触れることなく、時とともに沈黙を続けて欲しいと願う。だが、もし万が一、この手紙がむつみの手に渡る時がくるとすれば、どうか、むつみにお願いしたい。おじいちゃんがむつみにこれから託すものの行く末を、むつみに最後まで見届けて欲しいのだ。そして、それがどうか平和利用されることを望んでやまない。

　むつみには過酷な試練を課すことになるかもしれない。だが、曲げて受け入れて欲しい。間違いが起こりそうな時には、どうか命をかけてその間違いを正して欲しいのだ。むつみの手に余るだろう。その時には、誰の力を借りてもいい。信頼できると思える人物にすべてを見せて、助けを請う（こ）といい。その時の総理大臣でもいいくらいだ。それはむつみに任せる」

　いったい何のことなの？　むつみは訳がわからないまま、先に目を移した。

「前置きが長くなった。こんなまわりくどいことを書いたのは、これから明かす過去の戦争の遺産を、いまさら人々に知らしめる必要があるかどうか、ということに、おじいちゃん自身相当悩んだからだ。そして、おじいちゃんは一つの結論に達した。仮にこの秘密が明らかにならないならば、それはそれでかまわない。確かに、いい方向で利用されれば、確実にその価値はあろう。だが、悪用されないとも限らない。その時はまた、かの戦争のような災厄（さいやく）が現代の人々の上に降りかかる恐れが充分にある。

だから、必ずしもこの菊００号作戦の全貌が明らかにならなくともいいと考える」

菊００号作戦？　また戦争？　冗談じゃない……。

「もっとも、今、これを読んでいるとすれば、むつみは菊００号作戦の三分の一を手にしたも同然ということになる。次の便箋にその隠し場所を記してある。ただしそれを手にする時には、ハブにくれぐれも気をつけなさい。猛毒を持つ蛇だ。どこに潜んでいるか知れない。硫黄を身体につけておくといい。ハブは硫黄を嫌う。相当臭いが、ハブに噛まれることを思えば、それも我慢できよう。幸運を祈る。そして、可愛い孫娘にこのような過酷な試練を与えたおじいちゃんを許して欲しい」

まだ訳がわからない。むつみは、最後の一枚を取った。そこには、この西古見から曽津高埼灯台のあたりの地図のようなものが書かれていた。

西古見の村、観測所跡、そして今いる曽津高埼灯台の文字が見える。それぞれのところに×印があり、位置を示していた。中ほどのところに、これまでやってきた道路沿いであろう、病院跡と書いてある。そこに二重丸がつけられていた。

隅に、これは病院跡の少し詳しい間取りと思われる別の絵が描かれている。いくつかの部屋に分かれた病院跡の一番端の部屋に丸印があり、そこに積み上げられている石の下に求めるものがあるようだ。石をよけて、中のものを取り出すよう指示があった。

「来る時にそんな建物あったかしら？」

西古見の村を通り過ぎたのち、建物らしきものなど一軒も目にしていない。六十年以上も前の戦争当時に建てられた病院など、いまさら跡形もないのではないか。

砲弾の痕が目に強い印象を焼きつけたままだ。祖父が隠したという六十数年前の遺産が、間もなく姿を見せる。砲弾がにわかに目の前で炸裂(さくれつ)したような錯覚に襲われて、むつみは思わず強い眩暈に襲われる自分を支えていた。

連合艦隊の幻影を浮かべた東シナ海は、午後の陽光を存分に跳ね返して白く輝いていた。

むつみは確実に過去の時間を感じていた。暴(あば)けば現代にも災厄を招くかもしれないという祖父の言葉が、祖父がまだむつみくらいの年齢の時に経験した時間を、こうして分け与えている。

むつみは手紙をていねいにたたむと、病院跡の地図が書かれた一枚だけをよけて、残りは封筒にしまった。

そして封筒と地図を持って、足早に灯台をあとに細い路をまた戻っていった。時々足元を見れば遥か眼下には、エメラルドグリーンの海がまったく透明の水に西日を跳ね返していたし、振り返って目を上げれば、来る時と同じように灯台が青空に突き出ていた。

日が傾き始めている。時計は四時を指していた。

「この分では、病院跡に着くまでに、日が落ちるかもしれない」

不安が腹の底から湧き上がってきた。急に一人でいることが心細く感じられた。周りの大自然が今度はむつみを拒絶しているように思えて、もう景色どころではなく、むつみはひたすら歩みを速めた。

車は置いた場所にそのまま静かに停まっていた。狭い路を苦労しながら向きを換えると、むつみは身体が躍るのも構わず、ただ前を見つめながら、アクセルを踏む足に力を入れた。レンタカーが飛び跳ねた。

たちまち舗装道路に出た。山の影がほとんど目の前を覆い、間違いなく日没が近づいている。

対向車とて一台も出会わない山の中の道は、ぐんぐん飛ばせた。

あっという間に観測所跡が後ろに消えた。背後から、海に沈むまでにはまだ少し時があるある太陽が車内を明るく照らしても、山の中に入ればすぐに暗くなった。

格別の夕日、是非ご覧あれ、と言われた言葉など、むつみの頭の中からは完全に消えている。

病院跡。それらしき建物はまったく見えないままに、むつみの車は見覚えのある集落に着いてしまった。

「あらあ、変だわ。見過ごしたのかしら」

集落は確かに西古見だった。


「今からでは危ないですよ」

一軒の家に人影を見つけて、病院跡のことを訊いたとたんに、住人の老婆は答えを返してきた。外は空が白っぽい青さを残しているだけで、すでに民家を夕闇が覆っていた。

「ええ、ありますよ。この先です。ずうっと車でいらっしゃれば。ああ、あちらから来られた。じゃあ、戻ることになりますが」

「西古見というところの砲台のような観測所跡は見たんですが」

「そこまでは行かないんですよ。少し手前に、左に曲がるところがありましてね。その角ですよ」

むつみは腕時計を見た。五時を過ぎている。

「夜は駄目ですよ。危ない。ぼちぼちハブが出ますから」

「ハブって嚙まれたら、まず助からないんでしょう？　マムシよりずっと毒が強いとか」

「ええ、ええ。危ないですよ。噛まれたら、血清をうたないと死にますから。この島でも、いまだに毎年何人かが犠牲になりますからねえ」

泊まるところは決めていないというむつみに、今晩はここにおればいいと、老婆はにこにこと後ろの広い部屋を指さした。

「明日は病院跡を見にいかれるのでしょ。ここなら近い。なに、私一人です。みんな出ていった。内地に行っている子どもたちが帰ってくるのは正月と盆の時だけですよ」

老婆は内地という言葉を使った。ここにも遠い時代の名残がまだあった。

老婆は語った。子どもが七人いて、それぞれ所帯を持ち、三人は島の中にいるが、ここからは離れていると言った。他の四人は鹿児島やら、大阪、横浜に出ているという。

孫が二十人近くもいて、みんな集まれば、もう大賑わい。そのことを話す時は、老婆の顔が輝いた。静かな平和な空間であった。

老婆の背中が台所でゆれている。向こうに湯気が上がり、おいしそうな匂いがむつみの鼻に届いた。

外はとっぷりと暮れていて、天井から吊るされた電灯が侘しい光を落としている。

奄美にはこんなものしかありませんがと言いながら出された夕食は、豚やら蕗やら、魚の揚げ物やら、いつの間に作ったのか盛りだくさんで、むつみは目を丸くしながら、旅の心を味わっていた。

3

ワシントンDC郊外にある伝染性微生物研究所の一角にある研究室の中では、培養(ばいよう)器の中に何枚ものシャーレが並んでいて、充分に湿気(しつけ)を保った摂氏三十七度の空気に温められていた。

その中のいくつかのシャーレの寒天培地の上には、細菌が増殖してできる白いコロニーがすでにぽつぽつと、肉眼で見えるほどの大きさになりつつあった。

「アリス。そっちはどうだ?」

声が防護服の中に響いた。

「そろそろ増えてきているわ」

アリスの相棒ピーターが、シャーレを操作している。

培養器の横に筒状のシャーレ移走器がついていて、コンピュータの命令一つで培養器の側壁に穴が開き、外気に触れることなく、中から小型ベルトコンヴェアーに乗って、指定したシャーレが筒の中を動いていく。

アームが伸び、シャーレの蓋を持ち上げた。培地の上には、肉眼的に認められる細菌の増殖コロニーがいくつも散らばっている。遺伝子が変異した新しい細菌の誕生であった。

ピーターは、画像に映し出されたコロニーの一つにポインターの位置を定め、クリックした。命令に応じてロボットアームが移動し、今示されたコロニーをすくい取り、これからその細菌が造っているはずの毒素を解析すべく、解析用の容器に移している。

容器が移動してコロニーが溶解され、測定器の中に吸い込まれていった。

コフィンの中はガラス張りで、人の目が届かないような死角になる場所がない構造になっていた。研究員の全身も完全に密封された状態で、まったく隙間のない防護服で包まれていた。研究者同士の対話は常時、防護服の中に仕掛けられた通話機で可能となっている。

遺伝子解析はアリスの役割だ。アリスはピーターとは別のコフィンを使って、コロニーを一つ選別し、それを遺伝子解析のために処理している。添加した酵素で細菌の細胞膜が分解され、中にある遺伝子が抽出されていた。

新しく遺伝子変異によって生まれてきた細菌の遺伝子が、一週間もすれば端から端まで解析され、遺伝子の塩基配列が完全に明らかになる。

検出された結果は、その後コンピュータの中で自動的に、これまでの細菌の遺伝子と比較解析され、相違が捉えられ、遺伝子がコードする蛋白質のアミノ酸配列まで、すべて明白になる。

待つだけであった。一週間後には、この世に初めて現れる細菌761のすべてが明らかになる予定であった。

「どうだ、日本の状況は？」
「ええ。格別、異常はないようです。それらしき感染症の発生は報告がありません」
「ふむ。ところで、細菌そのものの調査はどうなっている？　他の国に持ち出された可能性は、その後もないだろうな？」
「もちろんありません。全国の大学や研究所での動きも完全に把握できています。ただ、本当にあの国にあるのでしょうか？」

男は口ごもった。

「なければそれでいい。だが、例の男の告白から考えれば、間違いなくあの国のどこかに存在すると見たほうがいいだろう。六十年以上も難儀なことだよ。特務捜査員はどうなっている？」
「定期連絡によれば、それらしきものは一向に。しかし、報告の中に、一つだけ興味を惹かれるものがあります。これはもう少し、はっきりしてからご報告致します」

「よかろう。君の報告にあるように、細菌が日本でも同じ状態だとすると、早晩大変なことがあの国に起こる。それは日本だけにとどまらない、というのも君の話からよくわかる。あの国の人間たちも呑気(のんき)なことだよ。戦争の遺産がいまだに彼らの生命を脅かしていることに、これっぽっちも気づいていないのだからな」

「あの国にこの細菌が残っていないことを、彼らのためにも願いたいですな」

服装と部屋を見れば、最上級の職務についているであろうこの部屋の主は、研究所長の報告を聞いたのち、冷たく光る目を窓の外に移した。

すべての細菌の突然変異は、間もなく終了した。その後は、一定の分裂周期を保って、どの細菌にもあるように、分裂の度に倍数になっていくのだが、研究員たちは観察に必要な細菌のみを培養器の中に残し、残りの細菌を、これから行う動物実験用と、毒素に対する抗血清作成用に分割した。

細菌の動物に対する毒性試験はロクサーヌの役割だ。ロクサーヌは別に設置されたコフィンの中にマウスを何十匹と解き放った。

コフィンの中は自由に動き回るマウスで賑やかになった。その様子を冷静な目で眺めていたロクサーヌは、再びコンピュータのキーに指を伸ばすと、すばやくいくつかのキーを叩いた。何本もの試験管がロボットアームで運ばれてきた。細かくゆれている。

試験管の中には細菌761をたっぷりと含んだ培養液が充満しており、マウスたちが蠢いている上空にやってきた。と、試験管を支えていたアームが開き、あっという間に試験管が落下した。それはコフィンの床に当たると、粉微塵に砕け散った。たちまちのうちに中の液体が床にこぼれ出た。

マウスはガラスが割れる時、一瞬身を竦めたが、すぐに後ろ足で立ち上がって、何ごとが起こったのかと訝っている様子だ。

ロクサーヌはごくりと唾を飲み込んだ。次に起こる情景が、試験管が割れたあとのわずか何十分の一秒かの間に脳裏に浮かんだ。それは直後には、コフィンの中で現実のものとなっていた。

コフィンの中のマウスが、ほとんど同時にクニャリと床に横たわった。痙攣すら現れず、躯体のすべてが瞬時のうちに死の静寂に覆われた。

試験管が破砕されてから数秒後にはすべてのマウスが死滅したコフィンを、ロクサーヌは、さらに一分ほど眺めていた。何も動かなかった。マウスの死は確実だった。

確認が済めば、コフィンの中のものは不要であった。コフィンに、あっという間に数百度の熱風が送り込まれ、たちまちのうちにマウスの屍骸から炎が上がり、コフィンの中に煙が充満した。

真っ白い煙の間に、マウスの身体を焼く炎がちらちらと見える。変異した細菌も数百度の熱には耐えられない。

しかし地球の中心に燃えさかるマグマ、噴き出る溶岩の中でも生息する細菌がいるくらいだ。この細菌761とて、どのような変異を遂(と)げているか知れたものではない。自然の悪戯(いたずら)は何をするかわからない。

先の研究会でアリスとピーターが説明した三種類の変異であれば、耐熱菌の発生はないと考えてよかった。

これまでの二年ごとに繰り返される変異の予想は、例えば二十年前の頃とは比べものにならないほどに正確になってきている。遺伝子に関する知識が、当時とは隔世の様相を呈している現代だ。コンピュータでの予想も可能になっている。

前回、前々回の変異の予想は、まさしくそれぞれの変異を完璧に言い当てたのであった。今回も大丈夫だろう。すべての研究者が解析予想を信じていた。

ロクサーヌとて例外ではなかった。それでも慎重な彼女は想定外の遺伝子変異の可能性を考えて、コフィンの中で炭の塊になったマウスに、界面活性剤を含んだ消毒用石鹸(せっけん)水を存分にふりかけた。

ここまでやれば、万が一灼熱(しゃくねつ)地獄の中ですら細菌が生き残っていたとしても、細菌を包む細胞膜自体がバラバラになる。

煙が消えたコフィンの中が、今度は石鹼で泡だらけになっていた。

細菌を無毒化する抗体、抗血清の作成は、マイケルに課せられた業務であった。

今日の技術をもってすれば、毒性を示す蛋白質の正体が判明した時点で、データをもとに、コンピュータシミュレーションによって抗体の化学構造式を決め、それを合成することがある程度可能であった。直接に細菌や毒素に触れることなく、抗体を手に入れることができる最も安全な方法である。

何しろ毒性が極めて強く、万が一にでも研究所外に出れば確実に周辺に伝染し、生物の死を招くであろうし、次から次へと感染して、地上の生命のすべてを壊滅させること確実であった。この星は死の星となる。

マイケルは二週間前の変異予想が発表された時点で、三つの可能性について、すべての毒性蛋白質に対する抗体の作成を始めていた。

新しい細菌は変異を終了している。一週間後の総合研究会の時には、使用可能な抗体、抗血清を提出しなければならなかった。

4

早朝から、羽田空港に向かう首都高速は混雑していた。

ただでさえ狭いこの高速道路は、建設当初は予想もしなかった車の数の急激な増加に対応しきれない状態で、東京大都心の苦悩を代表するようなものであったのだが、今日は高速道路が通過するすぐ脇のマンション建設現場で、重機が倒壊したというのだ。

倒れた重機は、高層ビル建設現場で見かける、空に突き抜けるような鋼材運搬用のものであったから、建設中のマンションは真ん中から真っ二つに裂かれるように潰されていた。

滅多（めった）に見られないような災害現場を見物しながら車が進むものだから、当然道路は渋滞した。

「おい。間にあうのか。何なんだ、この渋滞は。だからもっと早く出ろと言ったんだ」

老人の手が時々太腿（ふともも）に伸びてくるのを冴子（さえこ）はさらりと払いながら、両手の指がせわしなく膝（ひざ）の上のパソコンのキーを叩いている。

「御前さま。少し先の建設現場で、事故があったようです」

インターネットの情報は極めて早い。

「重機が倒壊したんですって」

苛立たしげに、老人の手が自らの大腿部をぴしゃりと叩いた。

「阿呆どもめが。さっさと進まんか。だいたい、そんなもの見たところで、何もわかるわけでもあるまいに。どうせ倒れた重機しか見えんのだろう」

「建設中のマンションが壊れたみたい」

「当たり前だ。重機が倒れれば、当然、下敷きになったものはペッシャンコだ。そんなもの見てどこが面白いんじゃ。馬鹿者どもめが」

「そう言えば、交通事故の渋滞も迷惑なものですね」

運転席の田尻が機嫌をとるかのように、老人に話しかけた。

「事故があった道路は仕方がないとしても、対向車線の車が脇見渋滞というのは」

「そのとおりじゃ。見ても何もわからんくせに、のろのろと眺めながら行きおる。馬鹿ばかりだ」

「御前。マンションがぐしゃぐしゃですよ」

文句を言いながらも、老人は腰を浮かして、窓から道路下を眺めた。重機が鉄筋が組まれた建物の真ん中にめり込んで倒れていた。

「しかし、あんなところで重機が倒れるとはのう」

「埋め立て地ではないのですか？」

東京の埋め立て工事は、その昔、江戸時代には始まっていたという。世代を超えた人類の知恵と労苦が産みだす資産であった。

老人は少しずつ後ろに流れていく現場を、首を回しながら、見えなくなるまで見つめていた。

倒壊現場を過ぎると、急に流れが回復した。田尻の運転する乗用車は、快適に高速を進み、間もなく羽田空港に到着した。

羽田発奄美大島行きＪＡＬ１９５３便の出発時刻は午前八時三十分。すでに搭乗手続きが始まっている。冴子に手を引かれて、老人は走るようにゲートに向かった。

検問までついてきた田尻は、魔風堂(まふうどう)コミヤコナミに関して何かわかったら、すぐに知らせろと言う老人の言葉にうなずいて、二人を見送った。

飛行機は満席であった。

「奄美に着いたら、すぐにレンタカーをあたれ。西畑(にしはた)むつみの足取りを追うのだ」

「バスを使ったかもしれませんよ」

「なら、バス会社にあたるまでだ」

不機嫌そうに老人は呟(つぶや)いた。

「どんなやつだ、その菱田(ひしだ)の孫娘は？」

「時間がなくて、写真までは」

「まあ、仕方がなかろう。じゃが、奄美ならば、都会の人間は目立つだろう。すぐにわかる」

老人は目を閉じた。冴子は持ってきた奄美大島の地図を膝の上に広げた。

地図の上におおよその奄美をとらえた冴子は目をあげて、送ってきてくれた田尻のことを考えた。彼も老人の命令で動いている。冴子が老人に雇われた時にはもういたのだが、どこの誰とも素性（すじょう）がわからない。ただ田尻義男（よしお）という名前を書いた名刺を使っているだけで、本名であるのかどうかも判然としなかった。

一見どこにでもいるような青年だ。冴子の年とさほど変わらないに違いない。煙草も吸わないし、酒も飲まない。あまり面白みのない男だった。時に大ポカをする。その時は立腹する老人も、いつの間にかまた田尻を頼りにして、さまざまな命令を出している。

休む間もなく、田尻は今、神田魔風堂に向かっているに違いなかった。

冴子は横で静かに目を閉じている老人の顔をそっと盗み見した。

老人の肩越しに、小さな窓から雲が見える。遥か眼下を流れる雲の途切れたところを埋めるように、小さな島々がぽつりぽつりと青い海に浮かんでいる。

定刻に離陸したＪＡＬ１９５３便が奄美空港に着陸するのは、午前十時五十五分の予定である。冴子は細い腕に巻かれた時計を見た。あと一時間ほどであった。

老人は動かない。ふさふさとした白髪と、長い眉毛、年のわりにはがっちりとした体格。しっかりと着込んだスーツの上に、夏でも脱がない薄いコートを羽織っている。不思議な老人であった。冴子に声をかけてきた時も、同じような風体であった。

歩いている冴子の横に車が停まり、後部座席の窓が開いて、中から老人の顔がぬっと出てきたのだ。老人は、「黒沼海運　黒沼影潜」と書かれた名刺を、訝る冴子の目の前に突き出して、いきなり訊いてきたのだ。

「君は英語ができるかね？」

冴子は、両親の仕事の関係で、成人するまでのほとんどの期間を、アメリカで過ごしたので、日本語より英語のほうが母国語とも言えるほどであった。彼女は老人の問いに、流暢な英語で答えた。

老人は運転していた男に同意を求めるように肩を叩いて、ドアを開けて出てきた。

「秘書を探している。どうかね、今、何をしているのか知らんが、うちに来ないかね。給料は弾む」

提示された条件は決して悪くないものであった。冴子はその場で承諾の返事をした。

秘書の仕事と言われたものの、実際にやる事は黒沼老人の命令で、さまざまな物を探す毎日であった。老人は、若かった頃に経験した戦争の時になくした大事なものを探しているとしか教えてくれなかった。

神田神保町の歴史ある古書店が並んでいる一角に、魔風堂は隠れるように建っていた。両横は、積んだ書物が軒(のき)先まで届きそうな古本屋で、それに挟(はさ)まれるように、間口の狭い骨董品(こっとうひん)店があった。

いつ建てられたのかわからない汚れた店先には何も掲示しておらず、興味があれば勝手に入ってこい、とでも言うように、商売をやっているのかいないのか、店自体が骨董品のように感じられた。

埃(ほこり)をかぶった入口の戸のガラス越しに、中はほとんど見えない。通りを歩く人影は、土曜日の午前には少なく、もちろん古書店にも魔風堂にも、訪れる人はいなかった。

老人は田尻に一枚の小さな絵図を託している。それは銀座一銀荘(いちぎんそう)の画廊で、老人が見た画家Ｑの絵にあった図に酷似(こくじ)したもので、もう少し大きい。

Ｑの絵の中心に描かれていた十センチ四方のものと比べると、さらに広い範囲に、同じような線やら記号が伸びている。これによく似たものがないか、コミヤコナミを探す以外に、骨董品店をあたれ、というものであった。

「魔風堂どころか、この古本屋にもありそうだな」

田尻は土地の名前そのままに神田書店と看板を掲げる古書店のガラス戸を、いささか苦労しながら開けて中に入った。

奥のほうに書店主がいるようだ。客が来た気配に目をあげて見ていた店主らしい老人に、田尻は訊いてみた。

「ちょっと、お尋ねいたしますが、このような絵が描かれたもの、何かありませんかね。何かの設計図か、建物の構造図のようなものなのですが」

「どれ？」と書店主は老眼鏡をつけて、田尻が差し出した紙を手に取った。

「ふーん。見たことがないですなあ。設計図ですか？」

まだ少し考えているようであったが、手にした紙を田尻に返しながら、老店主は言った。

「どうも、心当たりがありません。確かに何かの設計図か、おっしゃるとおり建物か。あるいは」

何か気がつくことがあったのか、老店主は「どれ、もう一度」と言って、田尻の手から絵図を取った。そしてさかんに首をひねり出した。田尻にかすかな期待が湧き起こった。

「何か心当たりでも。何でもいいんですが」

老店主はよっこらしょと腰をあげて、粗末なサンダルをつっかけ、横に並んだ書物の背表紙を指でさかんになぞり始めた。

「あ、いや。ここではなかったか」

今度は田尻を押しのけて、入口近くの書物の山の中に入っていった。老店主の身体が半分書物に隠れている。

「あ、これこれ」

相当の記憶力の持ち主のようだ。老店主は一冊の古ぼけた、少し大きい書物を引き出してきた。中を開いてみて、さかんにうなずいている。

田尻は期待に胸を膨（ふく）らませながら、老店主の開いた書物を覗き込んだ。細かい文字が書かれた中に、小さな図が入っている。

「これをご覧ください」

老店主が突き出したところにある図は古いもので見づらかった。

老店主は席に戻り、大きな天眼鏡を取り出して、図の部分にあてて覗き込んだ。

「よく似ていますな」

田尻も勇んで覗き込んだ。なるほど、黒沼老人が田尻に渡した絵と類似した線が細かく引かれている。

「何なんです、これ？」

老店主は書物を閉じて、表紙を田尻のほうに突き出した。

雨水が染み込んだような茶色い表紙に、「松代（まつしろ）大本営の研究」と明確に読むことができた。

敗戦の色濃くなった当時の日本軍が、最後の決戦の場として長野県松代に広大な地下壕を用意し、そこに焼け野原の東京から天皇を迎えて徹底抗戦しようとした事実に関する知識は、田尻にはない。

老店主は、松代大本営について手短に説明したあと、田尻が持っている絵図は、松代大本営の地下壕の構造図に似ていると言った。

何ページか地下壕の設計図が書かれているところを開きながら、老店主は説明を加えたが、田尻は少し違うような気がしている。

「ですが、地下壕の構造と言っても、そこに書かれている大本営の地下壕構造図は、ほとんど直線ばかりですよ。何だか、東西南北に縦横に地下通路が掘られているみたいな」

「よくは似ているのですが、やはり違いますかねえ」

老店主は田尻の反論を受け入れた。田尻は感じた疑問をぶつけてみた。

「これを見られた時、松代の地下壕を思い出された。確かに、直線ばかりの松代大本営の構造図と、こちらは直線やら曲線やらが混じった図だ。ずいぶん違うように見えます。でも、言われてみれば、何だか線の引き方が何となく似ていますね。どこがどうとは言えないんだけれど」

「そうなんですよ。線だけではなく、そちらの絵には記号や数字があるでしょう。大本営の地下壕の絵にも、よく似た数字が書かれているんですよ。ここです」

老店主は探していた数字を見出したページを開いた。

「似ている」

数字の書き方が特徴的で、似ているとも言えた。

「でも設計図って、だいたいこのような記述の仕方を取るのではないのですか？」

「さあ、その辺はよく知りませんがね。ですが、まあ、似ていると言えば似ている。似ていないと言えば似ていない」

老店主の言葉があいまいになった。老店主は眼鏡をはずして、目の前の古びた机の上に置いた。もうこれ以上は情報はないと言っているようだ。

田尻は黒沼老人が探しているものは、戦争に関係があるとだけ聞かされている。地下壕の絵図、というのも、思わぬ収穫かもしれなかった。

5

土曜日の朝というのに、上客が現れて、神田書店の老店主はほくほく顔であった。

「お隣は骨董品のお店ですかね。ずいぶん古いんでしょうねえ」

「私どもと、ほとんど同じ時期に店を出しておられますからねえ。かれこれ五十年ですよ。私どもも、もともとこのあたりに住んでおったのですが、例の東京大空襲で焼け野原ですわ。よくまあ、ここまで復興したものだ」

「魔風堂さんというのは、ずっと骨董品を扱っていらっしゃるのでしょうか？」

「そうですよ。ほら、続きの古書の店があるでしょう」

店主が指さした先は、魔風堂を挟むようにして建っている、もう一軒の古書店であった。神保書房と読める看板が、少し傾きながら、時を語っている。

「あちらも魔風堂さんのお店です。以前は全部骨董品店だったのですが、いつだったか、古書店も開かれまして。うちとは商売敵（がたき）になりますが、まあ、仲良くやっておりますよ」

ははは、と老店主は低く笑ったあと、田尻をじろじろと眺めた。

「あなたはお若いから、ご存知かどうか。この大東京も」

大東京と、老店主は力を込めた。

「地下壕が張り巡らされていたのですよ」

「え!?」

「ほら、地下鉄があらゆる方向に走っているでしょう。この神保町の真下にも。大きな通りの下は、みんな地下鉄が走っています。便利と言えば便利なんですが、よく考えると、こんなに地下鉄が走っている都市なんて、世界中どこにもありませんよ。東京の地下は穴だらけです。これはね、先の戦争よりずっと前から有事に備えて、掘り続けられた地下壕を使っているのですよ」

「なるほどね。ところで松代のほうは、先ほどもお尋ねしたとおり、私が持ってきた図面とは少し違うようなことをおっしゃってましたが、この東京のほうはどうなんですかね？」

「こりゃ、うっかりしておりましたな。東京の地下壕の資料は」

老店主はまた店の中に引き返した。新たに商売ができると思ったらしい。店の中をうろうろとしていたが、失望したような顔つきで、田尻の待つ戸口まで出てきた。手ぶらだ。

「案外ないものですなあ。東京の地下図譜（ずふ）については、最近の出版物はありますが、古いものとなると、今、手元には」

老店主は残念そうに言った。

「隣をあたってみます。どうもありがとう」

田尻はまだ何かしゃべりたそうにしている神田書店の老店主をおいて、神保書房の、こちらも立て付けの悪いガラス戸を開けた。

ご同様ところ狭しと書物が積み上げられている。

「いらっしゃい」

田尻を認めて、背が丸くなった店番の老婆が声をかけてきた。

「ちょっと探しものをしているのですが」

田尻は例の絵図を老婆に見せた。

「これを見て、何かお気づきになるようなものがありませんかね。何かの設計図か、建物、あるいは地下壕の構造図のようなものなのですが」

「地下壕？」

鸚鵡（おうむ）返しに呟いた言葉も、あとが続かなかった。老婆は絵図を田尻に返してきた。

「こちらに、この東京の地下壕の図譜のようなものはありませんかね」

「東京ですか。ええ、確かにこの東京には戦争中に掘られた地下壕があるとは聞いたことがありますが、私どもには」

「あ、いえ。ご存知なくとも結構です。そのような地下壕の地図のようなものか、設計図のようなものか、あるいは、そのことを記した古本がないかと思いましてね」

「どうでしょうかねえ。あまり思い当たるものがありませんが」

老婆の記憶は心もとないものであった。

田尻はふり返って、大量の書物を見つめてため息をついた。

「つかぬことを伺いますが、こちらにコミヤコナミさんという方はおられないでしょうか？」

「は？」

「コミヤコナミさんです」

「小宮でございますか？」

「ええ」

「いえ。私どもは三浦と申しますが」

田尻の期待があっという間にしぼんだ。マフウドウコミヤコナミと書いてあったのは、魔風堂ではないのか。カタカナを勝手に解釈したと言われればそれまでだ。

「魔風堂というのは変わったお名前ですが」

「これは亡くなった主人が、戦争後この場所に店を構えた時からの名前でございまして。このあたりも先の大空襲で焼け野原になりましてね。私も夫もこのあたりの人間で、焼け出されました。危うく焼け死ぬところでしたが、もう命からがら。その時、大風が吹いていたんです」

火で焼かれたところには、暖められた空気が上昇し、強い風が流れ込んでくる。それがまた延焼を招く。さながら地獄絵だ。

「悪魔のような風でした」

「ああ、それで」

「ええ。悪魔の風、魔風と夫が名づけたのです」

焼け野原の跡など、現代の大東京のどこにも見えない。そこに生きる人々でも、阿鼻叫喚の大空襲のことを覚えている人は、どんどん少なくなっている。やがては一人として過去の大惨事を知る者がいなくなる日がくるのであろう。

その後田尻は神保書房の中から、隣の狭い魔風堂の中まで、うろうろと過去を、絵図面の匂いを求めて歩いてみた。無駄な時間が過ぎただけであった。

田尻は諦めきれずに、また神田書店に戻った。

「おや、こりゃ、また」

よほど妙な客と思ったのだろう。老店主は首をかしげた。

「何度もすみません。お隣では、よくわからないそうです」

老店主は何となく胸を張った。

「じつは、コミヤコナミという人、ご存知ないかと思いまして」

「コミヤさんですか？　どんな字書くんです？」

「いえ、カタカナです。コミヤコナミ」

「小さい宮でしょうかねえ。コナミも小さい波でしょうか」

老店主は少し考えているようだったが、

「どうも、お客さんの中にも思い当たりませんねえ。お役に立てず」

田尻の中に失望感が流れた。勢い込んできたにもかかわらず、コミヤコナミに関する手がかりはなかった。

6

次の日の土曜日も、明るい陽射しと、塩の香りを含んだ澄んだ大気が、むつみの全身を包んだ。

昨夜は、おなかが一杯になって、一人で休んでいると、外で人の気配がする。ガタガタと騒々しい音をたてながら、ガラス戸が開いた。そこには深い皺を刻み込んだ、よく日に焼けたたくましい顔があった。暖かい気候に、その老人はシャツ一枚で立っていた。右腕は奇妙に曲がっており動かないらしい。

むつみを見ると、びっくりしたような表情を一瞬浮かべたが、何やら嗄れ声でしゃべりかけてきた。

聞いたこともないような言葉であった。夕食の時老婆が「みしょれ」と言うのもわからず、話す言葉の中でようやく、おあがり、という意味だと理解に及んだ状態で、むつみが普段使っている日本語とはまったくかけ離れた奄美地方の言葉がわかるはずもなかった。

大きな声で老人は一方的にしゃべり続ける。

「ごめんなさい。さっぱりわからないわ」

耳が遠いらしい。むつみの言葉を理解することなく、ニコニコと笑みを浮かべながら、歯の抜けた口が止まらない。

風呂を見にいった老婆が帰ってきた。それからの老人二人の会話は、むつみには完全に外国語であった。ただの一語も理解できなかった。

老婆の説明によれば、老人は戦争でグラマン戦闘機の機銃掃射（きじゅうそうしゃ）を右肩に受け、かろうじて一命を取り留めた、もう百歳近い年齢で、耳も聞こえず、何をしゃべっても一方通行だ、田畑を耕しながら、近くに独りで住んでいて、ほとんどまかないも自分でやるということであった。

帰っていく老人の体軀を思い出せば、確かに右腕は動かず、脚も曲がっているものの、黒く焼けた肌と、深い皺を刻んだ分厚い皮膚は頑丈（がんじょう）そのものであった。

むつみは、ここにも時間の流れとともに、むずかしいことを考えず、格別の欲望も現さず、ただ生物としての人間の寿命にしたがって生きる自然体の人々がいると思った。

老人の身体を傷つけたのは、自然界の厳しい気候や、病原体ではなかった。人類が知恵の産物として造り出した、愚かとも言える武器であった。厳しいはずの自然は、傷ついた身体を優しく包み、一世紀近い生命を老人に与えていたのだ。

「お風呂をどうぞ」

老婆が声をかけてきた。

母屋に並んだ小屋の板戸をあけると、もうもうと煙が飛び出してきて、目に沁みた。煙の向こうに、かまどのようなものが見えて、下のほうにオレンジ色の火がちろちろと上がっている。

コンクリートに囲まれた鉄の壺(つぼ)のような湯船で、その横が、これもコンクリートが張られた洗い場であった。

「五右衛門(ごえもん)風呂です」

老婆は三十センチ四方の簀子(すのこ)板のようなものを湯船に浮かべた。

「この板を両足で踏んで、下に沈めて入りなさい。周りにさわると、熱いですよ。直接、風呂釜には触れんように」

薄暗い風呂場に、いつの時代の代物かわからないような五右衛門風呂。

「脱いだものは、ここに」

粗末な籠(かご)があった。タオルはこれ、石鹼はここ、シャンプーは、とこちらは現代のものが揃(そろ)っている。

思わぬ体験に戸惑いながら、裸になったむつみの身体を、少し熱めの五右衛門風呂の湯がゆったりと包み込んだ。

湯の恵みで、むつみはその晩は、寝床に入るなり眠りに落ちていた。

目が覚めたむつみの耳に、朝餉（あさげ）の支度をしている音が聞こえてきた。

朝餉もまた「みしょれ、みしょれ」であった。体重増加を気にしながらも、普段食べる量の二倍は詰め込んで、別れを惜しむ老婆を背に、むつみは車を出した。

「帰りにまた是非お寄りくださいね」

老婆は万が一ハブがいるといけないから、と硫黄を詰めた袋をくれた。ぷんと温泉の匂いが鼻をつく。

昨日は病院跡を見つけられなかった。通ってきた道沿いにあるという。草木で覆われて見えなかったのかもしれなかった。毒蛇が潜む危険性がかなり高い。

しかし、祖父からの贈り物を手に入れるには、どうしても病院跡の中に入らねばならなかった。

長い石垣とさびついた鉄扉があった。

道が直角に左に曲がる角に囲まれるように、病院跡は緑に埋もれていた。わからないはずであった。

むつみは病院跡を見て、途方に暮れた。ハブの危険性がなければ、どうということのない廃墟（はいきょ）であった。鬱蒼と繁る木立の間を、緑濃い木の葉を掻（か）き分けていっても、少しばかり擦り傷を我慢すれば目的は達せられるだろう。

むつみは祖父の書き残した図面を取り出した。

緑葉の中に見え隠れする病院跡の様子をつなぎ合わせてみると、なるほど図面にあるような病室が何室か道路沿いに並んでいる。一階は道路の高さより低く、むしろ半地下室といった様相だ。

祖父が何かを隠したという部屋は一番端である。こうしてみると、おそらくは一番南側の地下一階の病室らしきものに違いない。

生茂（おいしげ）る草叢と、上から落ちてくる木の枝を分けて、中に入らなければならないだろう。危険すぎた。背丈の長い草が人の手が入らないまま、伸び放題だ。今にもにょろにょろと蛇が顔を出しそうであった。

「どうしよう……」

思案に暮れながら、むつみは道路に佇んでいた。

奄美空港に降り立った黒沼老人と、彼に寄り添い、背がすらりと青空に突き出すような美形の若い女人の姿は、空港の客の目を引いた。

昨日の奄美大島から東京羽田に戻るＪＡＬ１９５８便で西畑むつみが帰ってきた様

子がないことは、すでに調べがついている。

今日帰るとしても、東京に戻る便は午後七時奄美発のＪＡＬ便しかないから、今日一日はこの島の中にいるに違いなかった。

彼らは空港の前でタクシーに乗り込むと、まず空港レンタカーショップに行くよう告げた。

「お客さん。レンタカーの店、目の前ですよ」

運転手が嫌（いや）な顔をしながら、渋い声で言った。

「いいえ、運転手さん。じつは、ちょっとレンタカーを借りたかどうか、調べたいだけよ。今日は、この車、貸し切りにしてくださいな」

目の前に幾つか並ぶレンタカーの看板が見えてきている。機嫌を直した運転手は、じゃあ、端っこからあたってみましょうかと、元気な声で答えた。

二軒目で西畑むつみという名前を出すと、すぐに店員が反応した。

「妹だわ。どこに行くか、何か言ってませんでしたか？」

「ええ、それならば、何でも、西古見から曽津高埼灯台に行くとかおっしゃってましたね。道をお教えしましたよ」

店員は冴子の顔を見つめたまま、魅入（みい）られたように、声を上ずらせながら答えている。

行き先を記した奄美大島の地図を運転手に見せると、ここから二時間ほどですと言いながら、車を発進させた。

黒沼老人は、西古見、曽津高埼灯台と聞いて、ぴくりと眉を動かしたが、何だかんだと話しかけてくる運転手をうるさそうにしながら、終始無言で流れる車外の景色を見やっている。

冴子もあまりしゃべらない。ああ、とか、ええ、とか生返事しか返ってこないのに諦めたのか、名瀬を抜ける頃には、運転手も無言で前を見つめていた。

昨日むつみが旅の情緒に浸りながら進んだ道を、そして期待と不安を交えながら眺めた奄美の山々を、彼らは一向に気にかけることなく、沈黙を保ったまま、ひたすら先を目指していた。

車の少ない国道を、黒沼と冴子の乗ったタクシーは疾駆(しっく)した。一時間半弱で西古見の村に入っている。

やがてタクシーは病院跡にさしかかった。曲がった途端に運転手の驚いた悲鳴と、鋭い急ブレーキの音とともに、タクシーは少しばかりレンタカーを前に弾(はじ)いて停まった。

驚いたのは、タクシーの三人だけではなかった。病院跡の中の病室に入り込んでいたむつみも、ブレーキ音と衝突音に、びっくりして顔をあげた。目の高さに道路があった。

そこには草はなく、一メートルくらいの幅で刈り取られており、幾本かの枝葉も切り取られているようだった。そこだけぽっかりと緑の穴があき、薄汚れてくすんでいる病院跡のコンクリート壁が浮き出ていた。

黒沼老人と、顔をあげたむつみの目が合った。老人の唇がニヤリと歪んだ笑いを浮かべた。

老人は、車の破損状況を点検して不機嫌そうなタクシーの運転手に、往復の運賃と、前バンパーの修理代、充分な小遣いを渡すと、もう帰っていいと言った。

「帰りはこのお嬢さんの車で送ってもらうことにしよう」

むつみは病室の中で飛び上がった。見ず知らずの老人に運転手代わりに使われようとは、あきれてものも言えず、病院跡から出てきたむつみの顔には、土がこびりつき、着ていた服もあちこち汚れている。

「これは、これは。なかなか美しいお嬢さんですな。お初にお目にかかります。私は黒沼影潜と申しましてな。こちらの女性は永沢冴子。私の秘書じゃ」

「あのう。私はあなた方を知りませんが」

「ああ。もちろんそうじゃろう。だが、私のほうはあんたのことをよく知っておる。あんたのおじいさんの菱田三男(みつお)は私の盟友だからの」

「祖父の……」

むつみは思わず、わずかにあとずさりした。祖父の手紙にあった、三分の一の図面を持つ男ではないか？　祖父の手紙からは、何やらその男が危険であるような雰囲気が伝わってきていた。しかも、このような場所に現れるとは、決して偶然とは思えなかった。

ぴったりと身体に密着したスーツを着こなし、その上にコートを羽織った老人。背筋をピンと伸ばし、がっしりとした身体つきだ。長い眉毛に、陰になった目の奥底が見えない。いやが上にも、威圧感が伝わってくる。

「おじいさんには気の毒なことをした」

「祖父の事故をご存知なのですか？」

「ああ。あの日、私は君のおじいさんと何十年ぶりかの再会を果たしていたのだよ」

やはり、祖父の手紙にあった男に違いない。

「私たちは探しているものがある。おじいさんから聞いておるだろう。君が今、ここにいるのが何よりの証拠だ」

「いいえ。私は何も」

むつみは咄嗟に言い訳を思いついた。

「私、戦争のことを調べているのです。大学のゼミをとっているものですから。現代日本に残る戦争の傷跡、というのを調査しているのです」

なかなかいい言い回しだ。むつみは自画自賛した。

「この島には、まだいろいろと戦時中の司令部跡や砲台があります。それに曽津高埼灯台でも見ましたが、六十年以上も前の砲弾の痕……」

「これはこれは、ご熱心なことだ。だが、無駄話はやめにしてもらおう」

「いえ、本当です。この病院跡だって」

「うるさい！」

老人の額に静脈が膨れ上がった。

「お前の祖父は、私からある図面の三分の一を持って逃げたのだ。それをどこかに隠した。お前は何らかの理由で、その隠し場所を知ったのだろう。それがお前がここにいる理由だ」

老人は静かな表情で立っている冴子に命令した。

「このお嬢さんが何か持っていないか、調べてみなさい」

すばやく近づいた冴子の手が、さっとむつみのスラックスのポケットに突っ込まれた。

出てきた冴子の手には、病院跡の図面があった。

「おお。それだな。これはどうした、お嬢さん。ふむ、なるほど。菱田が書いたものだな」

黒沼は顔をあげて病院跡を眺めた。

「なるほどな。ここか。それにしても、よくこんなところに隠したものだな」

老人の目は、道の脇に積まれた草の山に移った。

「お嬢さん。あんたがこれを。熱心なことだ。戦争の跡を調べている人間が、ここまでやるかね。それに、この島には猛毒を持つハブがおる。さしずめ、ハブが菱田の隠した図面の守り神というところだな。奄美出身の菱田らしい隠し場所だ」

黒沼老人はむつみに近づいて、肩越しに病院跡の中を覗き込んだ。

「お嬢さんは、よほどの勇気をお持ちと見える。それに、おじいさんの隠した図面に大層ご興味がおありのようだ。普通はハブが怖くて、ここまではできまい。なあ、冴子」

冴子は白い顔に真っ赤なルージュをわずかに動かした。

老人はむつみを押しのけるようにして、道路から病院跡のコンクリート壁のところまで足を運んだ。

「なんと。お嬢さん。あんたはさすがに菱田の孫娘だけのことはある。ここまでやってくれているとはのう」

　病室のコンクリートに覆われた床面が見える。

「お嬢さん。あんたの勇気にはほとほと感心する。ハブはおらんかったのか」

　信じられないような顔をしながら、黒沼は病院跡周りの鬱蒼としたジャングルのような背景の植物を眺めて、ため息をついている。

「いや。これは私のほうがラッキーと言うべきだろう。お嬢さん。感謝する」

　老人は冴子に手伝わせて、病室の床に降り立った。

「なるほど、ここか」

　床面の一角に、長方形の石が、と言ってもコンクリート塊であったが、いくつか規則正しく積み上げられている。

「それじゃあ、この石の下にあるものを戴こうか」

　黒沼はむつみを振り返った。

「その前に、お嬢さん。この図面が手に入った以上、あんたはもう用がない。私はこの図面のことをあまり人には知られたくないのだ。どうかな、ずっと黙っていてもらえますかかな」

　黒沼がむつみに近づいた。むつみの顔に恐怖の色が浮かんだ。冴子は冷たい顔で二人の動きを見ているだけだ。

「黒沼さん」

むつみの声が震えた。

「その図面って、とても大切なものなのでしょう。黒沼さんはそれを手に入れて、それも六十年以上も前に隠したものを今手に入れて、いったいどうしようと言うのです。祖父の手紙にありました。平和利用するなら、本当に役に立つだろう。その反対なら、また私たち現代人に災厄が訪れるかもしれないと。黒沼さんなら、当然、答えはおわかりなのでしょう。どうなさるおつもりですか？」

「お嬢さん。それを聞いてどうなさる？　菱田がどこまであんたに話したのか知らないが、なかなか詳しいところまで知識をお持ちのようだ。少々知りすぎた感がありますぞ」

さらに一歩、黒沼がむつみに近づいた。むつみが下がる。背中が壁にあたった。黒沼がじわりじわりと近づいてきた。万事休す。

外では太陽が、じりじりと病院跡の壁を焼くように動いていく。ほとんど真上から照らす太陽は、光エネルギーを容赦なく病院跡に降り注いでいる。

しゃべる声が途絶えた。しんと何も動かない静寂があった。

突然、病院跡から、むつみの鋭い悲鳴があがった。

悲鳴はそのまま奄美の青い空と、廃墟を取り囲む大自然の中に吸い込まれていった。

第四章　未知の蛋白質

1

古都波医師は、新たに描いた絵を、アトリエにしている部屋に運び込んだ。

普段住んでいるマンションは一人で住むには充分広かったが、一室をアトリエとして使うと、描きあげた絵を保管しておく面積が足りなかった。そこで自分の作品を飾る画廊のような一室を、少し離れたところに求めたのである。

この絵画展示室は小さなもので、じつはここも一杯になってきており、最近、続きの部屋をもう一つ借りたところであった。今日運び込んだ絵をどこに架けようかと、四方の壁を睨みながら古都波はニヤニヤしている。

床にも額に入ったいくつもの絵が散らばっていた。

どういうつもりで作ったのか、このアパートは二軒続きの造りになっているのを、真ん中を厚い壁で仕切ってある。壁には小さなドアがついていて、開ければ外を通らなくとも隣室というより隣家に行くことができる。

「こいつはいい。まるで昔の探偵小説に出てきそうだ。ははは」

今日も鼻歌を歌いながら、壁やら床やらを詳細に観察したあと、古都波は壁に釘を打ち込んで、一枚ずつ絵を架けては眺め、眺めてはうなずき、一人悦に入っていたのである。


部屋のテレビに、羽田空港近くの首都高速沿いの工事現場で起こった重機倒壊のニュースが流れていた。現在、原因を確認中とアナウンサーが伝える声を聞きながら、古都波はせっせと折り紙を開いていた。

机の上には千羽鶴が置いてある。鶴を一つずつ通してある糸から取り外し、ともすれば破れそうになるのを極度に警戒しながら、一つまた一つと、もとの正方形の紙まで復元し、裏表を確かめてはていねいにのばし、一ヵ所にまとめていった。

例のS中央公園から運ばれてきたDOA（到着時死亡）患者が持っていた折り鶴の中には、何やら奇妙な線と記号が書かれていた。おそらくは何かの設計図と思っても、古都波にはそれが何であるかもちろんわからなかった。

その間に、かの老人を含めて、同じS中央公園に住んでいた三人がS病院で死んでいた。三人の血液の中のリンパ球が極端に少ないことに気がついた途端に、彼の中でいつも蠢（うごめ）いている好奇心の蟲（むし）がたちまちのうちに鎌首をもたげたのである。結果、彼は栗原七海（くりはらななみ）に三人の血液の解析（かいせき）を依頼している。

あれからまだ数日しか経っていない。七海からは何の連絡もない。

老人の死の背後にあるもの、それは何かわからなかったが、老人がずいぶん前に折ったと思われる鶴の中に、これまた意味不明の設計図の一部を隠していた。こうなると、もう古都波の脳細胞は、蜜のような謎解きの甘美な世界を拒絶することができなくなっていた。

一人の老人に絡んだ二つの謎。リンパ球の消失。折り鶴の中の設計図。などと古都波は勝手に二つを結びつけて楽しんでいる。

古都波は血液の解析を七海に任せているうちに、折り鶴のほうを追いかけてみようと考えた。ある日の夕方、勤務を終わって病院を出たその足で、S中央公園に向かったのである。老人が死亡してからすでに一週間以上経っている。何人いるかわからないホームレスたちのテントの間を散歩を装って歩いていると、一つのテントの前に花が供えてあった。

こちらに注意している者もいないようだ。古都波はさっとテントを開けてみた。暗くて見えない。もちろん開けてみても、テントに人の気配は感じられなかった。

古都波は身体をすばやくテントの中に滑り込ませた。

狭い中がさらに狭くなるように、大量の書物らしいものが見えた。それらをぐるりと見回して、奥のほうに移した目に、目指すものらしき物体が見えた。さらに顔を近づけた古都波は、歓喜の声を漏(も)らしたのであった。

千羽鶴、と言っても千羽あるのかどうか、手元には五十枚ほどの色紙が開かれて積まれている。一番上の紙を見ても白い表面が上を向いているだけで、どうやらただの色紙のようだ。まだ目的のものが出てこない。だが古都波の表情は、いかにも嬉しげであった。

色紙もあれば、何かの広告の紙を切って作った正方形の紙もあった。どの紙もほぼ十センチ四方である。几帳面(きちょうめん)な性格だったのだろう。テントの中のうずたかく積まれた書籍を見ても、この老人は世俗にまみれて生きることを嫌った相当の知識人だったのかもしれない。

そんなことを考えながら次の鶴に手をのばした時、古都波は手にした折り鶴が、老人の死後、病院で見つけたあの最初の一枚の外見に酷似(こくじ)しているのに気づいた。

少しばかり指が震えているのが、自分でもわかる。

羽根を伸ばし、折る時と反対の順序で静かに広げた隙間(すきま)を見て、古都波は心臓がどきどきと急に強く打ち始めたのを感じた。

「うっ！　あったぞ！」

指の動きがさらに慎重になった。一分後には、折り鶴は正方形の紙に戻っていた。表面にかすれたインクの文字記号と、いく本かの直線があった。

「ある。この中に間違いなく残りがある」


熱心な作業が、いつ果てるともなく続いた。

古都波は何度も指をのばし、ぽきぽき言わせながら、同じ作業を続けていく。外が白み始めたようだ。さしもの千羽鶴も、残り三十羽くらいに小さくなっていた。

「あと少し」

最後の一羽を広げて、そこには何も書いていないことを確かめると、古都波は紙をつかんだまま、大きく伸びをした。途端にあくびが出た。まもなく部屋の中に古都波の寝息が広がった。

机の中央には、六十余年という年月を経て久しぶりに折り目をのばされた古めかしい紙が、少しばかりの毛羽(けば)立ちを見せながら、百枚ほど重なって静かに置かれていた。


「やれやれ、寝すぎた」

外の陽が上空にあった。

「今日は、いよいよあの図面がいったいどのようなものか、謎解きだ。ジグソーパズルだな」

ニヤニヤしながら簡単な朝食兼昼食をかき込んで、古都波は再び机に向かった。

机の上にあったものはすべて払いのけられ、床に落とされた。色紙だけが百枚ほど手元に残った。そのすべてを重ならないように机の上に広げてみる。

ほとんど文字も線も消えているものもある。一方で、まだはっきりと何が書いてあるのかわかるものもある。

「直接手を加えるのはまずいだろうな」

かすれたところを修復しようと思っても、はたして正しくなぞれるかどうか疑問であった。何しろ紙が古くて、心もとない。

「コピーを取るか」

古都波は部屋の隅に備えてある業務用のコピー機とプリンタの電源を入れた。

個人が業務用の大型のプリンタを持つことなどあまりないであろうが、古都波にとっては絵を描くための手段として、必要不可欠の機具だったのだ。あちこちで撮ってきた写真は、デジタルカメラからコンピュータを通して画像処理され、絵を描く材料として印刷された。またさまざまな絵画や写真がスキャナーで取り込まれて、これまたコンピュータの中で処理されたのち、いかようにも画材として利用できたのである。

色紙は正確に数えてみると百八枚あった。それらを一枚ずつ裏向けにしてコピー機のガラス面に並べ、静かに蓋をして色調を最大にし、スタートキーを押すと、わずかな機械音がして、目の下を漏れた光が移動した。

隙間なく並べると、Ａ３の紙の範囲に十二枚の色紙を置くことができる。インクがかすれて薄くなった部分も、ある程度濃くなって印刷されてきた。出てきたコピーを見て、古都波はうなずいた。

「よかろう」

ちょうど九枚のＡ３用紙に、すべての絵図が写し取られた。今度はそれに鋏を入れて、一枚一枚切り離す作業に移る。元の折り紙の大きさのほぼ十センチ四方の正方形に切り分けられたコピー用紙が積まれていく。

ふと、鋏を進める手が止まった。切るべき先を、古都波の眼がじっと見つめている。

「ほう。これは？」

二枚の図がつながっていた。並べた色紙の二枚が偶然、もともと続いていた図面だったらしい。真ん中で切られた文字が完全につながっている。文字のすぐ側に引かれた線も、正確に直線となった。

「こいつは大いなる手がかりだ」

鋏はそこを避けて進んだ。

「ほかにはないかな……」

まだ切っていない残りのＡ３用紙六枚が詳細に確かめられた。

二枚つながったところがあと二ヵ所、そして驚くことに三枚つながったところが一ヵ所あった。

「ついてるねえ……」

図面に何が描かれているのか、いくつか想像をたくましくしながら、鋏はその後も慎重に進められていった。


外では日が傾き、夕闇が迫っている。

いつの間にか暗くなってきた部屋に気がついて、古都波は電灯のスイッチを入れた。一心不乱に絵図を並べていて、時間の経つのも忘れていたらしい。

ジグソーパズルは完成に近づいていた。偶然つながっていた四ヵ所を基点に、少しずつ周りが埋められていき、文字と線がしっかりと見えていた絵図は、半分以上がつながっていた。

正方形に切られたコピーの縁に描かれている部分が不鮮明なものが一番困った。中が見えづらくとも、つながる部分が明瞭なものは場所が特定されていった。

ペンを取って、見えづらい部分を想像しながら、明確な線と文字にしていく。

目の前のジグソーパズルは、あと二十枚ほどを残すばかりとなっていた。できている図面はあちらこちらが抜けていて、詳しくはまだよくわからない。

それに、ここに来て、古都波は疑問を持ち始めていた。

「これは間違いなく何かの図面だろうが、これで全部じゃないな」

できてきたパズルの三辺には、何も書いていない縁のような空白が一センチくらいの幅で連なっている。三辺すべてが埋まっているわけではなく飛び飛びなのだが、位置が決まったものについては、確かに縁があるのだ。

「やれやれ。何かの図面の一部に違いない。とすれば、残りはどこにあるんだ？　こりゃあ、どうにも探しようがないぞ」

昨夜からの疲れも手伝ったのか、古都波は急速に力が萎えてくるのを感じていた。

「骨折り損か。まあいい。これだけでも何とか完成させてみよう」

好奇心の糸は途切れなかった。気を取り直して、古都波はまた一枚を手にとり、こうじゃない、ああじゃないと思案し出したのである。

ほとんどできあった絵図面と、まだ手の中にある残りの数枚の色紙のコピーを見ながら、古都波の脳細胞は急速な回転に、火を噴かんばかりであった。

目の前の絵図は確かにあちらこちらが抜けていて、まるで虫が食ったような古文書のような風体であった。それでもつながったところから、それはおそらくは機械や建造物の設計図ではなく、複雑に絡んだ通路だと想像がつく。

未完成の図面を見ながら古都波は、何となく最近読んだ書物の中にあった絵図面と酷似していることに気がついていたのである。

東京を始め、世界の主要都市の地下網の研究という書物を、ぶらりと入った古書店で見つけた時、古都波は強い興味を覚えて、すぐさま購入していた。

そこには第二次世界大戦当時の、各主要都市における地下壕ともいうべき通路網がそれぞれ紹介されており、ロンドン、パリ、アムステルダム、ベルリン、そして東京など、名だたる大都市が解説されていた。

「考えることは、誰も同じだな」

各都市の地下には、広大な地下通路網が建築されていた。それぞれ形は違っていても、要衝をつないで、見事なまでに総長何十キロメートルにも渡ろうかと思える通路が続いている。

現在では一部が観光地として開放され、また一部が地下鉄などに利用されている以外は、掘られたトンネルが崩れる恐れありとして、封鎖されている。

何ごとも書いてあるとおりに素直には決して受け入れない性格の古都波は、封鎖されている理由をほかのところに求めていた。

「どうせ、一般公開したくないんだろう」

根底には、有事の際に、要人だけが逃げ込む場所の確保、という考えがある。

「で、東京はどうなんだ？」

解説は続く。多くは地下鉄に利用されていると書かれている。

「えらくあっさりしたもんだな」

大都会東京の地下網の説明は、諸外国のものに比べると、いささか拍子抜けだ。そもそも外国の地下網は結構細かい通路が描かれているのに、東京に関しては図面が少ない。またまた古都波の猜疑心が首をもたげた。

「ふん。書きたくないんだな。書かれると困るようなことが、わんさとあるんだ」

そうなると、当然もっと詳しいことが知りたくなる。古都波のいくつかの特別に興味ある事項の中に、東京地下網が直ちに加わった。そしてそれは、書店をぶらつく時に必ず探す書物の対象につながった。

同時に古都波は東京都の地図を求めている。その中の地下鉄路線を辿ってみたのだ。

東京メトロが九線、都営地下鉄が四線、合計十三線がある。最近新たに加わった新線を除いては、皇居を中心にぐるりと東京を取り巻くか、あるいは真ん中を突っきっている。

「都市整備計画など、まったく考えていなかったようだな。普通なら東西南北に走らせるだろう。まさしく最初からあった地下通路網を利用したものだな」

ふと思いついて、古都波は皇居や防衛省など、重要な場所を調べてみた。予想はあたった。その下には地下鉄は走っていない。

「ふん。地下通路がないはずがない。今は使われていないが、何かあったら、すぐに開けゴマだな」

何かあったら困るよ……。呟きながら、古都波の指は議事堂のほうに滑っていく。

「だいたい永田町と赤坂見附、近くて遠いんだよなあ。これだけ近いところに二つの駅か。まあ、つながっていたんだな。国会議事堂前駅も一つにすればいいものを。並んで二つ。この下には間違いなく、議員さんたちの逃げ道でもあるんだろう」

想像は止まらない。

「それにしても、東京もよくこれだけ掘りまくったものだね。底が抜けるんじゃないか、そのうち」

そして、老人が持っていた折り鶴の中の絵図面の一部が、どうやら地下通路網を描いた図面と酷似していることに気づいたのであった。

書物の中の図面に書かれた記号と同じ記号が、あちこちに使われている。

「これは、とんでもないものを。だけど、これはいったいどこなんだ？　この東京じゃないだろう。地下鉄の走っているところは、まず間違いなく東京の地下通路があったところと見るべきだろうから」

絵図面の方向をあちらこちらと変えてみる。が、色で塗り分けた地下鉄の走行線に一致する場所はどこにもなかった。

「どこの地下網なんだ、これは？ この図面は、もう少しあるんだろうなあ。何とかこの図から、場所がわからないだろうか？」

目を皿のようにして、古都波は絵図面の上に身体を曲げた。

2

田尻の手元に数冊の古書があった。神田書店や神保書房では手に入らなかった東京地下網に関する書物も、中に含まれている。

黒沼老人から託された絵図はごく一部のものであった。老人は田尻にも彼自身が持っていると思われる絵図のすべてを見せなかったが、ある日、田尻は老人が十センチ四方の紙を並べて、ニヤニヤしているのを見つけたのだ。

老人は田尻が後ろで覗き込んでいるのを知らずに、何枚かを、ああでもない、こうでもないと、ひっくり返したり、また元に戻したりして並べていた。

「ふーむ。やはり、これでは入口がどこか、まったくわからんな」

　老人が呟くのが聞こえた。その時、冴子のハイヒールの音が聞こえてきて、老人は後ろを振り返った。そこに田尻がいるのに気づくと、ぎょっとしたように顔が一瞬引きつったが、冴子の顔が覗くと相好を崩した。

「何ですの、それ？　御前さま」

　冴子の声に、老人は素早く並べた紙を集めた。

「これが私が今、探しているものの一部だ。三分の一だ。あとの三分の一は、菱田三男と依藤一郎の手元にあるはずだ。連中がなくしていなければな」

「何が書いてあるんです？」

「ふん。それは君たちは知らなくてもよい」

　黒沼は田尻の顔を胡散臭そうに、長い眉毛の下から見ている。どれくらいの時間、黒沼の背後で自分がやっている作業を見ていたのか、広げていた絵図面をどのくらい見たのか、探るような目つきだ。田尻は知らん顔をしていた。

「例のQの絵画展で、ここにあるのと同じ模様を見つけたのだ。それであの画廊を君たちに見張らせたというわけだ。残りの絵図に間違いなくQが関係しているということだよ。菱田は鹿三島工業会長であることはわかっている。依藤のほうが、どこにいるのかさっぱりわからん。こちらのほうがQに絡んでいる可能性が高い」

　黒沼は田尻にQの追跡を命じ、自らは冴子とともに菱田の孫娘を追って、奄美に飛んだというわけであった。

田尻は先ほど古書店で広げた東京地下図譜の一部に、黒沼から渡された絵図のものに非常によく似た記号を発見していた。その目で見てみると、引かれている線も、地下壕の設計図の線と同じような感じだ。

戦後しばらくして日本を離れ、何十年ぶりかで日本に舞い戻ってきた黒沼が、六十数年前に密かに世間の目から葬り去った地下壕の秘密を、どういう理由か再び露わにしようとしている。

「この東京の地下壕設計図ではないのか？」

今、地下鉄が縦横無尽に走り回っている、もと日本軍の東京大地下壕跡。戦後日本を占拠し、数年の間日本を監視し続けた連合国軍が、全貌を把握していないはずがない。

それとは別に、六十年以上も封印されているどこかにある地下壕。それを年老いてなお、追い求める黒沼老人。そこには、九十歳を超えてもまだ魅力ある何か、彼を惹きつける何かがあるに違いない。単に地下壕だけに黒沼が興味を持っているとは思えなかった。

どこかにひっそりと六十数年前の空気が、時間を忘れたまま、静かに閉じ込められている。田尻は身体の中に穴があいたような風を感じていた。

重機倒壊現場は立入禁止の札が張り巡らされ、警備員が何ヵ所かに立っている以外は人影がなかった。

今回、現場の検証にあたった関係者というのが、少々変わった人物たちであった。彼らは目立たないワゴン車で乗り付けると、現場のマンション建築にあたっていた鹿三島工業の看板を即座に外し、敷地一帯を立入禁止とし、大急ぎで倒れた重機の撤去にかかった。

数人で作業を続ける彼らは、防塵のためかマスクをかぶり、作業服も何か防弾チョッキでも着ているような、いかついなりをしていた。一人ひとりの顔などまったく見えない。

重機が備え付けられていた場所を中心に詳しく調べている様子だったが、方針が決まったらしい。しばらくすると、東京湾海上をこれまた巨大な重機を備えた船がゆっくりと進んできて、倒壊現場の岸近くに停留した。やがて倒壊した重機はあっという間に持ち上げられ、吊るし上げられ、そして海上へと消えていった。

あとに大穴が残った。彼らは直ちにその大穴の周りを遮蔽して、外からの第三者の視線を遮った。ドーム状の防護壁が、どこからともなくまた海上を運ばれて、穴の上に設置された。その時すでに何人かは、大穴の奥に滑り込んでいた。

作業現場から時おり漏れる光も防護壁に遮断されて、外からはまったく認識できない。夜を徹して行われた調査も、終了に近づいていた。作業員は三名に減っており、彼らは無言であった。

夜は明けやらず、薄闇の中を静かに近づいてきた船は、まず簡単にドーム状の防護壁を取り払い、今度はすでに地上に上がっている三名の調査員の合図で、次から次へと砂利を穴に流し込み始めた。

太陽が東の空に上がる頃、穴は埋め尽くされ、すべての作業員が無言のまま帰り仕度にかかっていた。

夜が完全に明けた時、現場はへし折れたマンションの鉄骨を残して、重機があったことさえわからないような、完全な平地になっていた。

数日後、今度はマンションの鉄骨が取り払われた。現場は更地のままに、周囲に高い塀が張り巡らされ、人々の目から遮蔽された。すぐに人々の記憶からも消えてしまった。

防衛省最高責任者の手元に一通の報告書が届くまでには、重機倒壊から三十六時間。完璧に穴が埋められてから、一時間と経っていなかった。

メディアがニュースで流したのは、倒壊当日の大事件という興味だけで、この事件が再び世に出ることはなかった。

報告書に目を通しながら、事後処理が完璧に行われたこと、世間でまったく騒ぎにもなっていないことを確認して、最高責任者は一つ鼻を鳴らした。

「いまだにこのようなことが起こる。注意しなければいかんな。これで一般市民に怪我人でも出て、事が大きくなれば、いささか厄介だ。何しろ地下鉄工事現場では、世間には知られていないが、事故がよく起こっておる。かつての地下壕を利用している副作用だな。よくもまあ、あれだけ掘ったもんだ。こんなことがある度に、私は当時の連中のすごさを感じるよ。まあ、平和利用させていただいている分には、結構なことだ」

もちろんこの男は、この大東京の地下一面に余すところなく張り巡らされた地下通路網のことを完全に把握している。

「だが、事故は困る」

人身事故を憂えて言ったのではない。

「事故の度に、知られてはならない地下通路まで暴露される。事態の収拾が大変だ。

そのためにも、このことを熟知している例の建設会社に任せているのではないのか」

報告書に、確かに鹿三島工業という文字が一回だけ出てきている。

「そう言えば、最近あの会社の会長が轢き逃げにあったと聞いたな。今回の事故と何か関係があるんじゃないだろうな」

じっと指を組んで顎を載せ、独り言を呟きながら、男はこの国の隠された平和維持にまた思いを巡らせていた。

3

栗原七海は、人影がなくなった研究室の中で、独り考え込んでいた。

古都波からは、蛋白質解析依頼の電話がかかってきた翌々日、サンプルが送られてきていた。突然の電話に半信半疑だった七海も、古都波の行動の早さに、彼の真剣さを感じた。

一言で蛋白質解析と言っても、血液の中には、遺伝子の数だけの蛋白質が混在している。あらゆる蛋白質が血液の中を流れている。

「古都波くんは、新しい蛋白質と言っていたわね」

ひとまず知られているすべての蛋白質を取り除くことにした。簡単に言えば、人の血清に対する抗体を利用して、含まれる蛋白質抗原と結合させて、沈殿させてしまえばよい。残った蛋白質が、抗体で沈降されなかった新しいものとなる。

原理は簡単だが、実際にやってみると、そう簡単にはいかない。

七海は実験の合間に、他の研究員に覚られないように旧式のカラムを作って、基本的な蛋白質除去作業を続けた。どうやら綺麗になったと思われるまでに数日を要している。

それを蛋白質分離用のクロマトグラフィーにかけた結果が、今、七海の目の前にある。幾本かのピークを示す線が立ち上がっていた。

時計はすでに十一時をさしていた。帰り道、人通りも少なくなった暗い道を一人歩きながら、七海は古都波の言葉を思い出していた。

「首になったら、面倒見てやるよ」

大きなお世話、と思いながら、高校時代から少しばかり気になる存在であった古都波であった。何しろ、真面目そうに見えて、どこか不真面目。そうかと言って、もちろん法律に抵触するようなことなどするはずもなく、とにかく、つかみどころのない男であった。

頭は切れたのだろう。成績はトップクラスだったが、それでも偏っていた。数学や物理学は得意で、すらすらと論理を展開するものが、どういうわけか化学が不得意で、とくに実験ともなると無茶苦茶であった。実験が出鱈目というのも、教科書に書いてあるとおりのことをやらない、教師の指示をてらいもなく無視し、自分の思いどおりの実験をやるからであり、七海はいつの日だったか一緒に実験をやった時に、そのことに気づいたのであった。真面目に手順どおりに作業をしていく七海に対して、古都波は思いついたように様々な試薬を混ぜ合わせた。当然、考えられないような反応が惹起され、ついには試験管に火がついた、などということは、古都波の実験机ではまたか、と嘆かれたものだ。

「いい加減にしてよ。危なくって、見ちゃいられないわ」

七海はついに古都波の手を止め、ここは私がやるから、とすべての実験を請け負ったものだ。しばらく七海が実験に熱中している隙に、古都波はどこかに行ってしまっていた。そして実験の時間が終わる頃にひょっこりと顔を出した。

とにかく変な奴だった。それが医者になると言って、医学部を受験したものだから、みんな驚いた。成績では合格可能としても、化学があの様だし、普段の行状が医師としてはどうかと、余計な心配をする者も多かったようだ。

そのような他人のおせっかいを焼く暇があったら自分の世話をしろ、と言ったかどうかは知らないが、軒並み受験に失敗する同級生を尻目に、古都波は医学部に合格し、さっさと大学に行ってしまった。

大学医学部でも変人で通っていたようで、その学年の三奇人の一人という、ありがたくない称号をいただいた古都波は、案の定、捏造論文を暴いたために、大学を追い出される羽目になったのであった。

翌日の朝七時には、七海は実験室に詰めていた。ほかの研究所員が出勤する前に、蛋白質の精製分離にかからねばならなかった。

複雑な機械の設定にいささか難渋しながらも、朝の会議が始まる九時には、今日分析するサンプルはすべて計測器の中に吸い込まれていた。あとは結果が出てくるのを待つだけであった。

今日その分析器を使う研究員はいないはずであった。予約票に名前がないことは昨晩確かめてある。

会議では、新薬の候補となりそうな化合物の分析結果の中間報告と、今後の方針に関する討論が行われている。いつもは会議の内容に集中できる七海であったが、今朝ばかりは、先ほど解析器にかけたサンプルのことが気になって仕方がなかった。

栗原七海が研究会に出ている間に、蛋白質解析器は順調に作業を進めていた。いくつかのピークに分かれていたそれぞれの蛋白質を、質量の大きいものから順に拾い上げ、一つずつ様々な方法で解析していた。

その解析器が設置されている分析室に、一人の研究員がやはり蛋白質の解析をするために入ってきた。七海とは別の研究グループのリーダー山林多茂津であった。

「おや？」

自分が使おうとした解析器から静かな音がしている。パネルにつけられたいくつかの小さな電球に、様々な色の光がついたり消えたりしていて、明らかにその機械が稼動しているのを物語っていた。

自分が使おうと思ってやってきた解析器が、先客に使われてしまっていた。山林も昨日までかかって、こちらは新薬の候補となる化合物を投与したマウスが全滅したので、その理由を探るために、マウスの血清蛋白質の分析を進めていたのだ。

前臨床試験のすべてを合格して、実際に人に使える化合物、この時点では薬と呼ぶための最初の条件を満たした新規の化学物質を、自ら率いるチームが創り出したとあれば、相当の功績である。今後の会社での出世に大きくプラスになる。

それが百八十度方針を転換しなければならないかもしれない。何とかそれは避けたい。山林は焦っていた。

使用予約ノートには、栗原七海の名前があった。今朝の七時からの開始になっている。とすれば、この機械が全工程を終えて停止するのは、明日の朝だ。山林は長い一日を待たなければならなかった。

「栗原？　あいつが何でこの機械を使う必要があるんだ？」

山林は、新薬開発プロジェクトの一つを任されたリーダーであるが、将来研究所長になり、取締役として経営陣に名を連ねたいという野望があって、一プロジェクトのリーダーという立場ながら、十を下らない新薬創薬プロジェクトのほとんどすべてに通暁（つうぎょう）している。

「あいつの仕事は今は確か……妙だな」

山林はじっと解析器を見つめながら、考え込んでいた。


午後は長かった。

ふと思いついて、七海は現行の治験情報を調べてみることにした。会社のイントラネットの画面から、世界臨床開発情報のサイトに入る。

すぐに水色の画面が広がり、製薬会社別の項目を見ると、なるほど自分が勤めている会社名も出てくる。それを選択すると、これまでに会社で開発した化合物で、正式に登録された化合物がずらりと並び、続いて前臨床、第一相、第二相、第三相試験で現在臨床治験が行われている化合物、そして上市（じょうし）され臨床で使われている薬品名が並んでいる。その続きには、これまでに治験を行って失敗した化合物が記されていた。

どこの製薬会社でもそうであるように、まったく進展していないもの、そして失敗したものの数が圧倒的に多い。創薬とはそうしたもので、人の身体に有害な作用を極力抑えて、有効性だけをうまく薬として使えるように整備するには、信じられないくらいの失敗があるのである。

七海は今、自分が研究している抗凝固作用を持つ薬について検索してみることにした。血栓(けっせん)症の治療薬である。このあたりの世界状況は、研究リーダーが逐一(ちくいち)把握しているはずである。計り知れない失敗の中から、ただ一つの有効品を見つける作業は、また熾烈(しれつ)な競争でもあるのだ。

はたして、その分野での開発候補品は、しばらく七海がこの画面を検索しないうちに、いくつか追加されていた。世界の大手の製薬会社がこぞって参加してきている。

「まだ、他企業もいい化合物を見出(みいだ)せないでいる」

現状を確認すると、少しばかり安心感が生まれた。七海は顔をあげた。視線の先の壁に時計がかかっている。ようやく二時半を少しまわったばかりだ。

治験状況検索の画面を閉じようとして、ふと古都波の顔が浮かんだ。

「そうだ。リンパ球を壊すと言っていた。免疫抑制剤？」

製薬会社の研究員の発想だ。リンパ球を壊すという作用があるならば、当のリンパ球が原因で起こる病気の治療に使えないかと閃(ひらめ)いたのである。

臓器移植免疫、自己免疫疾患。この解決治療には免疫抑制剤が必須である。移植された他人の臓器を拒絶するのがリンパ球なら、自分の組織に反旗を翻し、自己組織を破壊するのもリンパ球である。もし万が一、リンパ球に作用する新しい蛋白質でも見つかったなら、これは免疫抑制剤として使えるかもしれない。

思いがけない可能性に気づいて、七海はうきうきとして、免疫抑制剤の項目をクリックした。

免疫抑制剤の項目一覧表が、何ページも続いている。九百近い化合物が掲載され、あまりの多さに、七海はいささか驚きを隠せない。

そのうち、六百を上回る化合物が、今、まったく進展していないか、すでに臨床治験が中止されたもので、現在第一相から第三相の試験が行われているものは六十あまり、前臨床段階にあるものが百五十と、数としては少ない。

臨床治験に付する化合物を一つずつ眺めてみる。

日本最大手の製薬企業、二番手、三番手といずれも前臨床段階ではあるが、化合物を登録していた。

「その点、我が社は遅れをとっているわね」

免疫抑制研究チームリーダーの顔を思い浮かべながら、しばし画面から視線をはずして、研究員室の隅にある席のほうに目をやった。

　そしてそこに当のリーダー山林がいて、こちらを見ているのに気がついて、七海は慌(あわ)てて目を逸(そ)らした。七海のあまり好きでない男であった。いいとこ取りの、出世欲見え見えの男であった。

「あら。これも日本の製薬会社？」

　会社名の横に（ＪＰ）とある。日本の会社という意味だ。

　あまり聞いたことのない会社名であった。小さなアルファベットで、Nanairo-seiyakuと読めた。


　七海は定刻がくると、そそくさと帰っていった。七海の定刻退社など見たこともない同僚たちは、

「え、栗原。デートか？」

　とありきたりの質問を投げかけてきた。

「そんなんじゃないわよ。たまには早く帰って、お料理でもつくらなくちゃ」

　自室に入るなり、携帯電話が鳴った。

「おう。栗原。研究所にかけたら、もう帰ったと言われたから」

　古都波であった。

「ああ。まだ当然いると思ってな。まさかこんなに早くご帰還とはな。よほど暇なようだ」

あなたの依頼した仕事をしているからこうなったのよ！　少し頭に血がのぼって、七海は心の中で叫んだ。

「まずかったか？　男の声だったが」

七海は嫌な予感がした。山林リーダーが取ったかもしれない。

「今度から、この携帯にかけてよ。会社にばれるとまずいし」

「もうそろそろ、と思うと、何だか気が急いて」

「あわてんぼうねえ。高校とちっとも変わらないわ」

「あたりまえだ。遺伝子は変わらないんだぞ。何ごとも遺伝子さまの命ずるがままさ。我が身体はＤＮＡの意志によって彼らのために構築された仮の姿さ」

「何、訳のわからないこと言ってんのよ」

「何？　俺の言う意味がわからない？　栗原も化学は得意でも、生物学、いやいや生命科学のほうは少しできが悪いとみえるな」

「ほっといてよ。結果が出ても、教えないわよ。減らず口ばかり叩いていると」

「結果が出ても……ということは、まだか」

電話の向こうの声がしぼんだ。

「明日よ。明日の朝」

よっしゃ、と声が響いた。

「で、どうなんだ、手ごたえは。結果が出るということは、何か可能性があるんだな」

「まだわからない。でも、もしかしたら」

「もしかしたら……何かあるんだな、やはり」

そうだろう、そうだろう、そうでなくっちゃ面白くない。

古都波は身体に血がたぎるのを感じていた。折り紙の持ち主の老人を倒した何かが、いまだ人類が知らない謎の蛋白質かもしれない。あの折り紙といい、まさに謎ずくめの老人だ。

こいつぁ、とんでもないことになってきやぁがったぜぃ。むひひ。これだから、冒険はやめられない。犯罪以外は何でもありだ。

古都波は携帯を握りしめ、これまでの経緯を話している七海の声を耳元に心地よく感じながら、黙って聞き入っていた。

4

まだ外は暗い。夜明けまでには、少し時間があった。

七海はいつもより早く目を覚ましていた。簡単な朝食を口に放り込んだあと、これまた簡単な化粧を顔にのせて、研究所までの道を急いだ。

時計を見ると、六時半をまわったところだ。三十分ほど前に、すべての解析過程が終了しているはずであった。結果は自動的にコンピュータの中に記録されるようになっている。

蛋白質分析室に直行した七海は、すばやくパスワードを打ち込んだ。

画面が変わるわずかな時間がもどかしく感じられる。すでに機械は動きを止めている。目の前の画面に、次々と結果が現れ始めた。いくつかの解析結果が、さまざまな図や表の形で並んでいく。

七海は一つずつに目を凝らした。最初に予測したとおり、五種類の蛋白質が捉(とら)えられていた。

七海は結果のすべてが入ったファイルを、研究室にある自分のコンピュータに転送した。アミノ酸配列の検討はそこで行える。

さらに七海はファイルをUSBメモリースティックに保存した。スティックに間違いなく結果が保存されているのを確認すると、目の前のコンピュータの中で、今の結果をゴミ箱に移し、さらにゴミ箱を空にして、完全に消去した。

これで実験で得られた解析結果は間違いなく、このコンピュータからは消去されているはずであった。

慎重にも慎重でなければならない。七海は、今回、解析器を使用した記録まで消去した。

誰もいないはずの廊下から誰かが入ってこないかと、身体中が緊張している。コンピュータから引き抜いたメモリースティックをすばやくバッグに投げ入れて、ようやく七海は緊張感から解放された気分になった。

再びコンピュータに向かった七海は、今度は蛋白質解析器の洗浄処理をするために、ファイルの中からそのプログラムを選択し、実行キーを押した。しばらく待つと、小さな音がして、機械が再び動き出した。この洗浄には二時間が必要であった。こうして今から二時間後には、七海が密かに行った蛋白質の解析実験のすべての痕跡が抹消されることになる。

それでも七海は二時間後にはまた戻ってきて、洗浄の事実さえもコンピュータの記録から消去するつもりでいる。

席を立って部屋を出る時に、いつもの慣れた仕草で蛋白質解析器の使用ノートに何気なく終了のサインをしかけて、七海は、あっ、と小さな声をあげた。

コンピュータの中に機械を使用した痕跡を残さないようにすることばかり気にしていて、極めて原始的な、記録ノートの名前記載にまで気が回らなかった。使用ノートには、昨日の朝七時から本日の朝九時まで長々と線が引かれ、その下に薬理研、栗原七海と、しっかりと自分の字でサインがしてあった。

少しばかりの不安を振り払って、七海はそっと分析室を出た。

席に着く時に七海は何気(なにげ)なく山林のほうを見たが、山林の姿はなかった。七海はまずコンピュータを立ち上げ、先ほどの分析室から送った分析結果が正しく届いているのを確認すると、ホッと一息ついた。

五種類のデータが間違いなくそこにあった。蛋白質の既知未知を調べるために、アミノ酸配列を表すアルファベットを選択コピーし、検索サイトに貼り付ける。

七海はじっと待った。しばらくして、一つの蛋白質の結果が表示された。

「なんだ。あるのか……」

一番目に結果が出てきた蛋白質は、すでに何年か前に発見され同定されていた。体内に相当量存在する蛋白質の一種で、どうやら何度もカラムにかけて除去しても、わずかに残ったようであった。次の結果が出るまで、さらに一分ほど時間を要した。

二つ目の結果が現れた。非常によく似たアミノ酸配列の蛋白質が一つ併記されている。わずか一つのアミノ酸の違いで、蛋白質の本来の機能が変化することもある。それが原因で病気になる事例がいくつかある。この蛋白質はその類のもののようで、未知の蛋白質と呼ぶには、さらに検討が必要であった。

残りの三つの蛋白質の結果がたて続けに出てきたようだ。画面の中に、ページが重なって表示されている。

三つ目も期待がしぼんだ。既知の蛋白質の欄に、同じような機能を持ちながらアミノ酸配列が少しずつ違う四つの蛋白質が示されていて、そのうちの一つに合致していたのだ。

七海の顔に失望の色が漂い始めた。

「そうよね。そんなに簡単に未知の蛋白質が見つかるわけないもんね」

七海は期待していた自分が甘かったと思った。

「やはり、古都波くんの得意の冒険ね。うまくしてやられたわ」

気合が抜けた力のない笑いが口からこぼれかけて、凍りつくように止まった。

コンピュータ画面の次のページには、「既知蛋白質の中には見当たりません」と、英語ではっきりと記されているのが読み取れた。

七海は目の前にある画面が真っ白い光を放って、一瞬すべてを消し去ったかのような幻覚に襲われた。

「こうなると、この二つが、ほかの細菌毒やら、既知のウイルスが造りだす蛋白毒でないことを確かめないとね」

すでにわかっている細菌やウイルスの感染の可能性はほとんどないと古都波は言っていたが、一応確かめてみる必要はあった。病原体が身体の中にいないとしても、毒素だけが何らかの理由で、患者の身体の中に入る可能性もあるわけだ。

再び検索にかける。今度は知られている毒素すべてについて、一致しないかどうか、コンピュータが調べるわけである。いったい何種類の蛋白毒素があるのか、七海にも見当がつかなかった。

いつまでも砂時計マークが画面から消えない。

肘をついて組んだ指に顎を載せて、七海はじっと画面を見つめていた。

山林は、昨夜は自宅に帰らなかった。研究所で問題が起こった、徹夜しなければならないと家に連絡して、彼は近くのコンビニで夜食を買い込み、自席に戻った。

午前二時を過ぎた頃、むっくりと身体を起こした山林は、躊躇わず栗原七海の席に近づくと、机の上やら、立てかけてある書物、実験ファイルなどを、位置を崩さないように、一つずつ調べていった。

それが終わると、今度はデスクの引出しを開けだした。研究所内ということで安心しているのか、鍵がかかっていない。

引出しの中は綺麗に整頓されていて、山林自身期待もしていなかったせいか、さっと見ただけであった。

「さてと……」

山林の指がコンピュータの電源にかかった。画面が起動した。栗原個人用に設定してある。パスワードを入れないと、それ以上使うことはできない。思いつく限りのパスワードを入力して、ついに山林は諦めた。さすがに無理であった。

コンピュータを閉じると、山林は蛋白質分析室に向かった。

機器は順調に作動していた。あとしばらくすると最終工程に入る。時間を計算しながら研究員室に戻ってきた山林は、携帯のアラームを五時に設定して、並べた椅子の上に再び身体を伸ばしたのである。

分析室の中の七海はさかんにコンピュータで何かをしているようだ。メモリースティックに保存までしている。

もう間違いなかった。栗原七海は明らかに蛋白質の解析をやっている。それも正規の研究以外のものだ。

七海の姿が分析室から消えたあと、山林はそれまで七海が操作していたコンピュータを立ち上げた。蛋白質解析器の使用記録画面を出してみる。

昨日から今日まで使っていた栗原七海の使用記録がなかった。

「削除したな」

山林は別の記録を開いてみた。七海は知らなかったが、コンピュータには解析器の稼動状況が自動的に記録されるようになっている。それは研究者が使用記録に名前を書こうが書くまいが関係なく、解析器と直結して、何月何日何時何分に第何行程開始終了と記録されていくのである。

この記録はコンピュータを壊すか、完全に初期化しないと消えないようになっている。

間違いなく、昨日の午前七時〇一分から、今朝の午前六時〇三分までの時間、途中中断されることなく解析器が稼動していたことを示す文字が並んでいた。

「栗原の奴。使用記録まで消すとは、よほど会社に知られてはならないようなことをやっているな」

山林は正確な判断を下した。

「もうしばらく様子を見てみるか。まさか産業スパイじゃないだろうな」

先ほどから、七海は自席で身じろぎもせず、コンピュータに見入っている。時々手を動かし、マウスを操作しているようだが、また動かなくなる。どうやら何かを解析しているようだ。先ほどのデータか？　同じような仕事をしている関係上、行動を見れば推測は簡単だ。

ようやく七海の身体が立ち上がり、上半身がこちらからも見える。幾分か顔が緊張しているようだ。山林は顔を伏せながら、気配で七海を追っていた。

壁の時計は九時を過ぎている。ほとんどの研究員は部屋にはいない。

七海の気持ちは実験どころではなかった。少なくとも現時点で、世界中のどこにも登録されていない蛋白質が二つ見つかったのだ。とんでもない収穫であった。

七海はメールをうった。

「二つ見つかった。連絡ください」

胸がドキドキするのがわかる。少し躊躇いながら、最後に絵文字を一つ入れた。

送信ボタンを押すと、葉書が舞い上がる図が出たあとに、送信しましたという文字が浮かんだ。

七海は絵文字を入れたことを少しばかり後悔した。

誰もいないと思っていた蛋白質分析室に男の影があるのを見て、七海はぎょっとした。気配に男も振り返った。

「山林さん！」

「お、栗原か？　どうした？　何をそんなに驚いている？」

「あ、い、いいえ。誰もいらっしゃらないと思ったものですから」

普段と変わらない、下の者には少し横柄な口調で、山林は七海に向かって言った。

「解析器か？　使うのか？」

知っていて、山林は言葉を浴びせてくる。

「あ、いいえ」

山林は使用予約ノートを見た。

「何だ、栗原。君が使っているのか？」

「あ、はい」

ごまかしようがなかった。

「いえ、もう終わりますから。今洗浄中なんです」

「そうか……」

山林の呟きとほとんど同時に、機械が完全に停止し、部屋の中が静かになった。

洗浄が完了したというメッセージを確かめて、すべてを終了するための入力をしなければならない。七海としては洗浄の記録さえもコンピュータから削除したかった。背中越しの山林の気配に、七海は仕方なくコンピュータを立ち上げた。削除は無理であった。画面が現れると、手順どおりの操作で、七海はすべての工程を終了した。

「山林さん、お使いになるのですか？」

彼の手にサンプルを入れた小さなチューブがあるのに、七海は気づいている。

「お先に」

山林はすでに解析器始動の画面に集中しているようだ。七海のほうを見ようともしない。

何か嫌な雰囲気だ。七海はそそくさと分析室を出た。

階段をゆっくりと降りながら、七海は急に妙な違和感に襲われた。

何かまずいことを、と思った途端に、膝（ひざ）ががくんと折れるような衝撃があった。事実、七海は階段を一段踏み外して、大きくよろけた。壁にしたたか打ちつけた肩から側頭部にかけて痛みが走った。

だが、痛みよりも、山林に間違いなく疑われる状況を作ってしまったことに気づいたことのほうが、ショックが大きかった。

山林があのあと解析器を稼動させる。ということは、稼動記録の画面に機械の使用者の名前を書き込まねばならない。当然、そこには直前の使用者粟原七海の名前があるはずだ。彼女はそれを削除している。そのことを山林が、あの山林が妙に思わないはずがない。

席に戻って腰をおろした時、七海は再び頭がズキンと痛むのを感じたのである。

5

会議室には鍵がかけられていた。

一番前の席には、伝染性微生物研究所長ジョン・ブラウンが、大きな身体を椅子の中に沈めている。重みを支えきれるのかどうか、椅子そのものがひしゃげそうだ。

小さな部屋の中には、ほかに四人。極秘研究の細菌７６１を扱ったメンバーである。

「遺伝子の変異は完了したのだな」

アリスがコンピュータを操りながらうなずいた。

「で、どの予想が当たったのだ。それとも」

「三番目の予測どおりとなりました」

ピーターが引き継いだ。

「ええ。一つの遺伝子から、二種類の蛋白毒が出てきます。従来どおり、トキシン

７６１と名づけましたが、アミノ酸が多いほうを７６１Ｌ、少なくて短いほうを７６１Ｓとします」

「毒性は？」

今度はロクサーヌだ。

「トキシン７６０と同等です。ごく微量の一Pg（ピコグラム）の吸入で即死です」

「ＬとＳが混じったら、どうなるんだ？」

ピーターが質問を挟んだ。

「どちらも極めて強い毒性を示すので、相当の希釈が必要でしたが、もし二種類の毒素が同時に同量存在した場合、合計量が〇・一Pgで充分です」

「そのトキシンが作用する相手は？　作用メカニズムは何だ？」

「はい。ヘモグロビンです」

「何？　ヘモグロビン？　とすれば、窒息(ちっそく)か？」

「ええ。ヘモグロビンへの親和性が、酸素の何百倍も強いのです。青酸カリみたいなものです」

「抗血清でもなければ、救いようがないな」

ジョン・ブラウンの目が、マイケルのほうに向けられた。

マイケルはポケットに手を突っ込むと、何本かのヴァイアルを取りだした。中で、やや混濁した液体が、細かく震えている。

「最終過程の精製を残すのみです」

「効果は？」

「毒素の速効性から考えて、感染後に投与しても間に合いません」

「ワクチンのみ有効というわけだな」

「従来どおりです」

「まあ、仕方がないな。感染症の発生が起こらないことを祈るのみだ」


午前中の三時間をたっぷり取った会議は、ブラウン所長が席を立ったところで終了した。


厳重な管理と、今後の培養観察を怠りなく、といういつもの言葉を残して、所長の分厚い身体がドアの向こうに消えた時、ピーターは自分のコンピュータをプロジェクターにつないだ。

「どうしたの？」

「君たちは我々が扱っている細菌の由来について知りたいとは思わないかね」

三人がピーターの周りに集まった。

「俺たちは前任者から六年前、細菌７５８の情報をそっくりそのまま受け継いだ。もちろんこれまでの情報も一緒にだ。それ以上知る必要はないのかもしれない。どんどん遺伝子に変異が加わっていく細菌だ。もう昔のものとは、似ても似つかぬものになっている」

しゃべりながらピーターはコンピュータを操作している。

「だが、こんな細菌が今までにいたか？　ウイルスならわかる。ウイルスなら、細菌とは比べ物にならないくらい頻繁に遺伝子に変異が起こっている。ものによってはまずい変異を起こして、消滅していくウイルスもいるだろう。だが、得てして遺伝子、いやこの遺伝子を構成している核酸という奴は、自分に都合のいいほうに変異する」

「それはちょっと違うんじゃない」

アリスが反対意見を出した。

「今、あなたが言ったように、いいのも悪いのもできるのよ。何がよくって、何が悪いかはこの際別にしてね。おそらくは同じ確率でね。それが、その時の置かれた状況での存在を許されるものは生き残り、その時の環境にそぐわないものは脱落するというだけよ。ＤＮＡに意志があるとは思えないわ。単純な適者生存よ」

「まあ、どっちでもいい。とにかくこんな細菌は初めてだ。俺はその由来を調べてみたんだ」

目の前の画面に、７３１という数字が浮かび上がった。

「何の数字?」

「ここにある資料では、この731というのが、この細菌につけられた一番初めの番号だそうだ」

「細菌731……」

「ああ。何の数字かわかるか? まあ、ほとんど知らないだろうな。もしかしたら世界史ででも、一回くらいはお目にかかっているかもしれんぜ」

それでも三人は怪訝な顔をしたままだ。

「もちろん俺も、最初は何で1じゃないんだと思った。もっとも、1だとこの細菌はいったい何年前からいるのかという変な話になる。今の世の中、便利なもんだ。インターネットで調べりゃ何でもわかる」

少し軽い口を叩きながら、ピーターはインターネット検索画面を出した。

検索項目のところにすばやく731と三つの数字が打ち込まれた。すぐさま画面が切り替わって、ずらりと731に関する項目が並んだ。そのうちの一つを選んでクリックする。

しばらくしたのちに、何やら時代めいた古めかしい建物の写真と、細かい説明文が現れた。三人の目が覗き込んだ。

ブラウン所長の車が研究所を出て、ワシントンDC郊外を疾走している。

交通集中を避ける形で、中心部をぐるりと取り巻くようにフリーウェイが環状に設けられていて、どこを走っても、果たしてこの中心に、世界を動かさんとする中枢部があるとは思えないような自然が続く。

日本から送られた桜の花も、もうすぐ満開の時期だ……。

柄にもない感情にゆすぶられて、ブラウンは失笑した。少しばかり、あの国のことを気にかけすぎるな。それもあの細菌761のおかげだ。

六十年以上もの昔、ブラウンもまだこの世に影も形もなかった頃の人間たちが残してくれた負の遺産。

遺伝子に関する知識が乏しかった時代には、興味ある物体として大いなる研究の対象になったかもしれないが、遺伝子の仕組みが解き明かされ、様々な自然現象が複雑な仕組みながらも、DNAレヴェルで説明がつく時代になってきた今日、最早どのような変異を起こすかということまで予測可能である。すべての現象が、感情抜きの唯物論的思考で説明しうる時代が現実のものとなりつつある。

だが人間という動物は、いつの時代にも理屈よりも感情で動く。こいつが世に現れた日には、いかに科学的に制御可能といっても、人々がパニック状態に陥ることは必定だ。ましてや、パンデミックな感染となり、世界のすべてがたちまちのうちに死滅する、などという風説が流れようものなら、地球上がとんでもない事態になりかねない。

下手をすると、風説だけにはとどまらない。事実となる危険性があった。

日本で開発され、日本にあるはずのこの細菌の元祖７３１が、戦後六十年以上、何ごとも起こしていないということは奇跡に近いとブラウンには思われた。

それゆえに、あの国は戦後、様々な形で、隅々まで監視されているのだ。今後の指示を仰がねばなるまい……。

ブラウンは街の中心部に入っていく道路のカーヴを大きく切った。

「報告は以上です」

「予測が正確に当たったということだな。科学の力には、ほとほと感心する。これならば、自然の突然変異に頼らなくとも、とんでもない生物兵器の製造も可能だな」

ブラウンは肯定も否定もしなかった。六十数年前の日本とアジアで起こった悲劇の真実をひた隠しに隠したまま、人類は人の心の中に潜む悪魔の処理方法の獲得に、いまだ成功していない。

「むしろ、あの国で何も起こっていないことのほうが不思議なのです。今、ご報告したとおり、あの国の中にこの細菌が持ち込まれているとすれば、確実に相当の被害が出ているはずなのです。これだけの毒性を示しているわけですから」

「だが、何も起こっていない」

「ええ。あの国の医療に関しては、充分我々の監視が行き届いているはずなのですが、細菌感染の集団発生については報告がありません」

「とすれば、すでに六十年だ。やはり杞憂（きゆう）だったと考えてよいのではないか？」

「当時のあの男の供述には、間違いなくまた日本に運び込んだようなことが記されています」

「それは私も読んだ。彼が我々の調査団に語ったことからすれば、そもそもあの細菌は、東京にあった旧日本陸軍病院で培養（ばいよう）されたものの一つだ。彼はそれを大陸に運んだ。そこで例のおぞましい細菌戦の指揮を取ったというわけだ」

「ええ。当時はこの細菌株はほかのものに比べるとあまり効果を発揮しなかったようですが、どうやら大陸の環境で突然変異が促進されるようになったらしいです。何かの細菌かウイルスと融合して、変異形質を獲得した模様です」

「彼自身の周りには、終戦当時、格別の監視網が張られていた。日本に持ち帰ったのは、彼が信頼を置いていた三人のうちの誰かというところまでは、彼の供述書から読み取れる」

「そうでしたな」

「君も知ってのとおり、三人とも医者だ。すでに二名は死亡している」

「彼らからは、持ち込まれた細菌に関する情報は」

「ない。口を閉ざしたまま死んだ。彼らは細菌部隊の実体についてすら何も語らず、しかも帰国後は戦争責任を免責され、重職についている」

「もう一人は」

「依藤一郎という人物だ。この男が日本に細菌を持ち込んだ可能性が極めて高い。この男は、戦後、日本に帰国してから、七色製薬（なないろせいやく）という会社を立ち上げた。今でも存続している製薬会社だ。本社は東京にある」

「本当に持ち込んだのでしょうか？」

「このあとも何ごとも起こらないのかもしれない。そう願いたい。六十数年の重みが、ここに来て完全になくなるというのは結構なことだ」

「それでは、この研究は打ち切りですか？」

「細菌をすべて消し去ることは簡単だ。あの国に細菌復活の危険性がまったくなくなった時でも遅くはない。今はその時期が近づいているということだ」

「何か新しい生物兵器のことをおっしゃっていたような気もしますが」

「ああ、あれか。あれはつい口が滑った。聞き流しておいてくれたまえ」

背後の大きな窓から射し込む強い日光に、目の前の男の表情は、影となってほとんど見えない。

「永久に防御のしようがない生物兵器を保持することができると言ったのは、君のほうではないか」

ブラウンは頭を掻いた。

「とにかく、しっかりと面倒を見ておいてくれたまえ。何しろ細菌のみならず、研究そのものも、決して外に漏れてはならない最高機密に属する情報だからな。君が就任した当時の事故のようなことは困る。二度と起こってはならないのだ」

顔の筋肉が引きつるのがわかる。そう、二度とあんな事故はあってはならない……。

ブラウンの脳裏に、恐怖に満ちた顔でコフィンの中からこちらに助けを求める研究者たちが、あっという間に炎を出して燃え始めた光景が蘇っていた。研究者が細菌に汚染されたことがわかったとほぼ同時に、ブラウンは躊躇うことなく、焼却ボタンを押したのであった。

「所長が先回の研究会の時に、この細菌を完全に抹消できない理由があると言っていただろう。俺はおそらくこのことが関連していると睨んでいる」

インターネットで731の記録を見終わった三人は、一様にこわばった顔をしていた。戦争とはいえ人はここまで悪魔になりうるのか。ピーターも生体実験のことを思って、胸がむかむかするのを感じていた。

「わかっただろう、俺たちの扱っている細菌の出所が。間違いなくこの細菌部隊が持っていた細菌兵器だよ。我が国が彼らの持つ情報とともに回収したと言うわけだ。それがこうして現代まで密かに、この場で培養し続けられてきたのだ。最初はそれほどの毒性を持たなかった細菌が、ご承知のとおり、遺伝子変異を繰り返しながら、ついに今日のとんでもない化け物に育ったということさ」

「それはわかった。逆に言えば、我々はとてつもない細菌兵器を手にしたことになる。だが、この近代戦のハイテクの時代に、このような生物兵器が果たして必要なのか？」

「だから、そこが所長が言ったところなのさ。わからないか？」

三人は何も言わず、首をかしげた。

「俺はこう考えた。この細菌を見つけたのは彼ら日本人だ。そしてこの細菌兵器の開発者の中枢は誰一人として、戦争責任を問われていない。全員が免責された。それどころか、多くのものが戦後の日本の重職についている。彼らの大半はそもそも日本を代表する大学医学部の教授あるいは助教授だった。彼らは復職したんだ。大陸であれだけのことをやらかしながら自由解放された連中が、この細菌を日本に持ち込んでいないはずがないと思うのだ」

「な、何だって!?」

「そういうことだ。俺はあの国のどこかにまだこの細菌が存在すると思っている」

「とすれば、日本でも同じような変異が」

「ああ。当然起こっているだろう」

「もし感染が広がったら」

「世界中パニックさ。危なくって放ってはおけない。それが、この細菌の行方をこうして研究し続けなければならない理由さ」

「でも六十年でしょ。その間にあの細菌は驚異的な遺伝子変異を獲得したわ。日本でそのような感染が起こった話、聞いたことがないわよ」

「ああ。おそらく管理の状態によっては、細菌も死滅したかもしれない。細菌が分裂増殖するためには、それなりの条件が必要だろうからな」

「じゃあ、もう脅威がないってこと?」

「いや、それはわからないぞ。ある日突然ということもある」

「条件次第では、分裂が遅くなったり速くなったりもするわ。変異だって、どう起こるか知れやしない」

「いや。遺伝子の変異は、おそらくは同じ順序を辿るだろう。これまでの経緯を解析しても、確率的に起こりやすいところに遺伝子変異が生じている」

「だからこそ、予測も可能というわけね」

「そう。だから考えられる可能性はいろいろある。一つは、あの国には細菌はいない。これが一番理想的だ。一つは、細菌の持ち込まれた場所の条件が悪くて、細菌が死滅した。これも結構。一つは、細菌の分裂速度が我々のものと比べて速かった。これは感染の事実がないことから、否定的だ。最後の可能性は、逆に分裂速度が遅い、あるいは同じとしても最初の分裂の始まるのが遅れて、いまだ遺伝子変異の進み具合が遅いということだ。これは我々の研究が先行しているということを意味する。あの国で細菌の変異が起こっても、すべて我々のところで経験済みということだ」

「治療可能ということだな」

「そう。少なくとも我々には、これまでのすべての致死的な変異株に対する抗血清の用意がある」

「それがこの研究をおいそれとは中止できない理由なのね。細菌を完全に抹消できないのね」

「俺はそう見ている」

「日本では何か調査していないの？」

「それは知らない。俺たちの関与する問題ではない」

その後も四人は様々な議論を戦わせた。国防上の問題であるとか、科学の進歩のために研究の継続が必要だとか、さらにはこの変異の機序を応用すれば、遺伝子操作によって人類を絶滅させうる微生物の作成など簡単だ、という物騒な意見まで飛び出した。

　事実、思いどおりに核酸を合成して、非常に毒性の強いウイルスを人工的に造ることなど、近い将来誰にでもできるようになるであろう。

　かつて核爆弾が開発され、今では誰もが材料さえ整えば核兵器を保持できるのと同じことである。

　現実の悪魔と戦うより、人の心の中の悪魔と戦うほうが、さらに重要な時代になってきたことを、彼らはひしひしと感じていた。

6

　武田尾(たけだお)刑事と里宮(さとみや)刑事は焦っていた。轢き逃げ犯検挙率ほぼ百パーセントを誇る日本の警察の名誉に、一点の翳(かげ)りを投じる事態になりかねない、嫌な予感があった。

　菱田三男(ひしだみつお)轢き逃げ犯全国手配の結果はまったく芳(かんば)しくないものだった。

「車種の割り出し、間違ってないでしょうね？」

　里宮は鑑識が聞いたら、頭から湯気(ゆげ)を出しそうなことを口にした。

「いや。これはもう一度、鑑識に聞いてみたほうがいいかもしれない」

武田尾はすぐさま目の前の電話をとり上げた。鑑識が出たようだ。

これこれの車種を全国手配したが、すべてについてアリバイが成立した、何か見逃したことはないか、別の車種ではないか、と直截的に訊いたものだから、電話の向こうの相手のほうも興奮して、いろいろと言い返しているようだ。

そのうちに武田尾の顔つきが真剣さを増した。そして、相手の話をじっと聞いている。

「なるほど。迂闊でした。しかし、そうなると我々のほうでは手が出ませんよ」


羽田空港では、田尻がいらいらしながら二人の帰りを待っていた。

「どうだった？　西畑むつみを捕まえることができたのか？　図面は手に入ったのか？　おや、御前はどうした」

冴子を見るなり田尻の質問がふりそそいだ。

「そんなに、一度にいくつも訊かれても、答えられないわよ。ええ、西畑むつみには会えたわよ。西古見という島の南のほうの村よ」

日曜日の夜、田尻に迎えに来てもらうために、冴子が奄美空港から電話を入れたのだ。羽田空港に姿を見せたのは、冴子一人であった。

「御前さまとは奄美空港で別れたわ。もう少し菱田三男のことを調べてみるって」

「ふーん。で、図面は手に入ったのか？」

「ええ。やはり菱田三男が孫娘のむつみに託したのよ。むつみが掘り出そうとしている時に、うまく捕まえることができたの」

冴子は病院跡でむつみを見つけたことを話した。冴子を助手席に押し込めながら、田尻は急くように訊いた。

「図面は御前が？」

「ええ。よほど大事なものなのね。私には手も触れさせてくれない」

冴子は助手席で何か居心地が悪そうに、身体をもぞもぞと動かした。膝の上には明るい色のバッグを抱えている。それにちらりと視線をやりながら、田尻は車を発進させた。

「それより、田尻さんのほうの調査はどうなったの？　コミヤコナミのこと、何かわかった？」

田尻は土曜日の朝の神田界隈(かいわい)の探索を簡単に話した。

「コミヤコナミについては手がかりなしだ。だが、少し面白いことがわかった。以前に、御前が絵図面を並べておられたことがあっただろう」

「ええ」

「あの時は、冴子さんが来るまでのしばらくの間、俺はじっと御前が並べている絵図を眺めていた。何の図面か、俺はずいぶん気になっていたんだ」

「何かわかったの？」

「それらしい図面とよく似たものを見つけたんだ」

「へえ？　何の図面」

「地下壕さ」

「地下壕？　何、それ？」

「読んで字のごとくさ。地下に掘られた防空壕さ」

「防空壕？　防空壕の図面？」

「というより、巨大な地下要塞と言ったほうがわかりやすいかもしれないな」

「地下要塞！　そんなもの、どこにあるのよ？」

「それがわかれば苦労はしないさ。これは単なる俺の想像だ。いつの時代の話か、今となっては面食らってしまうような話だ。事実、この東京でも皇居とそのすぐ脇の大本営を中心に、巨大な地下通路網が、それも太平洋戦争以前から掘られていたらしい。いずれの日にか、日本が窮地に陥った時に、そこで徹底抗戦するための計画が、はるか昔から進んでいたんだ」

何を考えているのか、それっきり田尻は口をつぐんで運転を続けた。ただ冴子は、彼の視線が冴子がしっかりと抱え込んでいるバッグのほうにしばしば流れてくるのを感じていたのである。

冴子を送り届けたあと、田尻が自宅のマンションに戻ると、コンピュータにメールが届いていた。すべて横文字が並んでいる。

長い文章であった。差出人の名前を見て、田尻はふっと息を吐き出した。

「おいおい。また短編小説かい」

田尻は長い文章をスラスラと読み終わると、返信する、の項目をクリックした。

「いつもお送りいただいて、ありがとうございます。ですが、送り先を間違えていらっしゃるようです」

送信ボタンをクリックする。返書は直ちに電送されていった。

その後田尻は携帯を取り上げ、黒沼影潜(くろぬまえいせん)と書いてある番号を選ぶと、通話ボタンを押した。耳に呼び出し音が響いてきた。

田尻の携帯が音をたてた。画面に冴子と出ている。

「あ、冴子さん。おはよう」

「おはよう。今、どこよ?」

田尻は高速の標識を見て、場所を告げた。

「まあ。せっかくのお迎え、ありがたいけれど、私もう事務所よ。目が覚めちゃったので、出てきたの。ごめんなさい」

「それならそうと、連絡くれればいいのに」

のろのろと進む渋滞に毒づきながら、足元深くに縦横無尽に走り回る地下鉄のことを考えると、本来ならば無用の長物となったかもしれない地下通路網をこの国はずいぶん有効利用していると、思わず田尻は苦笑いを漏らした。

「田尻さんの研究したとおっしゃる地下の研究成果というのを早く聞きたいわ」

冴子の声が弾んでいる。田尻は何故かうれしくなった。

「この渋滞じゃ、そちらに着くまでにたっぷり一時間はかかる。待っていてくれ」

携帯を切りそうになって、田尻は声を張り上げた。

「あ、御前からの連絡は？」

ないわ、という冴子の声がして、携帯が切れた。


田尻は冴子の前に、いくつかの書物を開いて並べた。どのページにも大小さまざまな設計図のようなものが書かれている。一部がかすれて見えにくいところがあるが、それは書物の印刷が悪いわけではなくて、もともとの資料そのものが薄くなっているようだ。

　冴子は感心したように、田尻の横顔を眺めた。

「よくまあ、二日間でこんなに」

「君たちを羽田に送り届けたあと、神田神保町に回った。コミヤコナミについては何もわからなかったが、古本屋の亭主が例の絵図を見て、地下通路網の図に似ていると言い出したんだ」

　田尻は一冊の書物を取り上げた。

「松代大本営だ。長野県松代というところにある、巨大な地下壕だ」

　冴子は次の説明を待っている。

「太平洋戦争で戦局が危うくなってきた時、東京を捨ててどこか別の場所で、天皇を擁して国体を維持しようという計画があったそうだ」

「国体？　何、それ」

「日本の国は、天皇制を敷いていることは知っているだろう。昔から天皇を中心に動いてきたんだ、この国は」

　冴子はうなずいた。

「もちろん今では、天皇陛下というのは国民の象徴という位置づけで、昔のような権力はない。だが日本人の心の中では、天皇とは非常に重要な意味を持つ。だから天皇を東京から別のところに移して、日本という国をとにかく維持しようとしたんだ」

「この狭い国、どこに行くのよ」

「それだ。どうせどこに行っても、あっという間に見つかるだろう。地下に逃げ込むなど、そこは浅知恵さ。でもそれは、現代の世に落ち着いている我々だから言えることで、当時の一部の人間たちは必死だったに違いない」

「それで、その松代というのは？」

「長野県、信州。言葉の語呂合わせさ。神につながる神州。そこに巨大な地下壕を作った」

持ち上げた書物の中に、確かに縦横の線が見える。

「このような絵だったの、御前が持っておられたのは」

「ああ。こんな感じだった。これを神田の古本屋で見せられた時には、ちょっとびっくりした。戦争中、この松代大本営と呼ばれる地下壕のほかにも、いくつかの都市が候補に挙がったらしい。有名なところでは、大阪、京都、金沢、はたまた遠く平泉」

「ええっ！　そんなところまで」

「まあ、そう書いてあっただけだ。実際に掘られたのかどうかまではわからない」

「でも、本当にあの絵図面が地下壕の設計図なの？」

「俺は可能性が高いと考えている。こちらを見て欲しい」

田尻は別の書物を指さした。

「こちらは、この大東京の地下通路だ。もちろん、ごく一部の設計図だ。全体図も探せばあるかもしれない。こちらのほうは松代と少し違う。松代がどちらかと言うと、縦横に組み合わされた通路であるのに対して、東京のほうは、皇居、防衛省を中心に、同心円状に作られている。それらをつないで放射状に通路が伸びている。今の地下鉄はこれらの通路をそっくりそのまま使ったところが多い」

「形がずいぶん違うのね」

「一見そう見える。だが、松代は東京の一部をそっくり真似(まね)て、そのまま移したと考えてもいいかもしれない。これを見てごらん」

田尻は一枚の紙をポケットから取り出した。そこには数本の同心円と、平行な直線がこちらも数本並んだ長方形が書かれている。

「これは基本的には一つの図形だ。こうして扇を開くように、長方形の相対する二辺を合わせるようにすると、同心円になるだろう。もちろん一方の長辺の長さを増やさないと、円にはならないがね。要するに、同心円も長方形も、通路としてみれば同じものということだよ」

冴子はわかったようなわからないような顔をしている。

「円であっても、長い距離であれば、直径が大きければ、円弧が直線に感じる。僕たちが住んでいる地球がいい例だ。僕たちは円球の上に立っているとは感じない」

「それと地下壕と、どう関係あるのよ？」

「東京の地下通路網を伸ばして長方形に変えれば、それが松代大本営になるということさ。要するに、同じ構造を基本に、地下壕が掘られているということだ」

田尻は一つひとつの地下通路の設計図を指さしながら言った。

「これから何日かかけて、ここに書かれた地下通路が本当に掘られたものかどうか、調べてみようと思う。大阪、京都、金沢、平泉、それに横浜、奈良もあったな」

「御前さまの持ってらしたのは、この東京じゃないの」

「東京の地下通路網は、これまでに散々地下鉄に利用されている。残っているところは、これからさらに新しい地下鉄に利用されるか、あるいは防衛上、決して一般には知られない通路だ。そんなところ、改めて探す必要はないだろう」

「それもそうね。それにしても、そんなにあっちこっち、どうやって調べるのよ」

「ここに大阪、京都、そして奈良のものと思われる地下網の設計図がある。別の書物には、計画だけだったと書かれている。本当かどうか、そして実際に建設に入っていたならば、それがどこまでできているのか調べてみる」

「それより、御前さまが持ってらした絵図面を見せてもらったほうが早いんじゃない？　日本中のあるかないかわからないような地下網、調べるだけでも大変だわ」

田尻は何か自信があるのか、案外平気な顔だ。

「それにしても、そんな地下壕、いまさら探してどうなるというのよ」

「地下壕だけなら、せいぜい観光名所くらいのものだろう。違う。御前の狙いがそのようなものではないことは確かだ」

「何かを隠している？」

「ああ、そう思う。六十四年前、終戦の時、彼は何かをそこに隠した。そして、戦後の追及を恐れて、地下壕の絵図をバラバラにした。それを今、集めているというわけだ」

田尻は意味ありげな視線を冴子に投げた。

「それより冴子さん。御前が絵図面を見せてくれると思うかね」

7

一時間ほど診察時間を超過して、いささかうんざりしながら古都波は診察室を出た。ポケットに手を入れて携帯を取り出し電源を入れると、メール着信の表示あった。開いてみると、期待どおり栗原七海からだ。

「二つ見つかった。連絡ください」

携帯を持つ手が迂闊にも震えた。おっと、やったか……。おいおい、何だ、この絵文字は？　古都波は苦笑した。

着信時間は九時五分。診察が始まって間もなくだ。古都波は腕時計を見た。一時十五分になろうとしている。腹が減っていた。それに午後からは病棟を回診しなければならない。

返事のないことにイライラしながら、七海は待っているだろう。古都波は病院の職員食堂に行く道すがら、携帯にメールを打ち込んだ。横を看護師が睨みながら通り過ぎた。

「先生、駄目ですよ、院内で携帯は」

「おっと、すまんね」

一向にすまなそうな顔もせず、古都波はメールを飛ばした。

「今夜、会えるか？」

文章の末尾に古都波も絵文字を入れて、ニヤニヤしていた。

ポケットの中の携帯がメロディを奏でた。だが、七海はそれをすぐに見ることができなかった。目の前に山林がいた。昼食を終えて、研究所の食堂から出てきた七海を、後ろから呼び止めたのが山林であった。

「おい。栗原。ちょっと話がある」

建物の陰に連れ込んだ七海をじろじろと見つめながら、山林は単刀直入に訊いてきた。

「栗原。蛋白質分析器で何をやっていたのだ？」

何もしていません、とは言えなかった。

「いえ、ちょっと機械に慣れておこうと思って。この次の実験に使います。何しろ、もう一年もあの機械を触っていないもので」

いい言い訳が思いつかなかった。だが筋は通っている。

「じゃあ訊くが、どうしてコンピュータから使用記録を抹消したのだ？」

やはり気づかれていた。七海の顔色が変わった。それを山林が見逃すはずがない。

「おい！」

語気を強めた山林が七海に一歩近づいた。もう息がかかるくらいの近さだ。七海の身体が自然に後ろに下がった。

「君は何をやっている？　まさか、何か隠れてやっているんじゃないだろうな。もしそうだとすると、重大な規則違反だぞ」

「い、いいえ。決してそんな」

「じゃあ、何をやっていたんだ？　言ってみろ」

山林の容赦ない追及に七海の顔が歪(ゆが)んだ。

「すみません。じつは親友のお医者さんに頼んで、蛋白質の解析用に、患者さんの血清を戴(いただ)いたのです。」

山林も科学者の端くれだ。七海の言葉をそのまま信じるはずもなかった。

「栗原がそんな依頼をできるのは、どこの医者だ？」

「高校の同期なんです」

「名前を訊こう」

拒否しても山林の追及は厳しかった。

「名前を言え」

七海は口元まで古都波の名前が出かかった。しかし、これは二人の間の契約にも似た問題だ。それに山林の性格を知る七海の脳細胞が危険信号を発していた。

「お断りします。この解析をお願いしたのは私です。私の責任です」

思いがけない結果が、重大な発見につながるかもしれなかった。七海はあくまでしらを切りとおすつもりであった。

「責任問題になるならば、私が責任を取ります」

「君がやった仕事だ。もしあとで何かわかったら、その結果は我々の会社に帰属することになるが、それでも構わないんだな？」

「結果なんか、何もないです」

食堂から出てきた研究者が、建物の陰にいる山林と七海を見つけた。七海と親友のその研究者は、やはり山林を好いてはいなかった。

二人が立ち話をしている様子を見て、七海が何か困っているような……。同僚は七海を呼んだ。

「ななみー」

救いの神であった。七海は古都波の名前を口にすることなく、また二つの未知の蛋白質の発見の可能性を山林に告げることなく、その場を逃(のが)れることができたのであった。

夜、七海は古都波と会っていた。

山林から逃れて自席に戻り、携帯のメールを急いで開けると、古都波からだった。文章のあとの絵文字を見て、何故か思わず心臓が高鳴ったが、その心地よさに酔っている暇はなかった。

すぐにでも会って、状況を話したかった。少なくとも二つの新しい蛋白質については、すべてを古都波に預けて、身辺からは完全に消しておきたかった。いつまた山林が追及してくるかもしれない。

研究室の端のほうに見え隠れする山林の黒い頭を気にしながら、七海はデータのコピーを個人用のメモリースティックに記録し、さらに念のためにCD一枚に焼きつけた。それがすべて確実に記録されていることを確認すると、七海は意を決したように、目の前のコンピュータから今回の解析に関するすべてのデータを削除し、ゴミ箱からも消去した。

昨日からの検索で、七海は新たに見つかった蛋白質について、一つのアイディアを思いついている。久しぶりに会う白衣の古都波を前に、勧められた粗末な椅子に腰をかけながら、そのことを話してみようと考えていた。

「すまんな、こんなところで。今度おごるよ。何しろ今日はこのまま当直なんだ」

「かまわないわよ。お医者さんの医局に入れるなんて滅多にないもの」

言葉どおり七海は興味深そうに、乱雑な医局の中を見渡した。研究所員室とどっこいどっこいだ。

日勤の医師のほとんどは帰宅して、医局の中は閑散としている。やたら積み上げられた書籍やら、滑り落ちそうなレントゲンフィルムが目につく。

データは七海のメモリースティックから、古都波のコンピュータの中に移された。

七海は二つの蛋白質について詳しく説明し、してやったりと手を打って喜ぶ古都波に、思いついた提案を投げかけていた。

「免疫抑制剤？」

「ええ。リンパ球を壊す作用があるなら、それを逆手にとって薬が創れるじゃない」

「免疫抑制剤か。なるほどねえ。やっぱり薬屋さんは発想が違うな」

古都波は感心したように七海を見つめた。

「なに言ってんのよ。本来なら、お医者さんのあなたが気がつくべきことでしょう？」

「こりゃ、一本とられたな」

七海は昨日インターネットで調べた話をした。

「日本で蛋白質製剤で免疫抑制剤を創っているのは、最大手のA製薬と、あと七色製薬というところなのよ。一つだけ前臨床段階の薬、登録されていたわ。七色製薬なんて聞いたことない」

「栗原が雇われているような大会社からすれば、吹けば飛ぶような製薬会社かもしれんな。小さいながら、血液製剤を持ってるんだよ。臨床でも頻繁(ひんぱん)に使われている」

「遺伝子組み換え技術を使って、蛋白質製剤を創っているじゃない。次の新薬を狙ってね。うちなんか、こっちの方面は立ち上げに失敗して、もう手遅れよ」

古都波は七海の会社には興味はないようだった。

「で、その七色製薬が何か、今度の蛋白質解析と関係があるのか？　その登録されていたという薬と何か関係があるのか？　まさか関係はないだろう。もし一致でもしたら、そりゃちょっと……」

古都波は急に厳しい顔をした。七海は怪訝そうに古都波の顔を見た。

「まさか、とは思うが」

また古都波は考え込んでいる。

「どうしたのよ、古都波くん？　ねえ。何が、まさかなのよ？」

「いや、もし万が一、一致したとしたら……。そもそも、この蛋白質は死んだ老人の身体の中から検出されたんだぜ」

はっとしたように七海のまぶたが大きく広がった。

「それって、人体実験？」

「おい。迂闊なこと言うな」

古都波は慌てて周りを見渡した。もとより誰もいるはずもなかった。

何かに思い当たったように、古都波はコンピュータに向き直った。マウスが素早く動き、インターネットに接続した。検索項目に鮮やかなキータッチで「七色制約」と打ち込まれ、エンターキーが押された。

……ページが見つかりません……

「何だと⁉」

「戻ってよ」

七海の手が伸びて、「戻る」にポインターが置かれ、前の画面が再び現れた。

「なに打ってんのよ。相変わらず、あわてんぼうね」

カーソルが移動して、「制約」という字の上に置かれたかと思うと、「製薬」と変わった。待つことなく、七色製薬のホームページの画面が現れた。

「ふふん」

照れ笑いを押し隠し、七海の髪のほのかな香りに少しばかり心を動かされながら、古都波は画面を操作して会社の説明を読んでいる。

「まあ、どうってことない会社だけどな」

だが何か気になるのか、さかんに画面を変えている。

「住所は？」

東京都Ｍ区……

「そんなにここから遠くないじゃない」

七海と古都波の視線が合った。

「おい。七色製薬の臨床治験あるいは前臨床段階にある薬剤の一覧表はあるか？」

「持ってきたわよ」

七海はメモリースティックの中のデータを開いた。

「気が利くな」

七色製薬の研究開発の現状が、目の前の一覧表に示されている。会社側が世間に一般公開してもいいと判断したもので、正規に登録されたものである。

七海が話したとおり、前臨床段階の欄に蛋白質製剤が一つ記されている。実際に臨床治験に入っているものは、第二相試験に別の蛋白質製剤がもう一つあるだけで、第一相、第三相試験にふされているものはまったくなかった。

さらに臨床の場で使用されている薬品がいくつか並んでいる。

その下にはずらりと、過去に失敗して、薬としては二度と日の目を見ないものが三十あまり記されていた。これらは何か毒性が見つかって人には使えないと判断されたものや、実際に第一相から第三相試験を行ううちに、毒性が見つかってボツになったものである。

古都波は画面をスクロールして、初めから見ていった。

「ふうむ。やはり失敗が多いなあ」

「それはそうよ。私たちの創薬研究なんて、ほとんどが失敗の連続よ。人の身体って本当に複雑だから、何ごとも起こらないで、悪いところだけに効くなんてこと、基本的には不可能なのよ。毒性がなくって、有効性だけなんて薬創るの、至難の業よ」

「おいおい。現役でその仕事に携わる人間がそんなこと言ってもらっちゃ困るな」

「お医者さんはいいわよね。私たちの苦労も知らないで、使うだけ使って、お金儲けして」

変な方向に矛先が向いてきた。

「そんなことないよ。日々製薬会社さんには感謝しております」

「うっそー」

「いやいや、本心さ。医者だって薬がなければお手上げだよ。治療のしようがない」

雑談に気を取られることなく、古都波はざっと薬の一覧表を見たのち、開発中止になった薬剤の一つひとつの内容を見ている。

「栗原。この中止になった薬剤が、いったいどのあたりで中止になったかわからないか？」

「妙なこと訊くのね。わかるわよ。でも会社のデータベースから繋がないと、これ以上の情報は無理だわ」

「知りたいな」

「どうしてよ。みんな中止になった薬ばかりよ。こんな薬つくっても駄目ですよ、という情報判断には使うけど。古都波くんがそんなこと知っても仕方ないでしょう。それにこの表でも、薬のメカニズムはわかるわよ」

一覧表には、どのような作用機序で、どのような病気に効くかということが記されていた。

「いや、俺はそんなことはどうでもいい。とにかく、どのあたりで中止になったのかが知りたい」

七海はカバンから小さなノートパソコンを取り出した。会社支給の外出時用のパソコンであった。電波を使って会社のコンピュータのサーヴァーと繋ぐことができるから、会社が管理しているデータも見ることができる。

しばらくして、七色製薬が登録している薬剤の一覧表が現れた。当然、目の前の古都波のコンピュータに出ている画面と内容は同じだ。

「どれを見たいの？」

「その、開発中止というやつを全部見せてくれ」

一つ目の薬剤の詳細が画面一杯に広がった。作用機序、開発段階、適応症などが、細かい英語で書かれている。

画面にすばやく視線を走らせていた古都波は、ふん、とうなずくと、

「次を頼む」

と言った。次々と、七海は無言で詳細のページを開いていく。

最後の薬剤を見終わって、古都波は満足そうに、しかしどこか非常に緊張した様子で、自分の椅子に深く腰を落とした。

「どう思う、栗原？」

「どう思うって？　何が？」

「変だとは思わないか？」

「だから、何がよ？　わからないわ」

「今、開発中止の薬、三十三あったな」

「ええっと、そうかしら。それくらいあったわね」

「どの段階で中止になっていたか、見たか？」

「いいえ。どうして？」

「三十個が前臨床段階で中止だ。あとは第一相試験で三つ」

「何か変なの？　普通じゃない」

「そうか。栗原のように製薬会社にいると、これは普通に見えるんだな」

七海には古都波の言っていることが理解できない。いつもこうだ。七海は唇を嚙んだ。

「俺には非常に妙に見える。薬の研究開発って、滅多やたら金がかかるんだろう」

「ええ、それはもう」

「薬九層倍と言うからな。ほとんどの薬が失敗すると言ったな。ということは、できるだけ早くその薬が、いけそうかどうか知りたいよな」

「そこが研究開発の最大のポイントね」

「どうすれば、一番早くわかるか？」

古都波はまたじろじろと七海を見ている。

「まさか」

「そう。そのまさかが一番手っ取り早い方法だ」

「人体実験!!」

「そういうことだな。結局はそこに戻ったな」

先ほどは迂闊なことを言うな、と声を強めながらも、古都波はこのことを予想していたようだ。

「でもそのことと、さっきの中止した薬剤が変だというのと、どう関係があるのよ？」

「ほとんどが前臨床で中止だ。こんなに簡単に諦めるのか？」

「普通は臨床試験に入って駄目になったものが中止になるわね。前臨床のもので、まだ第一相にも入らないものは、普通そのまま何もしない、つまり進展なしのままで、放ったらかしにしておくわ。これも戦略よ。中途半端に置いておいて、情報を見た他社の研究者に正しい判断ができないようにするのよ。他社の研究者を混乱させるのね」

「汚いなあ。まあ、激しい競争の世界だから仕方がないか」

古都波は別の生物を見るような目で七海を見ている。

「まあ、そんなことはどうでもいい。この七色製薬がいとも簡単に、自社開発の薬剤を諦めているのが非常に気になる」

「人体実験で判断しているというのね」

「その可能性があるな。考えたくはないが」

「古都波くんが診たというS中央公園の老人もその犠牲者？」

「考えられないことはない。だが、彼とあと二人、患者の身体から検出されたのは、まだ知られていない蛋白質だ。それに見合う七色製薬の薬剤といえば、この前臨床段階にある一つだけだが、同じものかどうかはわからない」

「ちょっと飛躍しすぎじゃない」

「まあな。考えすぎかもしれん。だが普通に考えていては面白くない」

「そんな、面白がるようなことじゃないわよ」

古都波はまだ何か考えているようだった。よく動く二つの眼球が天井を向いたり、七海を睨んだり、見ている七海のほうが目が回りそうだった。

8

山林は研究所を出た時から、七海を追っていた。

七海はS病院に入った。夜間の診療時間だ。患者が何人か出たり入ったりしている。入口で案内を乞うた七海は、その場でしばらく待っていた。

やがて白衣の長身の男が現れ、七海を連れて奥に入っていった。遠くから見ている山林には、男が医師らしいことがわかっただけで、細かい人相まではわからなかった。だが七海が実験用の血液をもらった医師であることには間違いはなさそうだった。

山林は研究所に取って返した。

最近では、ほとんどの病院が案内も兼ねてホームページを開設している。病院の建物の写真の下に、病院の歴史、医療理念、そして現在のスタッフの名前がずらりと並んでいた。山林は医師の名前に目を凝らした。

「おや、古都波？　T大学か？」

出身校に国立T大学とある。山林の顔が心なしかニヤリとしたようだった。

「おやおや、こんなところで、あいつに再会するとはな。だいたい変な名前だからな。俺は薬学部、奴は医学部だ。一緒に授業を受けたこともある。間違いない。栗原が会っていたのは古都波か？」

世間は広いようで、案外狭い。ありえないような邂逅に驚くことしばしばである。久しぶりに大学の同期の名前を認めて、山林は懐かしがっているわけではなかった。目を据えて考えている。

「あいつは変人だった。医学部三奇人の一人と噂されたくらいだ。確か、教授の不正を暴いたとかで、大学を追い出されたんじゃなかったかな」

捏造論文暴露の一件は、山林の耳にまで届いていた。

「何か気がついて、血液の分析を栗原に依頼してきたのかもしれない」

ありうることだ。面白いことがあれば一応の検討材料にはなる。もしそれが薬に結びつくことになると、俺の手柄だ。

山林の思考は、自分の出世を中心に、どんどん回り始めていた。

山林が研究所に戻って古都波の名前を見つけた頃、本人は人気がなくなった医局の中で、まだ七海と話を続けていた。

「腹減ったな。何かとるか？　おごるよ」

七海はいつもならばまだ研究所にいて、お定まりの残業に忙しい時間だ。

「おごりなら、いただこうかしら」

「本当は病院の食事を食べなければいけないんだがな」

当直医の責務の一つとして、病院食を検食することがある。カロリー、味、量、見栄えなどなど、よい、ふつう、わるい、とチェックしなければならない。

古都波は外に注文した食事が運ばれてくる間に病院食を取ってきて、食べもしないのに、検食票のすべての項目の、よい、に○をつけた。

「まあ、いい加減ね」

「ふん。こんなもの、これでいいのさ。よほどひどければ、いろいろと文句をつけるがね。この病院の患者食は結構しっかりしているんだ」

なるほど、トレイに載った患者用の病院食はおいしそうで、なかなかボリュームもある。

「食べないの」

「いや、夜食でいただく」

「相変わらず、よく食べるのね」

「ああ。腹が減っては、という奴だ。医師業は腹が減る。ここの食事に比べると、大学病院のはひどかったなあ。今はどうか知らないけれど」

腹がぐうっと鳴って、思わず七海は顔を赤らめた。

「昔な、大学病院で当直していた頃、予算の関係か何か知らないけれど、食事、本当に一汁一菜という時があったんだ。腹部手術でもしたのならわかるけどさ。元気な骨折の患者まで同じでね。それで俺は『量が少ない』と書いたんだ。どうなったと思う」

「次から食事の量が増えたの」

「甘い甘い。それどころか、病院中が大騒ぎになった。給食委員会というのがあってね。要するに、すべて、よい、または、悪くとも、ふつう、で止めないといけないのだそうだ。少ない、あるいは、まずい、などに印をつけると、大学病院の給食が不備であるという評価になって、大学がお目玉を食らうそうだ。だから、どんなに貧弱な食事であっても、ふつう以上に○をつけなくっちゃいけない。少ない、など言語道断なのだそうだ。俺は委員会に呼び出されて、こっぴどく叱られた」

「何なの、それ？　それじゃあ、検食なんて意味がないじゃない。毒でも入ってないか、調べろとでも言うの」

「毒が入っていたようなものだ。ほら、予算が組んであって、それを全部使い切らないで、むしろ節約して余剰金を出したら、かえって怒られるのと同じだ」

「よく叱られたのね、古都波くんは。大学でも」

「ブラックリストの一番に挙がっていたのじゃないかな」

「論文捏造事件の時も同じね」

「この国は何か変だ。正しいことをしても、それが正しいとは評価されないんだ」

「それは研究所も同じよ。正論が必ずしも通るとは限らないわ。真実とはかけ離れたところで世の中が動いているのは、人の世の常よ」

「おやおや。栗原も研究所では、完璧にご機嫌麗しいというわけではないようだな」

「今度の古都波くんの依頼だって、別のプロジェクトリーダーにばれたみたい」

「何だって！　それで、栗原、大丈夫なのか？」

「わからない。一応、ごまかしてはおいたけれどね」

首になったら面倒を見てやるよ、などと冗談に言った古都波が、少し心配そうな顔つきになった。

「大丈夫よ。それに、もし追及されたら、免疫抑制剤の可能性を見つけましたと言うわ」

「勇ましいんだな」

「当たり前よ。黙って上の言いなりになっていたら、ただの召使いよ。冗談じゃないわ」

七海の目が少し充血している。二つの未知の蛋白質発見ということもあって、気持ちが高揚しているのかもしれなかった。

その時、医局のドアがガタガタと鳴って、威勢のよい声が入ってきた。

「こんばんはー。出前でーす」

目の前に並んだ中華料理にぱくつきながら、古都波は考えている。

今日、栗原七海が持ってきたデータでは、新規蛋白質のアミノ酸配列までわかっている。とすれば、蛋白質の人工的な合成は可能だ……。

古都波がニヤリと笑ったのを、七海は少し気味悪く感じている。

「また何か思いついたのね」

「いや。思いついたというほどではない。栗原にこれ以上頼むと、本当に俺が栗原の将来の面倒を見なければいけなくなるかもしれんからな」

古都波は、七海から来た携帯のメールの言葉のあとについていた絵文字を思い出した。二つのハートマークだった。

「当たり前よ。ごめんだわ」

「メールにハートマークがあったじゃないか。栗原の恋心に火をつけてしまったか」

「自信過剰よ。そういうあなただって、同じハートマーク返してきたじゃない」

「ははは。あれは本心かもしれんぞ」

七海はぽかんとした。だが急に何だか顔が熱くなるのを感じた。

「お、おい。本気にするな。相変わらず栗原は純情だなあ」

七海はうつむいてしまった。勉学にいそしみ、まともな恋愛の一つも経験しないまま、いつの間にか三十路を超えてしまっていた。火照る顔を制御できない自分が誰か別人のようで、今までに感じたことのない気持ちに戸惑っていた。

古都波もあまり女性には縁がない。何しろ、すぐに単独行動をとり、どこかにいなくなる。彼自身、女性に関心がないというわけではない。描く女性像はいつも美人ばかりである。アトリエの中に飾ってある絵の中にも、何枚もさまざまな手法で描かれた女性の絵がある。

だが現実には女性とつき合っても、どう相手に接したらよいかわかっていないのだ。話がかみ合わない。女性の虚栄心をくすぐるような行動をとらない。相手が髪を切っても気づかない。違う香水を使っていても何も言わない。服装を誉めたこともない。おまけに、ありのままをずけずけと言う。

これではうまくいくわけがない。

その上、古都波の興味は医師業を超えて多岐に渡り、好奇心はとどまるところを知らない。というわけで、いまだに独身だ。

七海は顔をあげた。少しばかり目元が潤んでいるようだ。

古都波の口が、ぽかんと開いたまま静止した。頬を隠すようにおさえながら、七海は目の前の男の顔を正視できないでいる。

「こりゃあ……」

感嘆したように、古都波の唇が動いた。目がまじまじと七海を見ている。それを感じながら、七海はまだまともに古都波を見ることができなかった。

「もう一つ、頼みがある」

こんな時に何よ、もう……。

かすれた声がした。

「今度、絵のモデルになってくれないか」

第五章　人体実験疑惑

1

田尻は東奔西走していた。資料にある土地を精力的にあたり、地下通路網の存在の可能性を追い求めて、朝早くから晩遅くまで駈けずり回っていた。

多くの街で、地下壕の噂はあった。京都や奈良は、歴史上天皇が住んでいた街でもあり、再びそこに戻る可能性は充分にあった。事実この二つの古風な街の外れに、それらしき痕跡を見つけた時には、田尻の心は躍った。が、そこから地中深く、地下通路網が張り巡らされているという証拠がどうしても見つからなかった。

大阪や金沢、横浜、平泉、どの街も候補地として挙がったようだが、現実にあちこちに地下通路網を作るだけの力が当時の日本にあったかどうかさえ疑問であった。

唯一公開されている長野県松代大本営も、強制労働者を使い、急遽掘られたもので、ほかの土地で同じようなことが行われていれば、どこかにその記録が残っているはずであった。それがなかった。

「やはり、この松代か……」

それならば、資料を調べれば、ほぼ全貌がわかる。今、改めてバラバラになった図面を集める必要性が見当たらない。

「松代大本営としても、資料には書かれていないところかもしれない」

田尻はふと思い当たった。公開されているイ号の五百メートルの地下壕の見学など何の役にも立たなかった。現存している記録には書かれていない、進駐軍が徹底調査したという地下壕の見取り図にすら記されていない、知られざる地下通路網。

「それだ。きっとそうに違いない」

さほど多くの街に地下通路網を作るだけの力がなかったとすれば、松代のように、その時に掘っているところの一部を秘匿すればよい。ごく一部の者だけが知る地下壕。一般公開されている地下壕が見おろせる丘陵に立ちながら、田尻は迫る山々を見渡していた。

田尻の目に、六十四年前の殺伐とした光景が浮かんだ。強制的に駆り出された労働者たち。当時の権力者にとっては、彼らはただの使い捨ての穴掘りでしかなかったのだろう。仕掛けた発破の予期せぬ爆発で、あっという間に血飛沫肉塊に散った人たち。それは無機質的に淡々とかたづけられていったに違いない。

男たちの性欲を鎮めるために異国から連れてこられた女性たち。彼女らは自らの意志で生きていく権利を奪われ、ただ時の権力や暴力の犠牲となった。

田尻は目の前に広がる光景の中に、誰とは識別がつかない人々がうなだれたまま、ぞろぞろと土にへばりつくように蠢いている姿が見えたような気がしていた。

テーブルの上に、整然と十センチ四方の絵図が並べられていた。前には冴子が立っていて、手に一枚の紙を持っている。今しも、それを一枚抜けた位置に置こうとしていたところであった。

ドアを開けて中に入った田尻は、長い調査旅行の疲れも見せずに、テーブルに近づいた。

「どうしたんだ、これは？　御前が帰られたのか？」

田尻には絵図面の一部に見覚えがあった。

「御前さまが持っておられたものと、今度、西畑むつみから取り上げた三分の一よ」

「御前は？」

「まだお帰りにならないわ」

冴子は一枚をジグソーパズルを埋めるように置くと、田尻のほうを向かずに次の一枚を手にした。

「奄美に行かれてから、一度も連絡が取れない。どうなっているんだ？」

「まだ奄美で何かを調べていらっしゃるようよ。先日一度だけ連絡があったのよ」

「いつだ？　どこから？」

「三日前のことよ。どこかはおっしゃらなかった。何を調べているのかもおっしゃらなかった。ただ、もう少し時間がかかるからとだけ」

「何を調べていらっしゃるのだろう？」

「田尻さんが全国の地下壕の調査に行っていると申し上げたら、そこまで気がついたのか、と言われたわ。そのあとで、そこまでわかったのなら、時間の節約のために、絵図面をすべて送るから、並べて完成しておけとのご命令よ」

目の前の、ほぼ出来上がっていて、あと数枚の絵図の位置を決めるのみとなった状況を冴子は示した。

「ほう。よく御前が絵図面に触ることを許可したものだな」

「それは私にもわからないわ。どういう心境の変化かは」

田尻は何か考えているようだった。冴子は田尻に背を向けて、抜けている部分に、手にした一枚をあてたり外したりしている。

「ふむ。手伝おう」

田尻はじっと絵図面を覗き込んだ。何カ所か欠けている。

「やはりな」

「地下壕ということね」

「間違いないだろう。だが、これまでに見たどの図面とも違う。前に言ったように、直線を曲線に変えたとしてもだ。このような蜘蛛(くも)の巣状の地下通路は、どの資料にもなかった」

「松代じゃないの？」

「可能性はまだ残っている。俺が見てきたのは公開されているところだけだ。あそこはイ号からリ号まで、九カ所の地下壕が設計されたとあった。そのほかにも小さな倉庫らしいのがあるが、それはこの際、無視していいだろう。大本営が作ったという設計図はなかったが、終戦後連合国軍が詳細に調査して、見取り図を作っている。イ、ロ、ハのとくに大きい三つの地下壕についてだ。それらとこの図面は、どう見ても一致しない。だが、ニ以下の地下壕はわからない。近隣のあちこちに散らばっている」

「そちらの可能性があるのね」

「わからない。何しろ六十年以上も前の産物だ。イ号はコンクリートで固められた複雑な通路だが、これは全貌がわかっている。ハ号などはトンネルが崩落して、危険で中には入れないそうだ。もっとも、管理している県がそう言っているだけで、本当のところはわからないがね。見られるとまずいものがあって、公開できないのかもしれない」

「見られるとまずいものって？」

「ロ号のある舞鶴山はごく一部が公開されているだけで、中は気象庁の精密地震観測室として使われている。世界中の地震とか、核実験の振動を捕らえることができるそうだ」

「でも、そのあたりの地下壕は、この絵図面とはまったく似ていないんでしょう？」

田尻はポケットから何枚かの折りたたんだ紙を取り出した。広げると、彼がこれまで調べて集めた地下壕の見取り図やら設計図のコピーであった。

「とにかく、絵図面を仕上げてしまおう。だが、我々現代人が知りうる地下壕の中には、この絵図面の地下通路はないような気がする」

「それを調べてきたんじゃないの？」

「調べているうちに気がついたんだ。公開されている場所や、どこかに資料が残っているような地下壕なら、わざわざこうして六十四年前に三人で分けたという絵図のきれっぱしを、血眼になって探す必要性がどこにある？」

しゃべりながら、二人の手と目は動いている。また一枚が埋まったようだ。

「じゃあ、どうやって見つけるのよ」

「この絵図面そのものをもっとよく調べたほうがいいだろう。何か場所を示すヒントがあるかもしれない」

二人の手に一枚ずつが残っている。

「あと二枚か」

だがその二枚はどうしても当てはまるところがなかった。

「どうやら、残り三分の一のほうにつながるんじゃないか」

「そうね。ということは、依藤一郎のほうね」

「Qか……。コミヤコナミの情報はまったくないし。もう一度、Qらしき人物が絵を運び込んだアパートを調べてみるか」

「そちらしか、手がかりはないわね」

「とにかく、この絵図面だけでも、もっとよく調べてみよう。何かわかるかもしれない。Qのほうの調査は、また明日のことだ」

長旅の疲れも見せず、田尻は身体を折って、絵図面の上に目を近づけた。


次の日、田尻は冴子を助手席に乗せて、Qの絵画が運び込まれたアパートに向かっていた。

「行ってみたら、今度はアパートまで消えていた、なんてことにはならないでしょうね」

　手品のようにまさかアパートがなくなっていることもなく、ナヴィで確かめながらやってきた郊外のその一角は、確かに見覚えのある風景であったし、アパートもそのままの姿で、山やら森やらの自然を背景に佇んでいた。

「この間来た時に、少しばかり周りを探索してみたんだが、以前はいくつかアパートらしきものが建っていたようなんだ。郊外の開発を見込んで建てたのかもしれないが、人気がなかったのか、ほとんど取り壊しになったようだ」

「あ、待って。人が住んでいるようよ」

　二階の真ん中あたりの部屋から、若い男性が出てきた。さびて落ちそうな階段を、コンコンと音をたてながら降りてくる。

「この間見た時には、廃屋のような気がしたんだが。人が住んでいるのか」

「ちょっと、訊いてみましょうよ」

　田尻が静止する間もなく、冴子は飛び出していった。車の中に、沈丁花の香りがあわく舞った。

　アパートから出てきた男性は、美しい女性が不意に現れ、自分のほうに向かって走ってくるのに驚いたらしい。

　男性の前で立ち止まると、冴子は何か話しかけたようだ。Qの絵画が運び込まれたはずの一階の端部屋のほうを指さしながら質問しているのだろう。

話が済んだのか、やがて男性は冴子から離れて、こちらのほうにやってくる。小脇に教科書らしい冊子を抱えている。

男の姿が道を曲がって視界から消えてしまうと、田尻は車を出た。

「田尻さん。探偵失格ね。このアパートは、ほとんどの部屋は借り手がついているそうよ。ずいぶん家賃が安いらしいわ。近くの大学の学生さんよ」

確かに横を通っていった男は、書物とノートを抱えていた。

「この前は春休みか何かだったのでしょう。今はぼちぼち学生が戻って来ているみたい」

「Qは学生か？」

「そうとは言ってないわ」

ドアの前に立ちながら、田尻は中の気配を窺（うかが）った。しんとしている。人がいるような動きが伝わってこない。

「ここはワンルームマンションに近いつくりだ。入ると小さな玄関間口。横に風呂とトイレ。その奥に、二十畳くらいの一部屋」

「ここにその運送業者は、銀座から運んできた絵を入れたのね」

「間違いないよ」

冴子の指がチャイムに伸びた。中で音がする。

「お留守のようね」

「もう一度、入ってみよう」

「前に入った時、何もなかったんでしょう？　今度はちゃんとあったりして」

冴子の冗談ぽい言い方に、田尻はまた冴子を睨んだ。

素早く田尻の手が動き、簡単にドアが開いた。中は薄暗い。

「ごめんください」

冴子の小さい声が、田尻の背中あたりでした。

中に足を踏み入れた田尻の身体が棒立ちになった。冴子が田尻の背中にぶつかった。

奥の広い部屋の壁全面に、絵が架けられていた。

田尻の口から、歯軋りとともに、うめき声が漏れた。

「どうしたの？」

進まない田尻の身体が邪魔になって、脇から中を覗き込んだ冴子は、暗がりに目が慣れるのに時間が少しばかり必要だった。

「なんだ、あるじゃない」

冴子は田尻の顔を見た。きつねにつままれたような表情だ。

「そんな、馬鹿な」

「本当にあるじゃない。どうなってるの？」

「前は間違いなく空っぽだったんだ。見間違えるものか。確かにこの部屋だ」

怒ったような田尻の声が、閉ざされた一室に響いた。田尻は壁のスイッチを探った。前と同じ場所だ。部屋が明るくなった。一銀荘（いちぎんそう）の会場で見た絵がある。

「前はここに段ボールが積み上げてあったのだ。おや？」

田尻が近づいた壁の中央に、一枚の大きな絵が架けられていた。その後ろは壁ではなく、ドアになっている。ノブに手をかけてみても、もちろんドアは開かなかった。

「隣と続いているのか？」

「そうらしいわね。ドアは見えなかったの？」

「ああ、この壁側に半分くらい、段ボール箱が積み上げてあった。まさかこんなところにドアがあるとは思わないじゃないか」

冴子は何か考えている。部屋をぐるりと見渡した。次に床の上を、少し大きな音をたてながら歩き回った。コツコツと固い音が響く。どの音も同じ音色だ。

足音は玄関間口まで続き、今度はトイレ兼浴室を覗いている。トイレの上に天井裏に入り込める小さな羽目板がある。絵を持ち込めるような大きさではない。冴子はそれでも便器の上に足を載（の）せて、羽目板を持ち上げ、中を覗いてみた。

指に埃（ほこり）がついた。

「ここは無理ね」

　冴子はすぐに便器から降りた。そして手を洗いながら言った。

「水は綺麗ね。長く使っていないということはないようだわ」

「この部屋を使っているということだな」

「そうよ。そうでしょう。でないと、田尻さんがこの前来た時には絵がなくて、今日は絵があることとの説明がつかないわ」

「だが、そうだとしても、あの時運び込まれた絵はいったいどこに置いてあったんだ」

「絵は、この部屋の中に置いてあったんでしょう？」

「いや。本当に何もなかった」

「ここに架かっている絵の中には、あの会場にあったのもあるわね。ということは、田尻さんが見にきた時、前の晩に運び込まれたこれらの絵は、どこか田尻さんの見えないところに置いてあったのよ」

「どこだというんだ？」

「一ヵ所しかないわね」

　冴子の視線が壁に注がれた。隣に続くと思われるドアだ。

「まさか。隣は別の人が借りて……」

いるんだろう、と言いかけて、田尻は冴子と視線が合った。

「隣の住人がQだとしたら？」

「二部屋借りているということか？」

「借りちゃいけないなんて法律ないわ」

「こいつは……。じゃあ、あの時はこちらの部屋から運んだ絵は、じつはこのドアを通って、隣に運ばれていたということか？」

「そう考えなきゃ、この部屋になかったことが説明つかないわ。田尻さんがきつねにでも騙されたんじゃないならね」

くそっ、と舌打ちしながら、田尻は万能鍵を取り出して、壁に取り付けられたドアの鍵穴に差し込んだ。すぐにカチャリと音がして、鍵が開いた。そっとドアを引いてみる。

「開かないぞ」

「馬鹿ね。押してみたら」

抵抗なくドアが開いた。首を突っ込んだ田尻の口から、驚きの声があがった。

「これは何だ？」

「おじゃまします」

また冴子のおどけた声だ。押されるように田尻は隣室に入った。

「すごい」

部屋の中は、アトリエだった。ところ狭しと壁に架けられた絵画。油絵もあれば、水彩画、切り絵、デザイン画、そして鉛筆画、水墨画……。

「すごい絵ね。この絵なんか、畳二枚分くらいあるわよ」

四天王がこちらを睨んでいた。

「鉛筆で描いたの、これ？」

冴子は感心して、目を近づけている。横には、天井から床に届くグランドキャニオン。

「これも鉛筆！　すっごい」

はるか眼下のコロラド河の中に、落ちて吸い込まれていきそうだ。

「あった！」

田尻が大きな声をあげた。一枚の絵を指さしている。

「あ、その絵。それだわ。御前さまがおっしゃっていたのは」

一枚だけ画風が変わっている線描画。

「ほら、ここだ。この真ん中あたり。確かにあの絵図面と同じだ」

「ほんとだ」

「やはりここはQの倉庫だったんだ」

「アトリエよ。Qは二部屋借りていたのよ。考えてみれば、何回も個展を開いているのに、誰もQの正体を知らないんでしょう？　こんな悪戯（いたずら）してもおかしくはないわよ。御前さまもおっしゃっていたじゃない、誰なんだ、君は？　って」

「僕の追跡に気づいていたんだろうか？」

「それほどの人物なら、田尻さんの尾行、ばれていたかもね」

冴子はくすりと笑った。だが、田尻の失策を揶揄（やゆ）しているわけではないようだ。

「仕方ないわよ。相当の人物ね、このQという画家。楽しくなってきたわ。この絵、見てよ。この女性なんか、誰なのかしらね。綺麗（きれい）な女よ。コミヤコナミさんかしらね？　自画像？　タッチも繊細だし、一度会ってみたいわ」

田尻は冴子を皮肉った。

「会って、冴子さんのヌードでも描いてもらうか？」

怒るかと思いきや、冴子は平然と呟（つぶや）いた。

「それもいいわね」

2

二人はそれからしばらくQの絵を調べていたが、会場に展示してあった絵以外には、地下通路網に関係があると思われる絵はなかった。壁に架けられている絵の裏まで見てみても、Qに関する情報は得られなかった。

「ほかの部屋はどうかしらね？　二部屋借りているくらいだから、もっと借りているんじゃない？」

「そうだな。あたってみるか」

ピンポーン。チャイムの音とともに、中に人が動く気配がした。隣の部屋には人がいた。

「どなた？」

女性の声だ。答えようとする田尻をおさえて、冴子が答えた。

「すみません。ちょっとお尋ねしたいのですが」

中からドアが開けられた。顔を出したのは若い女性だった。

「何でしょう？」

「あなたは大学の学生さんかしら」

冴子の後ろに男が立っているのを見て、女性は訝しげな顔をした。

「お隣の方なんですが」

「ああ。画家の方ね」

「ご存知なのですか？」

「お名前は知らないけれど、以前に絵を運び込んでいらっしゃるのを見ました」

「どんな方でした？」

学生という女性は何か不審を抱いたらしい。探るような目つきになった。

「あなた方は？」

「あ、いいえ。怪しい者じゃありません。私たち、絵画を扱うディーラーなんです。ちょっとある場所で盗まれた絵画がありまして」

女子大生はびっくりして冴子を凝視した。目が丸くなっている。田尻も驚いた。

「こちらに運び込まれたらしいという情報がありまして」

「そんな……。普通の方でしたよ。別に隠れて何かしているようにも見受けられませんでしたが」

「女の人？」

「いいえ。男の人です。時々見えられるみたいで、二、三回、お会いしたことがあります。前にはずいぶん大きな絵を抱えていらしたので、すごい絵ですねって声をかけたら、見せてくださいました。四天王の絵でした。全部鉛筆で描いたって」

あの絵だ。二人は思った。Qは男か……。田尻が前に出た。

「少し身体ががっちりとした、そう、百七十五センチくらいの男性ではないですか？」

「そうですね。そのくらいです。でも、絵を盗むような感じじゃなかったけれど。それに、私、一度中に入って、絵を見せてもらいました。いろんな絵があって、とてもびっくりしたわ。あれ全部、一人で描かれたものだそうですよ」

相槌を打ちそうになって、冴子はあわてて言葉を飲み込んだ。女学生の言葉を肯定すれば、中に入ったことがわかってしまう。

「へえ、そんなに。でも一度調べてみないことにはね。わかりました。ありがとう。すみませんが、もしその画家の方にまた会われても、私たちのことはしゃべらないでくださいね。あなたに迷惑がかかるといけないから」

車に向かう道すがら、田尻は感心したように冴子に声をかけた。

「冴子さん。あなたはなかなかの役者ですね」

それには答えず、冴子は前を見たまま言った。

「Qは男性ね。それも田尻さん、あの運送業者の男に間違いないわ。南北運送と書いたトラックで絵を運んだ男よ。Qは運送業者に化けて、自分で絵画の搬入搬出をやっていたのよ」

「Qを探そう。今度こそ、正体を暴いてやる」

「運送業者に化けたり、部屋を二つ借りて、結果的には田尻さんを欺いたり、今までにも正体を隠して絵画展を続けたり、いったいどういう人なんでしょうね？」

「それほど正体を知られたくない誰かなんだろう？」

「そうかなあ？　だって、お隣の女子大生には、部屋の中に入れてまで、絵を見せている。えらく開放的じゃない？　素顔を見られているのでしょう。なんだか、私たちが追っているQの印象とずいぶん違っているような気がする」

「そう言われれば、そうだな。一方では隠そうとしながら、一方では平気で自分をさらしている。えらく矛盾しているな」

　二人は車のところまで戻ってきた。

「どうする、これから？」

「とにかく、Qがこの次現れるまで、張り込みだな」

「交代で見張る？」

「冴子さんが？　いいよ、こちらは俺が言いつかった仕事だ。俺がやるよ。それに、夜の仕事はお肌に悪いぜ」

　冴子は答えなかった。

「でも、夜じゃなくとも、現れるんじゃない。現にあの女子大生も、日中に会ったような口ぶりだったし」

　二人はそのまま車の中でじっとしていた。ほのかに沈丁花が香る。

「このあたりは、きっと沈丁花がたくさん咲くんだろうな」

桜の花びらが、道路のあちらこちらに散らばっている。

「冴子さんはいつもその香水だね。いい香りだ」

田尻は大きく息を吸い込んだ。

「田尻さんは、いつから御前さまのところで仕事をしていらっしゃるの？　私、田尻さんのことを訊いたことなかったわね」

田尻はじっと冴子を見ている。

「それに、御前さまのこと、どのくらいご存知なの。あの方はいったいどういう方なの？」

田尻は口を閉ざしたままだ。目は冴子の視線を捕らえて動かない。やがて田尻の目がゆらめくように動いて、外の景色に移った。

「黒沼影潜（くろぬまえいせん）という男は、旧日本軍の幹部だった男だ。俺もそのことしか知らない。戦後、日本を離れてどこか外国にいたらしいが、十年ほど前に日本に舞い戻ったと言っていた。バラバラになった絵図面を探しにやってきたわけだ」

「あなたのことは？」

「俺か？　俺はただの男だ。御前に雇われた、ただのサラリーマンさ」

うそ！　と冴子は心の中で呟いた。

「冴子さん。俺は少し眠るよ。見張っていてくれ」

そう言うと、田尻はリクライニングシートを倒して、上半身を横たえた。目を閉じて、腕を頭の後ろで組んでいる。冴子のこれ以上の質問を拒んでいるかのようだ。

間もなくスースーと寝息が聞こえ始めた。

しばらく寝息を窺っていた冴子は、田尻が眠っているのを確認すると、ドアを開けて外に出た。空気を胸一杯に吸い込んだ心地よさに酔いながら、冴子は手に握りしめた携帯電話を開いた。少しばかり車から離れたところまで歩いて、どこかに電話をし出した。

その様子を、わずかに開いた目蓋のあいだから、田尻がじっと見ていた。


Qはそれから二日後の夜に現れた。ちょうど冴子と入れ替わった直後、遠くのほうから車のヘッドライトが近づいてきた。

車はアパートの前まで進んで停車し、中から人影が出てきた。男らしい影が動くのが見える。姿かたちは、あの時の運送業者によく似ている。田尻の心臓が高鳴った。

「ついにやってきたな。今日は逃がしませんよ」

男の影は、端部屋から二番目の部屋の鍵を開けて、中に入った。あかりが灯った。やはり絵を運び込んでいる。何枚かの絵を入れた薄っぺらい箱を担いでは中に入り、また出てきて、結局五分ほどで作業は終わった。ドアが閉まり、横の小さな風呂場の窓から光がわずかに漏れている。

田尻は端部屋に注意した。Qは間のドアを通って、続きの部屋にも入るに違いない。しばらく待つうちに、端部屋にもぽっとあかりがついた。

「何だか、隠れて何かをやっているわりには、いい加減だな。こちらの気のまわしすぎかもしれん。謎の画家なんていうものだから、変に考えすぎたのかもしれん。隣の女子大生を平気で部屋に入れて絵を見せているし、この部屋だって、何も二部屋借りたって、おかしくはないではないか」

案外、普通の人間かもしれない。田尻は妙な気持ちになってきた。


目の前、少し先の闇に、赤いテールランプが行く。ゆらゆらと小さくなったり、横にゆれたり、じっと見つめているとなんだか幽鬼の世界に入ったような錯覚に陥りそうだ。

遠くには都会のあかりに染められた夜空が光っている。赤い光はそちらを目指しながら、急ぐでもなく、ゆったりと進んでいく。

田尻はごく普通にヘッドライトをつけ、同じ距離を保ったまま、これもゆっくりとハンドルを切った。

「どこに行くのだろう。今からならば、もう家に帰るのか？」

東京都心にはまだまだである。車は都心の明るい空を目指すことなく、左に大きくカーヴを切って、また薄暗い夜の闇に進んでいく。

「ここはどこだ？」

交差点で停まった時、田尻はナヴィで場所を確認した。

すぐ先に大きなあかりが現れて、瀟洒(しょうしゃ)なマンションが立ちはだかった。Qのワゴンはマンションの駐車場に吸い込まれていった。駐車場から部屋に直接入ることができるらしく、Qの姿は玄関入口のほうには出てこない。

「だが、わからないぞ。これまでにもいろいろとやっている奴だ。このマンションだって、俺の尾行に気がついて、わざと関係のないところに入ったのかもしれん」

田尻は車を停めたまま、マンションの玄関に視線を固定した。

「ここがQの住んでいるところとすれば、今夜はもう出てこないだろう。そうだとして、明日のQの動きを追跡しなければならない」

ぐるぐると思考回路を走らせながら、一晩中、田尻は車の中で張り込みを続けた。

何ごとも起こらず、その夜は過ぎた。

3

田尻は一睡もしなかった。

深夜にもなると、さすがに人通りもなくなり、車もほとんど途絶えてしまった。目の前に立ちはだかるマンションは何階あるのか、上のほうは夜気の中に輪郭が薄れている。

Qのステーションワゴンは出てこなかった。田尻は車を出て、マンション周辺を歩いてみた。Qのワゴンは駐車場の隅に静かに停まっていた。

「いいところに住んでいるなあ」

感嘆のため息をつきながら田尻は車に戻った。

「やはり相当の金持ちか。そうでなくっちゃ話が合わない。それにしても画家が本職なのだろうか？　売れているようには見えなかったがなあ。年もそれほどいっていないようだし。まあ、明日は絶対に正体を暴いてやる」

静かに夜が更けていった。マンションは静まり返っている。すべてが停止しているようだった。

何があっても、何事もなくとも、時は確実に流れる。

長い長い夜がようやく明けてきた。東の空が明るくなって、そろそろマンションから出てくる人が見え始めた。早朝の出勤のようだ。田尻は待ち続けた。

そこに鳴り響いた突然の携帯電話の音に、田尻はどきっとした。マンションに集中していた気持ちが、ぽきりと折れた。画面に冴子とある。

田尻は昨夜からの状況を手短に説明した。

「あ、ちょっと待て。出てきた。またあとで」

今度は太陽の光の恵みがある。少々離れていても、Qのワゴンは見失わない。それでも田尻はついたり離れたり、時には横に並んで顔を確かめようとしたりしながら、ずっとワゴンを追い続けた。

すでに車が多くなって混雑が始まっている都心に入った。ワゴンは迷うことなく、いつもの道を辿っているようだ。

やがて車は主幹道路から脇道に入ると、少し行ったところにある駐車場に入った。

S病院職員駐車場とある。

「病院となると、医者か、事務職員か？」

思いもかけなかった職業であった。

患者用の駐車場を探してみると、それは病院を挟んで、職員駐車場と反対側に見つかった。田尻は車を入れた。

病院玄関にはすでに多くの患者がいて、受付の前に並んでいる。手続きを済ませた患者は、それぞれ奥のほうの自分が受ける診療科に散らばっていく。

田尻は病院玄関から少し中に入ったところに、診療科を標榜した看板を見つけた。

外科、整形外科、内科、放射線科、理学療法科と出ている。

それぞれの科のあとに、診療を受け持つ医師の名前が書かれていた。田尻の目が、一つの名前の上で停止した。その名前の上で視線がゆらいだかと思うと、ギョッとしたように目蓋が開かれた。文字を見つめる眼球が飛び出しそうになっている。

突然、田尻はゲラゲラと笑い出した。笑い声に、周りの患者たちが驚いて田尻の顔を見た。笑いながら田尻は患者たちに気づいた。受付から病院の職員も顔を出している。田尻は笑いを無理に引っ込めた。

「なるほど。なるほど、こういうことか。正体、見破ったぞ、Q」

「医者か。医者の道楽か。いったいどんな奴だ」

田尻はうきうきしながら内科診察室の前で、混み合う患者を眺めていた。一人、また一人と患者が呼ばれて診察室の中に入り、出てくる。

外から見れば患者の出入りの単純な繰り返しだ。それとは裏腹に、ドアを一枚隔てた診察室の中では、一人ひとり違った疾患の対応に、医師はあらゆる知能知識を活用しなければならない。

遠くから救急車のサイレンが近づいてくるのが聞こえてきた。病院の入口がざわめいた。ストレッチャーが救急隊員の手で引かれてくる。迎えに出た看護師が一人、隊員から患者の状態を聞き、内科の診察室に飛び込んだ。

ストレッチャーの患者は酸素マスクをつけられ、横で心臓マッサージをする隊員が移動しながら、腕を上下させている。外来患者たちが、一様にストレッチャーを覗き込んでいた。患者は救急診療室に運び込まれた。

すぐに内科診察室の扉が開いて、白衣を着た医師が急ぎ足で出てきた。そのあとを診察を受けていた患者が、少し不満そうな顔で続いた。

医師の顔を見て、田尻はごくりと唾(つば)を飲み込んだ。一銀荘(いちぎんそう)から絵画搬出をした、写真に写っていた男に間違いなかった。

田尻は救急診療室から出てきた救急隊員に近づいた。

「患者さん、どうですか？」

「ん？　あなたは？」

「あ、いえ。ちょっと知り合いに似ていたものですから」

二人の救急隊員は顔を見合わせた。

「ご存知の方ですか。それはありがたい」

隊員たちは立ち止まって、田尻のほうに向き直った。一人が持っていた患者票を持ち直した。

「あの患者さん、S中央公園にいるホームレスなんですよ。身元がわからなくって」

「え。S中央公園。公園に住んでいる人なのですか？」

「ええ。先ほど通報がありましてね。何しろああいう人たちですから、名前のわからない人が多くって。どなたかおわかりですか？　お知り合いだとか」

「あ、いいえ。ちらっと見ただけなので。それに、私の知っている人は、ちゃんとした住所に住んでいますので。どうやら見間違いのようです」

隊員は持っていたペンを引っ込め、白けた様子で、立ち去っていった。またあの公園で身元不明の死人が出たな、という呟きを残して。


田尻は救急隊員の呟きを聞き漏らさなかった。公園でまた死人……。脳にひっかかるものがあった。

彼らの言葉の取りようによっては、短い期間の間に複数の死者が出たことになる。田尻は連続して発生した死人、というところが気になった。それにここは少し北の方角に上がれば、戦争中あるいは戦後にさまざまな悪評を流した陸軍病院があったはずだ。

田尻の脳細胞は新しい回路を構築しつつあった。

救急診療室の扉が開いた。遠巻きに見ている患者たちの顔がこわばった。ストレッチャーの上に横たわった患者の顔に白い布がかけられていたのだ。ストレッチャーを押して、先ほどの医師が出てきた。そのまま放射線科のほうに進み、開かれたドアの中に消えた。

田尻が近づいてみると、そこはCT撮影室であった。医師はすぐに姿を現した。入口に使用中の赤色灯が灯り、撮影中であることを告げている。

出てきた医師はちらりと田尻に視線を投げ、診察室のほうに歩いていった。患者たちがほっとしたように、診察室に戻ってきた医師を見ている。

田尻は通りがかった看護師をつかまえた。忙しそうなその看護師は、見知らぬ男の顔に、迷惑そうな表情を見せた。

「今、救急で運ばれた患者さん、亡くなったのですか？」

「あなたは？」

田尻は先ほど救急隊員に使ったものと同じ手を使った。

「そうですか？　でも、S中央公園のホームレスの人ということですよ」

田尻の答えは同じである。

「じゃあ、見間違いかな。救急隊員の方から聞いたんですが、公園では最近何人か続けて亡くなっているそうですね」

「ええ。この一ヵ月余りの間に四人」

「え。四人も。原因は？　なぜ亡くなったのです？　病気ですか？」

「いいえ。皆さんお年ですから。それにあの暮らしじゃあ」

あの暮らしと言いながら、看護師に彼らの暮らしぶりがわかるはずもない矛盾に気がついていない。

「老人の方ばかり四人ですか。それは……」

看護師は遠くから呼ばれて、慌ててその場を立ち去った。さかんに首をひねっている田尻一人が残された。田尻がぶつぶつ呟いている。

「まさか関係はないと思うが。だが場所が気になる。時間のずれはあり得ることだ」

田尻の顔は真剣な表情であった。

CT撮影室の赤色灯が消えた。ドアが開いて、白衣の男がストレッチャーを押して出てきた。運ばれているのは、先ほどと同じ白い布を顔にかぶせられた人物で、ストレッチャーはずっと奥に進んでいく。静かな葬送であった。

田尻はじっとそれを見送った。

S中央公園に集中して、四人の老人が相次いで死んだということだ。何が原因か？それに、何故死者のCTを撮るんだ？　何か死因に問題があるのだろうか？

ストレッチャーは霊安室らしき部屋に入ったようだ。しばらくして出てきたストレッチャーの上には、何もなかった。

白衣の男がストレッチャーを救急診療室のほうに運んでいく。

田尻は誰もこちらに注意を向けていないのを確かめて、何気ないふりで奥に歩を進めた。先ほどストレッチャーが入っていったところは観音開きの扉で、奥のほうに廊下が伸びている。田尻はすばやく扉の中に身体を入れた。歩いていくと、線香の香りがしてきた。少し先に霊安室があった。

中は暗かった。背後の扉が閉まるとなお暗くなった。田尻は迷わず、安置されている遺体に近づいた。白い布の下には、蠟面(ろうめん)のような顔があった。薄く目蓋が開かれていて、その中に灰色にくすんだ瞳が空を見つめていた。自然死のようであった。

先ほどの看護師もホームレスの老人がただ死んだというような口ぶりであった。

「偶然の一致か……」

田尻は死体に目礼(もくれい)を配して、静かに霊安室を出た。身体に、しばらく縁がなかった線香の香りがまとわりついた。

遠くで、田尻さーん、と呼ぶ声がしている。田尻義男(よしお)さーん。いらっしゃいませんか……。

「あ、すみません」

「ちゃんといてもらわないと困りますね。何度もお呼びしたのですよ」

田尻は看護師の視線だけでなく、幾人かの患者たちの咎(とが)めるような視線まで感じた。

「すみません。ちょっと便所を探していたものですから」

「これから診察ですが、大丈夫ですか？」

「あ。大丈夫です」

田尻は診察室の中に入った。いよいよご対面だ。

医師はかけていた椅子をくるりとこちらに向けると、田尻にどうぞと、診察椅子を指さした。

「どうなさいました？」

簡単な問診票は、受付の時点で書いて渡してある。医師の手元にそれがあった。

「胃のあたりが痛い？　いつ頃からですか？」

三十歳を少し過ぎたくらいだろうか。正面から見ると、案外若い顔をしている。確かに南北運送のトラックの陰で見た顔であった。鼻筋が通っていて、眼窩（がんか）が深く、奥に理知的な目が光っている。

吐き気は、食事は摂（と）れるか、食事と痛みの関係は、便通はどうだ、今までに大きな病気は、と医師は矢継ぎ早に問いかけてくる。答えを聞く度に、カルテに新しい横文字が書かれていく。

「ちょっとおなかを診ましょう」

田尻は診察ベッドの上で、腹を出して仰向（あおむ）きに寝かせられた。少し冷たい手が、田尻の腹をまんべんなく押さえた。そして聴診器で腹の音を聞いている。

「よろしいでしょう」

田尻は衣服を整えて、再び医師の前に座った。

「診察した限りでは、大きな問題はないようです。が、もちろん中までは詳しいことはわかりません。最近、胃の透視やら、超音波の検査を受けたことは……ない。じゃあ、一応調べてみましょうか、安心のために」

田尻はこれ以上の診察や検査を受ける気はない。

「すみませんが、もう少し様子をみてみます。何かお薬でも」

「そうですか。それでは胃薬を出しておきましょう。ですが、よくならないようだったら、是非検査を受けてくださいよ。病気は早く見つけることが肝心ですからね」

田尻は立ち上がった。

「薬剤部で薬を受け取ってください」

「わかりました。どうもありがとうございました」

どこからも謎の画家Qという感じが伝わってこなかった。普通の医者だ。田尻は診察室を出る時に、振り返って言った。

「あの、先生のお名前は何とお読みすれば」

「ふるとばですが」

なるほどという呟きは、田尻の口の中にこもった。

「ふるとば先生。また何かありましたら、お願いします。ところで、以前に先生にどこかでお目にかかったような気がするんですが」

「私に？」

「ええ。今考えていたんですが、最近のことです。銀座の画廊のほうに行かれませんでしたか。先生は絵にご興味はおありではありませんか？」

田尻には、確かに目の前の医師の双眸（そうぼう）が一瞬光ったような気がした。

「あなたは絵に関係のあるお仕事なのですか？」

医師はカルテの表紙を見ている。保険の欄には何も書かれていない。支払い区分には自費とあった。

「あ、いいえ」

もう一度礼を言って、田尻は診察室を出た。間違いなくQだ、と田尻は断定した。名前も間違いない。それに絵に興味がなければ、田尻に絵の関係かなどとは、普通訊いてはこない。絵に興味のない人間が、画商や画廊のことを考えることはまずない。

田尻が出ていった診察室のドアを、古都波（ふるとば）はじっと見つめていた。

「看護師さん。今の患者さんね、何だか線香の匂いがしなかったかい？」

手元に届いたS中央公園で死亡した患者の血液データを見て、古都波の頬（ほお）が完全に緩んでいる。ご名答。

幾分かの低蛋白血症（たんぱくけっしょう）は生活柄仕方がないとしても、リンパ球が0というのはどう考えても異常であった。この検査所見はこれまでの三人の死亡者にも共通して見られた現象であった。

間違いなく何らかの免疫不全が彼らの身体の中で起きたようだ。単にリンパ球が減っただけでは人は死なない。そこに病原体の感染が起こるから、身体に支障をきたすのである。免疫が先天的に欠損している患者は、いろいろと生活に制約を受けるが、無菌室ならば生き長らえることができる。

古都波が悩んだのは、仮に栗原七海（くりはらななみ）に依頼して見つかった二つの未知の蛋白質がリンパ球に選択的に毒性を示すとしても、死んだ老人たちは敗血症（はいけつしょう）のような致命的な感染症に陥っていないことであった。それでは何故彼らは死んだのか？

それに、これらの未知の蛋白質がどこから彼らの身体に入ったのか？　七色（なないろ）製薬の人体実験か？　公開されていない薬剤の人体実験の可能性もあった。

だが古都波はこの時、もう一つの可能性については考えが及んでいなかった。

「とにかく、今、注文してある蛋白質の合成が終わったら、早速実験に取りかからなくっちゃいけないな。それにもう一度、あの公園を調べてみる必要性がありそうだ」

4

絵図面の上に身体を載せるように曲げていた古都波の頭が持ち上がった。手には天眼鏡を持っている。

絵図面の中の線は、集約すればほとんどが同心円上に配置されているようだ。仮に中心らしき場所をOとすると、確かに幾重にも円弧を描く線とみなせる。それらの円弧を貫くように、中心Oから放射状に、今度は直線に集約できるような線が、外側に向かって広がっている。

それらの線の間あるいは時には線上に、漢字やら数字、記号が書き込まれている。これらの線が地下通路網と仮定して、文字は通路の大きさや長さ、高さなどを表しているらしい。中にいくつか妙な記号が混じっていた。

詳細に端から端まで眺めた結果、古都波はそれらの記号を見つけたのであった。最初は、通路のところどころに置かれた倉庫あるいは標識かと思い、迂闊にも見過ごしていた。それほどそれらの記号は、通路を表すと思われる線の中に違和感なく溶け込んでいた。

だが独立した記号として認識してみると、それらは通路網の中にちらほらと見つかった。何かの目印のようであった。この絵図面が地下通路網とすると、どこかに入口と出口がなければならない。その目印とも思えた。

もっとも絵図面の中には、それらとは別に入と出の文字が□に囲われてはっきりと描かれており、常識的にはそこが地下通路網への出入口であると考えられた。

古都波は、それら二つの記号を取り出し、紙の上で拡大してみた。

「わからんなあ。何かを意味しているには違いないのだが。出口、入口はある。それなりに地上とはあちらこちらでつながっているようだ。何だろう?」

時間だけが過ぎた。線の上を走る鉛筆で、次第にそれぞれの線が太くなり、やがては真っ黒になってしまった。

目と頭が痛くなってきた。

細かい絵を長時間描いていても一向に疲れを感じないが、訳のわからない記号の謎解きとなると、成果が見えてこないだけに、一気に脳細胞が働くのを拒否してしまったようだ。

古都波は立ち上がって茶をいれた。

「どうも、俺の勘では、四人が死んだ公園が怪しいんだがなあ」

死んだ老人が持っていた絵図面であった。千羽鶴の中に隠していたといっても間違いない絵図面だ。

最初に見つけた一枚が興味深く、それを中心に据(す)えて鉛筆を走らせているうちに、面白い線描画ができてきた、それがきっかけであった。思いがけないイメージの絵が出来上がり、古都波自身驚いたくらいの新しい感覚であった。

絵画展で展示してみると、従来の古都波が描いた絵のどれとも違った印象に、好むものもいれば、気にしないものもいたようだ。古都波は時間があれば客を装って、自分の個展会場に足を運んでいたのであった。

一枚だけ印象の違う線描画を熱心に見ていた老人がいた。彼はほかの古都波の絵には目もくれず、ただその一枚だけを見ていた。そのあとからであった。同じような風(ふう)体(てい)の男や女が会場に現れ出したのは。

最終日の搬出の時にも、いつまでも残っている女性がいて、運送業者のなりをしていた古都波を困らせたのであった。

老人は一度しか会場で見なかったが、あの時会場の外に出て、どこかに連絡をしていたようだった。男も女も老人と関係があるのかもしれなかった。よほどあの絵を手に入れたいように思えた。メールでも報せてきたが、古都波は無視した。

丹精込めて描いた絵を売る気はなかった。できる限り謎の画家Qでいたかったし、忙しい医師業に携わりながら、患者の死の中に謎を見つけたり、おおわらわで日常を楽しんでいた。あの絵に対する老人たちの執着は、さらに古都波に謎を投げかけた。公園の住人の死の謎と、一人が持っていた地下通路網の絵図面、それに興味を示す一団。それらの謎は、それぞれ古都波の独立した脳細胞の中で謎解きが始まっていたにもかかわらず、いつの間にか着実に連携した神経回路を構築しつつあったのである。


古都波はインターネットで、再び七色製薬を調べていた。設立は昭和二十五年。設立者は依藤一郎とある。

依藤一郎の略歴が出ていた。一九二〇年（大正九年）生。K帝國大学医学部卒業。内科医。一九五〇年（昭和二十五年）七色製薬設立とある。以後、蛋白質製剤を中心に医学界に貢献。二〇〇〇年（平成十二年）、会長に就任、と説明がつけ加えられていた。

説明の横に小さな顔写真がついている。何気なくその写真に目をやった古都波は、えっ、と小さく声をあげた。慌てて、ブルーの文字になっている依藤一郎の名前をクリックした。

画面にいくつも依藤一郎に関する項目が並んだ。その中に七色製薬の名前も見える。依藤一郎の経歴の中に、古都波を唸らせる驚くべき記述があった。それは太平洋戦争中、依藤一郎が所属していた細菌部隊についてであった。いまだ謎に包まれることの多い、細菌兵器を使ったとされる陸軍の部隊であった。

依藤一郎は戦時下、K帝國大学医学部を繰り上げ卒業、直ちに戸山の陸軍病院に勤務したあと、一九四三年から大陸に出向。参謀として、細菌部隊を率いた人物の右腕となり、戦時中重要な役割を演じた人物として紹介されていた。

周知のごとく、終戦を迎えると同時に、彼らは破壊し得る証拠の一切をこの世から消滅させ、残った実験記録については、すべてアメリカを中心とする連合国軍側に無条件で譲渡することで、戦争責任を免責されたのである。消滅した証拠の中には、毒殺された捕虜の人々も含まれるという。

彼らは人体実験、生体解剖など、数々のおぞましい所業を国の内外で進めたとされている。国内での細菌兵器の研究の中心であった陸軍病院の跡は、古都波のいる病院からも、老人たちの死んだ公園からも目と鼻の先だ。七色製薬もさほど遠くないところに位置している。

古都波は細菌部隊に関する若干の知識はもっていたが、目の前の画面に次々と現れてくる記事が彼の知識を格段に膨張させた。

古都波の脳裏に、S中央公園を中心に、七色製薬依藤一郎による薬剤の人体実験が繰り広げられていくさまが、彷彿（ほうふつ）として浮かんできたのであった。

「そういや、じいさんに栄養剤と言われて、何か薬をもらったことがあったな」

S中央公園で、依藤一郎と見られる老人の死に関して調べていた古都波の質問に、答えた男が一人いた。

「えっ！　栄養剤。どんな栄養剤でした？」

「粒の薬だよ」

「飲んで何ともなかったのですか？」

「ああ。格別何もなかったなあ。そうそう、だからじいさんに言ったんだよ。何にも効かないじゃないかって」

「本当に何もなかったんですね」

「おうとも。全然、何にも感じなかったね」

「その薬、いつ頃もらったか覚えていませんかね？」

「うーん。もう四、五年前になるかなあ」

「ほかの方も？」

「ああ、何人かに配っていたみたいだ」

「ほかの方も何ともなかったですか？」

「何もなかったよ。でもどうしてそんなに根掘り葉掘り訊くんだ？　あの薬が何か問題でもあったのか？」

　小男は疑り深そうな目つきになった。古都波は自分が老人の最期を看取った医師だと名乗った。

「なんだ、S病院の先生か」

「ほら、あの老人が亡くなられたあたりで、ほかにもお二人、相前後して亡くなられましたよね。一昨日も」

「ああ、そうだった。みんな、ちょっと気味悪がっていたな。でも、今話した薬とは関係ないぜ。俺たちがもらったのは、ずっと前だからな」

　一昨日死亡した男が、その前に死亡した依藤一郎らしき人物に何かされたはずはない。昔にもらった薬をとっておいて、それを服用した可能性は残るが。

「じいさんが薬くれても、そりゃ別に不思議はないさ」

「えっ！　どうしてです？」

「いや、その前にも何回か薬をもらったんだ。別に何がどうということもなく、栄養剤だとか、風邪に効くとか言われたんでね。じいさん、薬屋なんだよ」

　古都波の脳細胞があちこちで火花をあげた。頭蓋骨の中が熱くなるような気がした。

「どうしてわかるんです?」

「いや。あのじいさん、あ、名前は依藤っていうんだがね」

古都波の脳が完全に沸騰して、溶けてしまいそうだった。身体中が震えた。それはまさに脳神経系の極度の興奮が末梢にまで伝わった証拠であった。やはり依藤一郎であった。

「じいさん、本が好きでねえ。山ほど持っていた。俺もまんざらでもない」

小男は少しばかりのインテリジェンスを得意げに披露し出した。

「どこの薬屋さんです?」

小男の自慢話につき合う気はない。古都波は先を急がせた。

「ここからは少し離れているが、M区に七色製薬ってのがあるだろ。あそこの会長さんさ」

予想どおりの名前であった。小男が七色製薬の名前を口にする前に、古都波の脳細胞は答えを弾き出していた。すべてが一瞬にして解決して、脳の沸騰は一気に鎮静化した。

七色製薬会長依藤一郎が、この公園に住むホームレスの人たちを使って、自社開発の薬剤の人体実験を行っていたことは、もう間違いなかった。

「おや。あんた、あんまり驚かないんだね」

「あ。いや、あそこの会長さんなら名前も知っている。依藤一郎だろ」

古都波は七色製薬のホームページで見た会長の名前を言った。

「さすが、お医者さんだね。そのとおりだよ」

「そのことは警察には？」

「別に訊かれなかったから、しゃべっちゃいないよ。じいさんのテントをかたづけにきた都の職員も知らないさ」

「依藤会長は、どうしてこんなところに」

小男はジロリと古都波を見た。こんなところとは何だ、というような目つきだ。

「あ、すみませんね。どうして会長のような人が、この公園に住んでいらっしゃったのでしょうね？　いつ頃からです？」

「いつ頃からかは、誰も知らないよ。戦争が終わってからずっとだと言っている者もいる。だが確かなところはわからないな。それに、どこに住もうと、そんなこと知ったこっちゃない。本人がここにいたかったんだろう」

古都波は依藤一郎と思われる人物のテントに、鶴の折り紙を求めて、もぐり込んだ時のことを思い出している。薄暗いテントの中は、山のように積まれた書物で一杯だった。千羽鶴はテントの隅にかけられているのが見つかったが、確かそのあたりには簞笥（たんす）が据えられていた。家財道具も並んでいたような気がする。

かたづける時、薬のようなものはなかったのだろうか？　あったとすれば、それが人体実験の証拠になるかもしれない。

目の前にいるこの男は、薬を飲まされても特別何もなかったと言っている。それまでに何かあったことはないのだろうか？　あるいは、依藤一郎自身が死んだ時、前後して二人が命を落としている。死んだ四人のうち三人は古都波自身が診察して、死亡確認したわけである。

依藤一郎が自分で薬を服用して、それで死んだとは思えなかった。人体実験を行うような思想の持ち主が、幾分かでも危険性のある薬物を自分で使うはずがない。とすれば、依藤の死亡はやはり自然死か？　では三人の血液から見つかった二種類の未知の蛋白質をどう説明する？

黙り込んで考えている古都波を小男はじろじろと見ていたが、いつまでも動かない古都波に愛想をつかしたのか、

「先生よ、もういいんなら行くぜ」

と言って歩き始めた。小男の影が動いたのに気づいて、古都波は現実に戻された。

依藤一郎がこの公園に住居を定めて長く住んでいたのは、自分が設立した製薬会社で研究開発した薬の有効性あるいは副作用を、いち早く確かめるためだったに違いない。

古都波は、またいくつか調べなければいけないことが増えたのを感じた。

「あーあ。こりゃあ、医者をやっている場合じゃないぞ」

ようやく合成蛋白質が古都波のもとに届いた。待ちに待った蛋白質だった。

栗原七海からも、まだなのという催促の電話が何回か入っていた。彼女自身、見つかった二つの蛋白質がリンパ球に対してどのような反応を示すか、興味津々だった。結果によっては、新規の免疫抑制剤開発につながる可能性がある。

準備万端であった。古都波は自分の血液からリンパ球を分離して、あらかじめ適当に濃度を定めた合成蛋白質を添加した培養液に入れ、検査室にあるインキュヴェーター（培養器）の中に置いた。翌日になれば、リンパ球がどのようになっているかわかるだろう。

夜、古都波は七海に電話して、実験の内容を一部始終話した。答える七海の声がくぐもっている。

「まだ実験か？　誰か近くにいるんだな」

「ええ」

「例のやつか？」

「ええ」

七海は、ええ、としか返事をしない。

「あとで一人になったら電話をくれ。今夜は当直だ。だから夜、こうやって実験ができたのさ」

「ええ」

プツリと電話が切れた。何か嫌な切れ方だった。

古都波は七海のことが気になっている自分に、妙な感覚を抱いていた。七海が言っていた別のプロジェクトリーダーがどのような男なのか知るべくもなかったが、何とか七海がうまく切り抜けてくれることを願った。

その七海当人は、ちょうど実験を終えて、研究員室の自席に戻ってきたところであった。

あれ以来、七海は常に山林の視線を感じていた。どこにいても山林が見ていた。いや、疑心暗鬼にさえなって、山林が出張でいないはずの日でも、ふと彼の気配を感じていた。

斜め向こうの隅のほうに、今夜も山林の頭が見えた。七海の携帯は音が出ないように設定してあったが、古都波からの電話に出た七海の動きを、山林は目ざとく見つけていた。

この頃では山林は様子を窺っているだけで、以前のように七海に詰問するようなことはなくなっていた。それがかえって七海には不気味に感じられた。

そうだ、病院に行ってみよう。

思いつくと、七海は少しドキドキした。急いで今日のデータをまとめて、机をかたづけた。コンピュータをシャットダウンする。

画面が消えたことを確認して、七海は鞄（かばん）を取り上げた。

時計は九時を回っていた。


病院はすでに終了して、玄関は閉まっていた。七海は古都波に言われたとおり、玄関横の夜間診療受付と掲示されたインターフォンのボタンを押した。

野太い、少し割れた声が聞こえた。名前を告げると、古都波から夜の事務当直に連絡がいっていたらしく、しばらくして警備員の服を着た男性が扉の向こうに現れた。

七海の姿を確認したあと、男は玄関の施錠をはずして、七海を迎え入れた。

「医局でお待ちです」

「ありがとう」

七海は、案内しましょうという警備員の申し出を断って、一人で病院のエレヴェーターを使い、三階にある医局を目指した。

灯（ひ）が落とされた病院は不気味である。もちろん救急外来は常時受け付けているから、必要となればすぐさま外来あたりは明るくなるのだろう。

見覚えのある扉を開くと、書物の山の向こうから古都波が顔を覗かせた。

「やあ、いらっしゃい。どう？　早速リンパ球、見にいく？」

七海は研究所を出て、たった今病院に着いたばかりだ。何となく背後に山林の視線を感じながら研究員室を出て、ずっと気をつけてここまで来た。せわしなかったが、七海はうなずいた。

「じゃあ、行こう。臨床検査室のインキュヴェーターに入れてあるんだ」

臨床検査室は二階にあった。古都波は節電のために暗くしてある階段を降りた。七海が続く。二つの影が階段の壁に大きくなったり小さくなったりしながらゆらめく様は、やはり気持ちのいいものではない。しんとしているからなおさらだ。

臨床検査室のあかりも完全に消えていて、古都波は扉を開けると、中のスイッチを入れた。急に視野が眩しくなった。

古都波は大事そうに、リンパ球を培養している小型シャーレを取り出した。それを顕微鏡に置いて、電源を入れ、接眼レンズから覗き込んだ。

「え？」

レンズから漏れてくる光に照らされた古都波の双眸が、きょろきょろと細かく動いた。

「こりゃあ……。栗原、覗いてみろ」

古都波は席を七海に譲り、自分はインキュヴェーターのところから、別のシャーレをいくつか取り出している。

「何、これ？　リンパ球、入れたの？」

七海が覗いた視野の中に、まったく細胞と呼べるものがない。細かいゴミのようなものがふわふわと小さく動いているだけだ。

「失礼な」

古都波は軽く七海を睨むようにしながら、顔は非常に嬉しそうだ。

「こちらのほうが、蛋白質濃度を低くしてある。どうだ？」

シャーレを取り替えて、覗き込んだ七海に訊いている。

「同じよ。何もないわ」

七海は顕微鏡から目を離して、古都波の顔を訝しそうに見た。

「リンパ球を入れ忘れるなんて、そんな初歩的なミス、いくら俺だってやらないよ。じゃあ、こいつはどうだ？」

いくつかあるシャーレから一つを選んで、顕微鏡に載せた。

「まあ。リンパ球がうじゃうじゃいるわよ」

「そうだろ。俺のリンパ球さ。元気溌剌（はつらつ）だ。当然、どのシャーレにも同じ数だけのリンパ球が入っている」

「何ですって！　ということは」

「そう。予想どおり、見事にリンパ球が破壊されたな」

「あの蛋白質で？」

「そういうことだ。もう一方の蛋白質はどうだ？」

別のシャーレをまた持ってきた。

「こちらは、先ほどの半分くらいね。リンパ球がいるにはいるけど、何だか細胞膜がいびつよ」

古都波はインキュヴェーターに入れてあったすべてのシャーレを取り出した。百近くある。七海はそれを見て、目を丸くした。

「これ、全部今日やったの？」

古都波はうなずいた。席をかわれというように、顎をしゃくっている。七海は、シャーレの数に圧倒されながら、顕微鏡の前を離れた。

それから一時間、古都波は口をつぐんだまま、七海が横にいるのも忘れたように、一つひとつシャーレを観察し続けた。持ってきた一覧表に何やら書き込んでいる。

七海はそれを見ながら、どうやら古都波は、二種類の蛋白質にA、Bと名前をつけ、さまざまな濃度設定をして、どの程度リンパ球を破壊しているか、順に書き込んでいる様子であることがわかってきた。

Ａ、Ｂの表が埋め尽くされると、次にはＡ＋Ｂがあった。蛋白質濃度は十段階を設定したらしく、合計三十一個のシャーレが次々と観察された。蛋白質をまったく入れずに培養された基準となるリンパ球と比べるのである。

同じような三十一個のシャーレがあと二群あった。七海はシャーレの表に書かれた文字を見て、なるほどとうなずいていた。そして感心したように、古都波の横顔を眺めていた。

5

「要するに、こういうことになる」

古都波は医局に戻って、七海に粗末な椅子を勧めたあと、記入した表を広げた。

「見つかった蛋白質では、Ａのほうが Ｂの千倍くらいリンパ球障害性が高い。次に、ＡとＢを混ぜてやると、リンパ球破壊力は格段に飛躍し、百万倍くらいになる。それも血液の中の蛋白質、そうだな、総蛋白量あるいはアルブミンなどの主要な蛋白量に相当影響を受ける可能性がある。それに、今言ったリンパ球破壊を示す濃度は、とてもじゃないが、死んだ患者たちの血液の中では濃すぎる。これほど高い濃度ではないだろう」

「でも、彼らのリンパ球は、ほとんどなかったのでしょう？」

「ああ。だから、これらの蛋白質の濃度は低くとも、彼ら自身の低蛋白血症あるいは低アルブミン血症が影響した可能性がある。本来の蛋白質が充分にある人は大丈夫かもしれない」

「栄養がいい人は大丈夫ということね」

「まあ、そうだな。若い人でも、低アルブミン血症でもあれば、やばいかもしれん」

「こちらの実験は？」

七海は気になっていた別の群のフラスコの観察結果を書いた表のほうを指さした。

「細胞が、リンパ球じゃなくて、腫瘍細胞なんでしょう？」

「そうだ。リンパ球系の腫瘍、悪性リンパ腫の細胞株だ。それと乳癌株」

「効いたの？」

古都波は悪性腫瘍に対しても、どのような効果があるか、一気に調べていたのだ。リンパ球を攻撃する力があれば、七海が気づいたように、免疫抑制剤の可能性がある。さらに発想を広げれば、癌にも効くかもしれないということだ。古都波はそこまで考えて、同時にすべてを実験したのであった。

「予想どおり、リンパ球系の腫瘍株には、ある程度の効果があるようだな。乳癌は駄目だ。みんなぴんぴんしている」

　思いがけない収穫になるかもしれなかった。

「どうする。栗原。薬にしてみるか？　可能性があるようだ。君の会社で研究してくれたらいい」

「でも、第一発見者は古都波くんよ」

「じゃあ、特許でも出すことがあれば、俺の名前を入れておいてくれ。うまくいけば、ちっとは儲かるだろう。ははは」

　笑う古都波の顔は、さほど嬉しくもなさそうだ。

「別に金なんかいらん。いい薬ができれば、それでいい」

「それでも、うまくいけば、莫大な資産が転がり込むわよ」

「栗原は、取らぬ狸の皮算用が好きなのか？　まあ、うまくいったら、風魔風記念美術館でも建てるかな」

　わははと、古都波は大きな口をあけて笑っていた。


「ところで、七色製薬のほうは、何か情報はないか？」

　あれから七海も研究の合間に、七色製薬の過去の臨床治験に関する資料を、できる限り調べている。研究開発薬品の人体実験の可能性を示唆されて、半信半疑だった七海は、そのまま放っておくことができなかったのだ。

七色製薬の臨床開発候補品として登録された百あまりの薬品化合物のうち、わかるものについてはすべて化学構造式まで検索していた。今日もそれらのデータをメモリースティックに入れて持ってきている。

七海は、印刷した一覧表を取り出した。二十あまりの化合物に固有のナンバーがつけられ、化学構造式が書かれていた。さまざまな化学的性質が記述されている。古都波は頭を搔(か)いた。

「さっぱりわからん。この化学構造式を見て、イメージが湧(わ)く奴の気がしれん」

古都波の身体が七海に近づいた。先日S中央公園で聞いた話を七海にも伝えたのである。七海の表情が険しくなった。しかも、死んだ老人が七色製薬会長と聞いて、むしろ顔つきがこわばってきた。

「間違いないの？」

「ああ。そう考えても納得のいく話がもう一つある」

古都波は、七色製薬会長依藤一郎の前身を話した。七海は細菌部隊の話はほとんど知らないようだった。顔が完全に凍りついている。

「人間とはな、ここまで利己主義で残酷な生物ということだ」

初めて聞く六十数年前の悪魔の世界であった。

「とにかく、俺はこういうのは決して許せんのだ。自分たちだけが特別と思っている連中が何のお咎めもなくのうのうとしてやがる。最近もあの公園でまた一人死んだ。このところ立て続けだ」

「でも、人体実験、誰がやってるのよ。依藤一郎はもう死んでるじゃない？」

「そこのところがわからん。四人目の死者の血液も採ってある。この蛋白毒があるかどうか、早いうちに調べなきゃならん。栄養剤と称して、依藤にもらったものを今頃飲んだ可能性もある」

「蛋白質製剤は経口吸収は無理よ」

「そうだよな。消化管で分解されるからな。とすれば、どうやってこの蛋白質が身体の中に入ったんだ。七色製薬がやっている臨床治験と何か関係があるのだろうか？」

「別なんじゃないの？　低分子化合物なら、いくらでも錠剤にして飲ませることができるわ。依藤会長が公園でホームレスの人たちに与えていたのは、そちらのほうじゃない？　それで効果が出ないとか、副作用があるとかを見ていたんじゃないの。それなら立派な人体実験よ。充分な判断材料になるわ」

古都波は腕を組んだ。じっと考え込んでいる。

七海はそっと腕時計を見た。すでに十二時近かった。

翌朝まで、一年に何回あるかわからない、救急ゼロの一晩であった。七海はタクシーで無事に帰ったらしく、何も連絡はなかった。

翌日、勤務が明けてから、古都波はそのまま病院に居残った。再度リンパ球の破壊の度合いを確認するのと、過去にS中央公園で起こったかもしれない集団性のある疾病についての調査が残っていた。

リンパ球は、昨夜見たものと大きな変化はなかった。短時間で破壊されなかったものは、そのあとも大丈夫のようであった。

古都波はその日の診察が始まる前に、最古参の看護師をつかまえた。

「樺山さんはずっとこの病院でしたよね」

「ええ。看護師になってから、この病院一筋ですよ。先代の院長先生には可愛がって頂きました」

「そこのS中央公園のことなんだけど。今までに、今度のように何人か集中して死んだことなかった？」

「そんなこと、ないですよ」

「集団で食中毒とかは？」

「食中毒はありますけれど、別にS中央公園では」

「何でもいいんだ。まとめてあの公園の人、診たことありませんか？」

変なことを訊かれると思いながら、それでも樺山の脳裏に浮かんだことがあったようだ。

「そういえば、もう二十年くらいになるかしら。いえ、別にどうってことなかったんですがね、十人くらいまとまってやってきたことありましたよ」

「何の病気だったんです？」

「病気というより、何か悪い酒でも飲んだんじゃなかったですかね。全員、半分意識不明で運ばれてきましたよ。皆さん、点滴ですぐに気がつかれましたけれどね」

「原因はわからなかったのですか？」

看護師は皺だらけの首を振った。

「ふーん。ほかには何かありませんかね？」

「S中央公園、何かおかしいんですか？」

「あ、いや。そういう訳ではないんだけれど」

「集団で風邪とかインフルエンザなんてのもあったような気がするけれど」

「それは公園限定ではないでしょう？」

「いや、そんなことないわよ。そういえば、二回ほどそんなことあったわ」

「公園限定の風邪？」

「いえ。インフルエンザのような。全員の発熱と全身倦怠感（けんたいかん）」

「死者は出なかったのですか？」

「死人が出たら大騒ぎよ。そうはならなかったわ。みんな回復していったから」

「カルテとか、ないですかね？」

「そんな昔のカルテ、全部廃棄処分よ」

外来診察が始まったようだ。患者を呼ぶマイクの声が聞こえてきた。看護師は慌てて中に入っていった。


古都波はもう一つの可能性に賭（か）けてみることにした。病院を出た足は区役所に向かった。入口には結構人がいて、出たり入ったりしている。

古都波は案内を乞（こ）うた。Ｓ中央公園で死亡した老人を最後に診察した医師だが、その老人の死因に不審な点が出てきた、ついては老人の持ち物を調べたいと、ありのままを告げると、総合受付に座っていた男が関係部署に取り次いでくれた。

やがてやってきた係の男は古都波のことを調べるでもなく、庁舎を抜けて、裏庭にある倉庫に連れていった。

「この中に、まだ保管してあります。ご本人は無縁仏（むえんぼとけ）として埋葬されておられます」

男は記録を見ながら、面倒くさそうに話した。それでも死者に対して敬語を使うことを忘れてはいない。

「すみません。何か一覧表のようなものありませんかね。これ全部見ていたら、日が暮れてしまう」

職員は手にしていた何枚かの紙をさし出した。

何が忙しいのか、そそくさと立ち去る職員の背中を一睨みして、古都波は回収物一覧表と書かれた書類に視線を戻した。

目的とするものは簡単に見つかった。回収物の整理記載は充分によくできていた。その中に、薬として、いくつかまとめて書かれていた。ただ、どの薬剤名も、いわゆるコード番号が書かれていて、古都波が知っている、すでに世の中で医療用として使われている薬剤は一つもなかった。

「簞笥の中か？」

薬を入れるような場所は、それ以外に見当たらなかった。無雑作(むぞうさ)に積み上げられた書物の山。触れれば崩れる書物の山をかき分けながら、古都波は一番奥に置いてある簞笥に辿りついた。

「あった！　あった。ありましたよ」

目的の物はむき出しで簞笥の引出しの中に転がっていた。すべて錠剤あるいはカプセル剤であった。番号が打たれていた。7710、7711、7713、そして7721。この番号は、昨夜見た七色製薬の研究開発薬品の一覧表の中にあったと記憶している。すべて研究開発が中断していて、先行き見込みのない化合物だった。

古都波は誰の気配がないにもかかわらず、あたりを見渡した。

「では、頂戴(ちょうだい)つかまつります」

すべての薬が古都波のポケットの中に消えた。それらの薬剤は、その日のうちに封筒に入れられ投函された。宛先はもちろん栗原七海であった。

第六章　見えざる容疑者

1

田尻（たじり）のメールにまた短編小説が送られてきている。読み終わった田尻は、少し考えたあと、返事を書いた。軽やかにキーボードの上を長い指が縦横無尽に走り回る。

「いつもお送りいただいて、ありがとうございます。僭越（せんえつ）ではございますが、短編小説をお返しいたします。よろしくご査収ください」

過去からの贈り物、とまず題名が書かれた。

「公園に身寄りのない人たちが住んでいました。身寄りはなくとも、みんな楽しい毎日を送っておりました。

ある時、一人が死にました。どうして死んだのかわかりません。ですが、次々と三人がまた死にました。まだまだ死ぬかもしれません。

近くには、かつて汚い細菌を創っていた工場もあります。悪い人たちが集まって住んでいたところです。その人たちは、中国のほうに移住して、そこのネズミにたくさんの細菌を感染させました。そこでも多くの人が死にました。

探し物は何ですか？　もしかしたら、ここにあるかもしれません。工場はもう綺麗な建物にかわっています。でも、まだまだどこかに細菌が残っているかもしれません。土の中深く、眠っているかもしれません」

そこまで書いて、田尻ははっとした。指が動くままに書いていた短いおとぎ話のような小説とも言えない文章は、言いたいことさえ相手に伝わればそれでよかった。

土の中深く……なお深く……。

「やはり、まだいるのかもしれませんね。細菌だって生き物です。故郷を離れたくないのかもしれません。深く深く、なお深く、彼らは安住の地で、静かに時を過ごしているのかもしれません。そして、時々地上の空気を吸いたくなるのかもしれません。その時に、地上に住む人間という生物に悪戯をするのでしょう。

まだその悪戯も、それほどひどいものではないようです。ちょっとからかっている程度かもしれません。でも、いつかもっとひどい悪さをするかもしれませんね。探し出して、平和な生活が送れるようになだめてやったほうがよいかもしれません」

下手だなあ。田尻は自嘲した。俺は小説家にはなれん、と思いながらも、最後の一文を書いた。

「このお話には続編があります。完成次第お送りいたします」


「一人から、面白い情報が入りました」

ジョン・ブラウンは、ホットラインの電話で相手に話しかけた。コンピュータを使う連絡よりも、盗聴防止が幾重にもされているこの電話のほうが安全であった。

「弱毒性の例の細菌によると思われる死者が出たとのことです。灯台下暗しだったかもしれません。製造工場の近くです」

「どの情報員だ？」

「田尻という男です」

「田尻……。黒沼影潜についている男か？」

「これまでの六十年間、この細菌については、あの国におけるあらゆる集中的な病弊の発生に気を配って参りました。公害、薬害などは数えればきりがありませんが、それでも、どこかに隠されたと危惧されてきたこの細菌７３１あるいはその変異株について、これまで感染源になったとは考えられません」

「今回は可能性があるということか？　ついに動き出したと」

「確かな情報ではありません。これまでのようにサンプルをこちらに送ってもらい、解析致します。細菌が原因でないかどうか」

「よかろう」

「田尻義男は、黒沼影潜について、何か探しているとうかがっておりますが」

「黒沼は十年来日本に渡ったきりだ。六十四年前にあの国のどこかに何かを隠している。危険極まりない人物だ。君の任務には関係のないことだが、最近、黒沼の探し物は、地下通路網ではないかと連絡がきた」

「ほう。地下通路網。あの国の人間は、確か東京に巨大な地下壕を掘ったのではなかったですかね」

「そのとおりだ。現在その大部分は封鎖されている。残りは地下鉄として使われている」

「そうですか。しかし、田尻は黒沼に接触しているうちに、こちらの探し物を見つけたのかもしれません」

「一挙両得か。そうなればいいが」

「その地下通路網の中に、細菌731が隠されているということはありませんか？」

「わからない。以前に話した依藤一郎という細菌戦に参加した人物と、この黒沼影潜が当時接触したかどうかまではわからない」

「可能性はありますか？」

「あるだろう。だが時期的に可能性があるというだけで、今となっては調べようがない」

「そうですか……。では、また情報が入り次第、ご連絡いたします」

強力な毒性を持つ細菌761は、二年後の遺伝子変異に向かって、着々と準備を進めているはずであった。ブラウンは電話を置いたのち、一人考えている。

「まだ弱毒のようだ。まったく関係がないかもしれん。だが、製造工場である旧日本陸軍病院の近くというのが気になる。田尻が言ってきたように、確かに地中深く潜んでいれば、それもあり得ることかもしれん。条件が異なれば、細菌の変異とてまた変わるだろう。いずれにせよ、厳重な警戒が必要だ。もっとも、田尻はワクチンを使用しているから、何もないはずだが」

目の前のコンピュータ画面に、「過去からの贈り物」と題された、下手な文章が並んでいる。

「こいつは小説家にはなれんな」

ブラウンは、二本の人差し指でキーボードを叩き始めた。

「小説、ご返送ありがとうございます。続編を楽しみにしております」

田尻は冴子(さえこ)の姿を探した。いつも黒沼老人に二人が集められる部屋にはいなかった。

昭和初期に建てられたという一銀荘(いちぎんそう)の地下室は、携帯の電波が入らない。中での連絡は、かえって不便であった。

黒沼影潜は普段この一銀荘の地下に住んでいた。そもそも一銀荘は、戦前から黒沼の所有物であり、時代が時代だけに、戦火に備えて深い地下室が設けられていたようだ。当然その地下室は大本営地下壕と直結しており、地上で何が起ころうとも、軍人たちは地下壕の中で連絡し合い、活動が可能であった。

例の東京大空襲でも、一般人が地上で阿鼻叫喚（あびきょうかん）の地獄を味わっている間、彼らは安全地帯で危険が過ぎ去るのをのんびりと待ち続けたのであった。

黒沼も地下壕に身を潜めた一人であった。爆弾の落ちる音が途絶え、火があたりを焼き尽くして静かになる頃、彼は長い階段を踏みしめながら、仲間とともに地上に出たのである。

不思議なことに、あれほどの大空襲でも被害を免（まぬが）れるところはあるようで、一銀荘周辺はほとんど無傷のまま残されていた。建物のみならず人まで焼かれて、異様な臭い匂いと煙が立ち込める中、一銀荘は煉瓦（れんが）造りの姿を、にょっきりと青空に曝（さら）していた。

冴子は地下室に戻っていた。

「おや、冴子さん。少し顔が汚れているよ」

冴子は慌(あわ)てて手鏡を取り出して、すばやく顔を修正した。そうしている間に、田尻は冴子の身体に目を走らせた。目立たないように黒い服を着ているが、それがかえって肘(ひじ)や膝(ひざ)のあたりの白っぽい埃(ほこり)らしきものを際立たせている。

「御前に連絡をとりたいんだが」

冴子が顔をあげた。

「Qの正体がわかったんだ」

「えっ！　じゃあ、絵図面は？」

「いや、それはまだだ」

「手に入るの？」

「どうかな？　Qはあのような奇妙な画家だが、S病院のドクターさ」

「ドクター!?」

「ああ。だが、彼があの絵に描いたものをどこで手に入れたか、ほかの部分も持っているのか、そこまではまだだ」

「ドクターなの。名前は？」

「ふるとばだ。名前は何と読むのかな、見当もつかん」

「どんな字書くのよ。コミヤコナミとは全然違うじゃない」

田尻は名前の漢字を書いた。

『古都波風魔風』

「何？　これ？」

「マフウドウだ」

「あ」

「そう、風に魔風。それはいい。上の名前は、古い都の波だ」

「ふるいみやこのなみ？　あ」

冴子にも理解できたらしい。さかんにコ・ミヤコ・ナミと呟いている。

「そういうこと。冴子さんから電話があってから、あとをつけたら病院に入ったというわけ」

「よくドクターとわかったわね」

「病院の掲示板に担当医の名前が出ていたからね。内科のドクターだ。何気なく見ていたら、閃いたのさ。おまけに診察まで受けてきた」

「中に入ったの？」

「もちろんだよ。本人を確認しなければいけないじゃないか。絵画展の時の運送業者さ」

「やっぱり」

「ちょっとばかり面白そうなドクターだよ。絵に興味がないかって訊いたら、まんざらでもなさそうだった。当然だ」

「どうするの、これから。目的は絵図面よ。Q本人じゃないわ」

「わかっている。もう一度あたってみるつもりだ。彼の家の場所もわかったし、例の郊外のアトリエも調べてみよう」

冴子は何か考えているようだった。田尻を見る目が、きょろきょろと左右の目の間を行ったり来たりしている。

「田尻さん。私、汚れていたでしょう？」

「ああ。いささかね。美人台無しだ」

「からかわないで。どこにいたと思う」

「ふん。ここの地下だろ」

「え！　知ってたの」

冴子は以前から、田尻にすべての行動を見抜かれているような気がしている。普通の男性とは思えなかった。ちょっと抜けているところもあるけれど……。

「この下に、地下壕があることは知っている」

ある晩老人のあとをつけたのであった。まだ、冴子が雇われる前のことだ。

田尻が帰ったと思っていた老人は、地下室から出ると、地上に上がる階段を使わずに、さらに奥に入っていった。そこは行き止まりで壁しかないはずであった。闇の中にふっと老人の姿が消えた。

すでに予感のあった田尻はその夜は自分のマンションに帰宅した。そして老人が出かけたある日、田尻は老人が消えたあたりを詳しく調べて、巧妙に隠された扉を見つけたのであった。

地下通路であった。このようなこともあろうかと持ってきた懐中電灯が役に立った。すぐに十字路になった。それぞれ先は闇で、電灯の弱い光は届かなかった。

足元を照らしながら、そろそろと田尻の冒険が始まった。懐中電灯の光以外、まったくどこからも光の入らない、普段は漆黒（しっこく）の闇の世界であった。通路というよりはトンネルと言ったほうが相応（ふさわ）しいような地下通路で、ところによってはコンクリート壁があり、ところによっては剥（む）き出しの土壁であった。手には湿気がついた。

一本の通路は、十メートルも行かないうちに行き止まりとなった。別の通路があるわけでもなく、何か固い壁で塞（ふさ）がれているようで、田尻は地上に建てられた隣のビルのせいだとすぐに思い当たった。残りの二本もそれぞれ奥のほうは、完全に何かで行く手を塞がれていた。

おそらくこのトンネルが掘られた当時は、どこかにつながっていたに違いなかった。交差点のような通路の交わり方が、計画性を感じさせた。

現在では、一銀荘の周りも当時からは一変している。開発のために、知ってか知らずか、浅い地下通路はことごとく破壊され、遮断されたに違いない。

「冴子さんも御前に聞いたのか、この地下のこと？」

「ええ。面白いものがある、と連れ込まれたのよ。ちょっとやばかったけどね」

「御前に何かされたんだな？」

「ご心配なく。御前さまは例のホルモン注射で若さを取り戻されたようだけれど、私とは何も。時々ちょっかいかけられたけれどね」

冴子の口調に過去形のわずかな違和感があった。

「絵図面のこと、地下通路網でしょう。だからここ、ちょっと調べてみたのよ」

「すべて行き止まり」

「ええ。でも以前には、どこかとつながっていたんでしょうね。おそらくは」

「この東京地下通路網の一部だと思う」

「あの絵図面は、ここではないの？」

「残っている資料から見ても、似ても似つかないものと考えている」

「いったいどこなのかしらねえ？」

冴子の表情は、考えているようでもあり、とぼけているようでもあった。

田尻は老人への連絡を、何かはぐらかされた気がした。

次の日、田尻がQこと古都波のアトリエに忍び込んで、注目している絵を中心に、何か残りの絵図面の手がかりがないか捜索しているうちに、黒沼老人は一銀荘の地下に帰ってきたようだ。

二つの部屋の中で、痕跡を残さないように細心の注意を払いながら、額の中の絵をばらしてまで探しても、残り三分の一の絵図面は見つからなかった。

学生たちは大学に行っているのか、ひっそりとしていた。周辺の光景は少しずつ緑色を増してきて、もう間もなく初夏の香りを運んで来そうであった。遠くで聞こえる鳥の啼き声も、どこか丸さを帯びて、光に満ちた空間が広がっている。

携帯電話が鳴り響いた。冴子からだった。

「もしもし、どうですか、収穫は？」

「ゼロだ」

田尻は吐き捨てるように言った。

「御前さまがお帰りです」

「何、帰った？」

声が尖った。

「それは。じゃあ、これまでの報告を」

「それが、ちょっとお身体の具合がお悪いようで、臥せっておられます」

「何だと！　体調が悪い？　風邪でも？」

「先ほど戻られて、今日は具合が悪いから休みたいと。もう寝室で眠っておられますわ」

「例のホルモン注射が足りなかったんじゃないか？　ずっと奄美におられたからな」

長くなった日はまだ空を明るいままに、山の影だけを次第に濃くしていく。古都波は今日は来るとしても夜のはずであった。夕方まで病院で勤務があることは調べがついている。

田尻は久しぶりに田園風景の中を歩いてみようと思った。桜が咲いていたかどうかもわからないまま、この一月あまり、絵図面を追い求めて走り回っていた。そして偶然にも別の脅威の発見につながるかもしれない情報を得た。

足元の畦道のやわらかさが、静かに身体の中に沁み込んでくる。まだ田植えには時間があった。

ふと田尻は思った。この足の下にも、地下通路が通っているのだろうか？　都心から一時間くらい車で来たところである。距離にしたら五十キロもないだろう。さすがにそんなに長い距離は掘ることはできないだろう。田尻は苦笑した。

このような田舎にも、また新しくマンションでも建つのであろうか、以前には見られなかった巨大なクレーンが、遠くの山すそにきらりと光った。

きらめきに田尻の脳神経細胞も何かに触れたように火花を上げた。田尻の目に景色は映っていなかった。建築途中のマンションを真っ二つに裂くように倒れ込んだ巨大クレーンの姿だけがそこにあった。

2

古都波が栗原七海（くりはらななみ）に送った錠剤の化学構造式は、間もなく判明した。

「四種類の薬剤の化学構造式は、それぞれ当該製薬会社の臨床治験薬７７１０、７７１１、７７１３、７７２１と一致いたします。ご推察のとおりと考えます」

いやにていねいな言葉遣いだ。近くで誰かが聞いているんだなと古都波は思った。

予想どおりであった。依藤一郎が持っていた薬剤は、これまでの十数年間に七色製薬（なないろ）が研究開発した薬剤に間違いなかった。彼はS中央公園にホームレスのふりをして住みながら、同じ公園内に住む仲間に、栄養剤などと称して、まだ安全性も有効性も確認されていない研究途上の薬を与えていたのである。

それを服用した者たちに、何か副作用が出ないか、じっと観察していたのだ。看護師が言ったような公園内で集団発生した食中毒様の症状や、意識不明の状態は、すべてこれらの薬剤のせいに違いなかった。

死に至らないまでも、激烈な反応を人体にもたらす化学物質が、薬として開発できるはずがない。直ちに依藤の命令で中止となったであろう。もしかしたら現実の死もあったかもしれない。

戦争中に所属していた細菌部隊の思想そのままに、依藤一郎は自らが創立した七色製薬で、人体実験を次から次へと行っていたのであろう。

「とんでもないことがわかったものだな。どうするか……」

電話を切ったあとに古都波は悩んだ。依藤一郎自身はもういない。彼の一存でこのような人体実験を行ったとすれば、それは彼の死で終結したはずだ。現在七色製薬を経営している人物たちに、このような危険な思想がなければ、今後問題はないだろう。

「だが、こいつらも同じ穴のむじなかもしれんぞ。いいや、その危険性は充分にある」

利権のために危険な薬剤が売り続けられ、それを投与された患者に大きな被害が起こった事件は、いくつもいくつも、まだまだ目と耳に新しい。

「七色製薬に疑惑がないかどうか、こいつは警察に任せたほうがいいかもしれんな」

古都波は一つの結論に達した。これまでの謎解きとは異なり、実際の製薬会社の捜索となると、一個人でできるようなことではなかった。

「それに、これだけでは蛋白質毒素の件がまったく理解できない。やはり栗原の言ったように、別のルートを考えたほうがいいのかもしれん」

さすがの古都波にもいい考えが浮かばなかった。細菌あるいはウイルスの感染かと考えても、死亡した患者たちの血液の中から病原体が検出されなかったことが壁となって立ちはだかっていた。

それでも未知の蛋白質が二つ見つかったことから、まだ新種の細菌あるいはウイルスの可能性が残されている。

何やら特別のことがS中央公園に起こっている……。恐ろしい考えを振り払うように、古都波は強く頭を振った。


その夜、古都波は病院を出て、S署に向かった。七色製薬人体実験疑惑について、調査を依頼するためであった。

警察署の入口を入りかけると、横に立っていた警官に呼び止められた。

「ちょっと。何か御用ですか？」

警官は上から見下ろすように、威圧的な目で古都波を睨(にら)んだ。

「私は、そこのS病院の古都波と言いますが」

「あ、先生ですか。いつもお世話になっています」

態度が一変した。敬礼までしている。

「何か御用ですか？」

「じつは、S中央公園で亡くなられた方たちのことで、ちょっと」

「お待ちください」

警官は中に引っ込んだ。要領の悪いシステムだ。見張りの役目はどうするんだ？　脳細胞が唸った。

待たされること、五分は超えた。私服らしい刑事が一緒に出てきた。

「何かS中央公園で亡くなった人について、疑問がおありだとか」

若い刑事だった。川崎と名乗った。古都波の顔をじろじろと見て、あっと声をあげた。

「あの時の先生ですね。えーっと、ほら」

川崎刑事はメモを取り出して、日にちを言った。依藤一郎が運び込まれた日であった。

「ああ、あの時いらっしゃった刑事さんですか。じゃあ、話が早い」

「何か？　亡くなった方の身元でも？」

「ええ」

川崎は仰天した。無縁仏として、埋葬したはずだ。

「それに、それ以上のことも」

こ、こちらへ……と、少し舌をもつれさせながら、川崎は古都波を奥の刑事部屋に案内した。

「今、吉村（よしむら）という同じ担当の刑事が来ます。一緒に話を聞かせてください」

しばらくして吉村刑事が現れた。

「S中央公園で亡くなった老人のことをご存知だとか」

「ええ。七色製薬会長の依藤一郎という人物です」

「七色製薬の会長？　同姓同名じゃないんですか？」

とんだ見当違いだろう、と言わんばかりに、吉村の顔の勇んでいた色が、たちまち消えてしまった。

古都波は、薬を使う関係上、七色製薬は知っている、最初に診（み）た時には人相（にんそう）が変わっていたので気がつかなかったが、あとで思い出して、ホームページで調べたら、会長だった、と嘘の経緯を話した。未知の蛋白質毒素が老人を倒したとは言えなかったし、話しても彼らの理解を超える内容であることは間違いなかった。

さらに古都波は、同公園で過去にいろいろと集団で病気が発生しているが、どうやらそれは依藤がホームレスの人たちに与えた研究途上の薬が原因であると話した。

「しかし、その老人が依藤一郎として、彼はもう死んでいる。それに、今お話しになった集団発生の病気というのも、ずいぶん過去のものでしょう。証拠がありますすか？」

「証拠はこれです」

古都波はポケットから、７７１０、７７１１、７７１３、７７２１と小さな番号が書かれた錠剤を取り出した。

「これは、都の倉庫から拝借してきたものです」

「持ってきたのですか？　そりゃ、規則違反だ」

吉村が睨むのを、古都波は無視した。

「この際こうするより仕方がなかったのです。これは七色製薬が研究していた薬で、依藤一郎本人が持っていたものです。これを公園に住む人たちに飲ませたのです」

「誰かそれを証明するものは」

公園に住む人たちだと、古都波は言った。

「依藤一郎の前身は」

と古都波はまだ胡散臭そうな顔をしている二人の刑事に、細菌部隊について話して聞かせた。それでも彼らは、それは人体実験の証拠にはならないと言った。

「それらの薬で誰か死んだのですか？」

「それはわかりません。S病院にも記録はもう残ってはいませんから」

「それじゃあ、疑惑だけで、こちらとしてはどうも……。死んだ老人の名前を教えていただいたのは感謝しますが」

「七色製薬がまだ人体実験をやっている可能性があります。何とか調べていただけませんかね」

「そいつは無理ですなあ。何か起こらないと」

古都波の神経回路の一部が火を噴いた。

てめえら、何か起こってからでは遅いんだ、ばかやろう！

それから一時間ばかり、古都波は暖簾（のれん）に腕押しのような話を続けなければならなかった。何度繰り返しても、証拠もないのに、きちんと会社経営を行っている製薬会社を調べるわけにはいかない、と刑事たちは話すだけだった。

古都波は立ち上がった。これ以上は埒（らち）があかなかった。時間の無駄だ。それに今夜、古都波にはほかにやることがあった。

古都波は以前に依藤一郎のテントがあったあたりに足を運んだ。驚いたことに、すでにそこには新しいテントが張られていて、次の住人が居所を定めたようだ。

この公園を通り過ぎる通勤者たちに特別な感染が発生しているとは思えなかった。テント暮らしをする四人だけが、同じ蛋白質毒素で命を落としている。誰かが、やはり人体実験を目的として、無理やり彼らに注射でもしたとしたら、その痕跡が彼らの身体に残ったはずだ。古都波が診察した患者には、そのような所見はなかったといえる。

そうなると残る可能性は、感染しかない。細菌にせよ、リンパ球を選択的に攻撃するウイルスにせよ、何らかの理由でこの近くに潜んでいる可能性がある。危険きわまりなかった。

そのような科学的根拠から、この公園の中を調べてみるつもりでいる。依藤一郎がいた場所のあたりの木々の間に古都波は身体を沈め、持ってきた滅菌試験管の中に、採取した土をせっせと詰めだした。

感染性の細菌が潜んでいるとすれば、土の中が一番可能性がある。古都波は集めた土の中から、未知の細菌を分析してもらうことを考えていた。

次の日、吉村、川崎両刑事はM区にある七色製薬本社を訪れている。依藤一郎の身元確認のためだ。

道路に面した大きなガラス戸が開くと、受付案内の女性が並んで立ち上がった。普段訪れる他社の会社員のようでもない二人を、じっと見つめている。

「ちょっと、会長さんにお目にかかりたいのですが」

「は？　会長ですか？　お約束は？」

「ありません」

二人の刑事は顔を見合わせた。昨夜、古都波から名前を聞いた時に、製薬会社の会長ともあろう人物がホームレス同然の生活をしていることにも疑問があったが、七色製薬から捜索願が出ていないことも妙だと気がついていた。それほど社会的地位がある人間ならば、行方不明になれば当然会社側は何らかの手を打つはずだと考えられた。

今の受付嬢の反応も、会長がいるような感じである。

「こちらの会長さんのお名前は、依藤一郎さんですよね」

「ええ、そうですが。あの、どちらさまですか？」

二人は警察の身分証を出した。受付嬢の顔が固まった。

「会長が何か？」

また両刑事は顔を見合わせた。

「あの、会長さんはおられるのですか？」

「今日はまだ出社しておりませんが」

「いつ頃お見えですか？」

訊きながら、吉村の頭が混乱した。

「会長は、時々出社するだけです」

「時々？　では最近はいつ？」

受付嬢は考えるような目つきになった。一人が答えた。

「そうですねえ。もう一ヵ月くらい前でしょうか」

刑事たちの胸がドキンと鳴った。

「あなたがたは毎日ここにいらっしゃる？」

ということは、気まぐれにやってくる会長の姿を見逃すこともあるまい。

「この次は、いついらっしゃいますかね？」

訊きながら、また吉村は妙な感じになった。死んでいる人間の出社を考えている。

「さあ。本当に知らせもなく、急に参りますから」

要は、会長がいつ現れるかわからないということだ。今までも、そうだったらしい。

「どちらにお住まいでしょうか？」

「少々お待ち願えませんか」

対応しきれないと考えたのか、受付嬢はどこかに電話をかけた。そのあと二人は奥の接客室に通された。

待たされること十分。総務課長と名乗る男が現れた。

「どういうことでしょうか？」

「いえ、こちらの会長さん、依藤一郎とおっしゃるのでしたね。その会長さんがお亡くなりになったとの通報が入りまして、確認に参ったのです」

「会長が死んだ。そんな馬鹿な」

課長はからからと耳につく甲高(かんだか)い声で笑った。どうも妙だ。二刑事はまた顔を見合わすことになった。

「何かのお間違いでしょう」

「確認を取りたいのですが」

「会長は数年前に実質上第一線を退いております。こちらには時々顔を見せるくらいで」

「それは先ほど伺いました。確認だけ取りたいのですが、どうすればご本人にお目にかかれるでしょうか？」

「連絡してみましょう」

課長はその場で携帯電話を取り出し、馬鹿にするような顔つきで刑事たちを見ながら、呼び出し音を聞いている。

「あ、もしもし、依藤会長でしょうか」

相手が出たようだ。この時点で両刑事は古都波医師に対して、むらむらと怒りが湧(わ)き起こったのを感じた。

「総務課の村上(むらかみ)ですが。お久しぶりです。今どちらに？」

はあ、はあ、と聞いている。

「あ、いえ、今こちらにS署の刑事さんがお見えになられて、このようなことを申し上げるのはまことに恐縮なのですが、会長が亡くなられたとかで、確認に」

課長は耳に携帯電話を押しつけた。しばらく聞いていたが、やがて電話を切った。

「会長はお元気です。何かの間違いでしょう。いったいどこからそのような話が出たのか、刑事さんたちによく訊いておけと」

吉村刑事は情報源を明かすつもりはなかった。何となく違和感を覚えながら、彼自身の目で依藤一郎を確認してみようと思った。

「会長ご本人は、この次いつ出社されますかね。ご本人にお会いして確認を取りたいのですが」

「何か事件なのですか？」

古都波が言った人体実験疑惑については、話せるはずもなかった。

「いや、S中央公園で死亡した無縁仏が、こちらの会長さんにそっくりだと言う人が現れましてね」

「誰です、そんないい加減なことを言う人は？　会長はぴんぴんしておりますよ」

「お住まいはどちらでしょうか？　こちらからお伺いします」

吉村にはまだ違和感が続いている。他人の空似かもしれない。だが古都波医師がいい加減なことを言う理由がわからない。

「少しお待ちください」

課長は立ち上がった。

「あ、それと、できれば依藤会長さんのお写真、一枚拝借できませんかね」

「会社のホームページに出ております。それでは不充分でしょうか」

若い川崎刑事のほうがうなずいた。簡単に調べられますよと吉村をつついている。

しばらくして課長が持ってきた紙には、神奈川県横浜市……と書かれていた。

「今、会長に連絡を取っておきました。住所の件でも了解を得なければいけませんから。今日はご自宅におられるそうです」

「じゃあ、面会可能ですね」

七色製薬を出たその足でS署に戻った二人は、インターネットに出ていた依藤一郎の顔を確認した。

「うーん。どうです。あの老人と同一人物でしょうかねえ。何か違うような気もするなあ」

検死記録に残っていた写真と早速比較された。

「似ているぞ」

「でも、ちょっと違うような気もしますね」

「死体だからな。仕方がない。本人の確認にいくか」

横浜まで出かけた二人の刑事は、結局、依藤一郎本人が生存することを確認したのみであった。確かに七色製薬のホームページに出ていた写真本人で、誰かが自分の名前を騙（かた）ったのか、けしからん、と怒りの言葉を吐いた。

刑事たちは古都波医師にこのことを告げて、一つガセネタのお灸（きゅう）をすえてやろうと、しばらく腹の虫がおさまらなかった。

3

古都波がS中央公園の土を掘り返して採集したこととまったく同じことをやった人物がもう一人いた。田尻義男であった。

田尻はS中央公園のみならず、周辺の土地、さらに旧陸軍病院があったあたりまで範囲を広げて、何十ヵ所かの土を採取した。

滅菌試験管の中に封入されたそれらの土は、別の荷物の中にカモフラージュされて詰め込まれ、直ちにワシントンDC郊外にある伝染性微生物研究所に直送された。

土の中にいる細菌の分析結果が出るまでには、最低でも二週間は必要であった。

田尻は土を航空便で郵送したあと、今度は奄美大島に向かう黒沼老人と冴子を羽田空港に送っていった日に高速道路から見た重機倒壊について、詳細な調査を行っていた。

得られた結果は、田尻に大きな疑問を抱かせることとなった。田尻は重機倒壊で建設中のマンションが真っ二つになった事故現場に行ってみた。

驚いたことに、というより田尻の推測どおりに、現場は四方が高い壁で覆(おお)われ、再度マンションが建設されている様子はなかった。横を通る首都高速から見おろしても、ただの更地(さらち)で、そこがかつてマンション建設現場であったことも、事故があったことも、痕跡すら残っていないようだった。

田尻は資料に残っている東京地下通路網の図面を、東京の地図に重ねてみた。重機倒壊の現場のすぐ横を地下鉄が通っている。地下鉄はかつての地下通路を利用して建設されたものだ。

田尻の脳裏に、建設中の重機が備え付けられた場所のすぐ側に掘られた地下壕が、次第に重機の重みで崩れ、ついには上に載(の)る重機を倒した光景が浮かんだ。

単なる空想かもしれなかった。だが一度その考えが浮かぶと、頭から離れなくなった。地下鉄自体は、今回の重機倒壊で被害を受けたわけではなかった。とすれば、資料に現れていない地下通路があることになる。

もともと田尻の頭には、掻(か)き集めた資料にも載っていない地下通路があるに違いないという考えがあった。それは松代大本営跡を見た時に確信となっていた。

この東京の地下には、現在利用されていない、封印された地下通路がごまんとある。黒沼が探し求めていた絵図面に記された地下通路網らしきものは、東京の地下壕の封印された一部ではないかとも思われた。田尻は期待して絵図面をあれこれひっくり返し、資料と比べてみた。しかしながら、どう比較しても、地下鉄が通っているところすら、一部といえども一致しなかった。

何か釈然としなかった。重機倒壊の現場は、鹿三島工業がマンションを建設中であった。鹿三島工業の名前にも記憶があった。

黒沼老人が絵図面の三分の一を預けた一人、菱田三男は鹿三島工業の会長だった。そのことは、冴子が菱田の孫娘西畑むつみのことを突き止めてきた時にも聞いている。

事故が起きてから、あっという間に痕跡もなくかたづけられてしまった。そこに菱田が経営する鹿三島工業が絡んでいる。何もないと、簡単に放念するわけにはいかなかった。

何かがどこかで絡まっている。答えは見えなかった。

封印された地下通路の思いつきに、一度は有頂天になりかけた田尻は、いささか気落ちしながら、黒沼老人の休んでいる寝室に入っていった。

奈良の女子大学から西畑家に連絡が入った。電話をとった西畑美代子は、むつみから長期休学の届けが出ているが、これ以上授業に出ないと留年となると、少し脅すような大学の事務的な声を聞かされた。

美代子は仰天した。祖父菱田三男の葬儀のあと、大学に戻ったものとばかり信じていたのだ。数日後にむつみからは電話が入っており、格別何ごともなく、大学生活を楽しんでいるらしかった。それが長期休学届の報せである。

日付を訊いてみると、まず三男の葬儀の間の欠席届が出ており、その次の週初めから新たに一ヵ月の休学届であった。この大学では、特別な理由で休学する場合、ひとまず一ヵ月と定めている。むつみは長期旅行のためと理由を添えて、一ヵ月の休学を申し出ていたのであった。その休学期間が過ぎても出てきていないという。

大学からの説明を震えながら聞いたあと、美代子は慌ててむつみの下宿に電話を入れた。旅行の話など聞いていない。電話には誰も出なかった。不安が一気に美代子の胸に押し寄せた。

携帯電話も通じなかった。電源が切られているか、電波が届かないところに——という、無感情の声が流れたのみであった。

美代子は直ちに夫に連絡した。それからの数時間、西畑夫妻にとっては、ただ怒りと不安の時間でしかなかった。むつみはどこにもいなかった。

その日の午後、夫妻は胸が締めつけられるような苦しみに耐えながら、警察に捜索願を提出した。

西畑むつみが行方不明であることは、しばらくして武田尾（たけだお）、里宮（さとみや）両刑事の耳にも入った。

「なんですって。あのお嬢さんが行方不明？」

短い髪に、どこか宝塚歌劇団の女優のような美人女子大生を思い出して、二人はしかめ面を見合わせた。祖父の死で哀しげな瞳が、それでも聡明な光を放っていたことを思い出している。二人は、むつみ捜索のメンバーに加えてもらうよう申し出た。

「西畑むつみは、奄美大島に向かったことが確認されています。家族に訊いても、なぜ奄美大島に行ったのか、見当がつかないとのことです。一つ言えば、轢（ひ）き逃げされた菱田三男の故郷が奄美大島だそうです」

「どうして奄美に行ったのだろう。祖父を偲（しの）んでか？」

「いいえ。むつみ自身は初めてだそうです。菱田はかつての戦争前に東京に出てきて、奄美とはほとんど交流もなかったようです」

むつみが奄美大島に渡った理由がわからなかった。

「まだ島にいるということか？」

「航空会社に問い合わせても、帰ってきた記録がないのです」

「船は？」

「これも奄美の名瀬(なぜ)という港から出ている船はすべて調べましたが、乗客名簿にはありませんでした」

「奄美に知り合いは？」

「菱田の家系に誰か残っていないか調べてみましたが、家族の話ではすべての家族がこちらに来たようで、親戚はないそうです」

「事故や事件に巻き込まれた可能性は？」

「これも向こうの警察に問い合わせましたが、該当するようなものは見当たりません」

「名瀬署に連絡して、むつみの足取りを洗え」

「もう連絡してあります。一両日中には返事が来ると思います」


菱田三男轢き逃げ事件の報告は簡単に終わった。何の進展もないまま、彼らはただ問い合わせに対する報告を、手をこまねいて待たねばならなかった。この件に関しては、もう何もできなかった。ただ待つだけであった。彼らの切歯扼腕(せっしやくわん)の音が聞こえるようであった。

続いて捜査会議は、西畑むつみの失踪事件に移った。

「西畑むつみの奄美の足取りが判明いたしました」

レンタカーを借りて、西古見から曽津高埼灯台を目指したらしいこと、その夜は西古見の一人で住む老婆の家に一泊したこと、次の日、近くの病院跡に行ったらしいこと、そして一度老婆のところまで戻ってきて、鎌や鋏を借りていったことが報告された。

「病院跡には周囲の草木を刈り込んだあとがありました。周辺の繁り具合から見ると、どうやらむつみは何かを探しに、病院跡に入ったと推察されます。さらに、一階のほとんど地下室のようなところから、三人の足跡が発見されました。一人はおそらくむつみでしょう」

「何！　三人。西畑むつみは三人でそこに行ったというのか？　一人じゃなかったのか？」

「一夜の宿を貸した老婆の証言によれば、彼女は一人だったそうです。それはレンタカーの店でも裏が取れています。老婆の話を聞いても、誰か連れがあるようには見えなかったそうです」

「とすれば、むつみの失踪には、あとの二人が怪しい」

「ええ。しかもその二人はどうやら男と女じゃないかと、向こうは言っております」

「はい。こちらのほうについては、目下捜索中です」

いったい何をしに、そのような病院跡に行ったのだ、何か菱田三男の死と関係があるのか、などひとしきり議論が飛び交った。

若い婦人警官が入ってきて、捜査課長に電話だと告げた。

「はあ、なるほど。空港から西古見まで男女を乗せたタクシーが見つかった。うん、それで……」

捜査員たちは鳴りをひそめて、捜査課長の顔を見つめている。やがて、ご苦労さまでした、引き続きよろしくという言葉で、電話が置かれた。

「収穫だ。どうやらむつみは誰かに追われていたらしい。時間からすると、羽田から奄美にやってきたらしい老人と若い女性のようだ。名前はわからん。だが、タクシーの運転手によると、老人はずいぶん年がいっているようだ。八十とも九十とも言っていた。女性は二十代後半から三十代前半。初めは空港近くのレンタカーの店に寄って、西畑むつみの借りた車種と行き先を訊き出したらしい。そして、そのあと西古見というところまで二人を送り届けたということだ。そこで西畑むつみを捕まえたようだ。老人のほうが、帰りはむつみの車で送ってもらうからもういいと言って、タクシーを追い返したということだ」

「男と女？」

老人と若い女性の人相、服装が伝えられた。一人が早速航空会社にあたるために、部屋を飛び出した。

「そのあと三人の足取りは？　羽田発奄美大島直行便は一本しかない」

「これがまだわからない」

「レンタカーは？」

「翌日曜日夕方、返却されている」

「それは西畑むつみ本人が返したのでしょうか？」

「そこのところだが、レンタカーショップのほうでは、よく覚えていないそうだ。その時間は飛行機の関係もあって、何台か一度に返却されることもあるらしい。確実なところは、女性一人での返却はなかったそうだ」

「ほう……。そうすると」

「先ほども言ったように、西畑むつみが帰りの飛行機に搭乗した形跡はない。乗客名簿に名前がない」

「ほかの便ではないのですか。確か彼女は奈良の大学に行っていたんですよね。大阪に帰ったとか」

「大阪への便は、もっと早くに出ている。レンタカーの返却時間では間に合わない。もっともその日空港にでも泊まれば別だが。近辺に宿泊所はないと言っていた。それに次の日のすべての奄美発の航空便の乗客名簿に、西畑むつみの名前はない」

「それではレンタカーを返しにきたのは、むつみを追っていた老人と若い女性だと」

「そう考えられる」

「むつみはどうなったのでしょう？」

「少なくとも連絡を取れないような状況にあると考えられる」

「大学にはいつでしたっけ、一ヵ月の休学届が出ているのでは？」

「女子大学のほうでは、確かに申し出てきたのは女性だと言っている。だがそれが西畑むつみ本人である証拠はない」

　武田尾と里宮は聞いていて、次第に心が重くなってくるのがわかった。眉目秀麗（びもくしゅうれい）のあの女性が、奄美のどこかで大きな災難に遭って、冷たい屍（しかばね）になっているような暗い思いが心を満たしていた。菱田三男の葬儀の時に、悲しみの中にも鋭く切り返してきたむつみの顔が思い出された。

　その時、どたどたと男の靴音がして、先ほど出ていった刑事が戻ってきた。

「わかりました」

　捜査員の目が一斉に刑事に向けられた。

「本名かどうかはわかりませんが、羽田の担当が覚えていました。相当歳をとった老人と、少し洋風の美人女性の組み合わせだったので、印象に残ったようです。老人のほうが、名前は黒沼影潜。九十四歳。影潜とは影が潜むと書きます」

「胡散臭い名前だな。で、女性のほうは」

「永沢(ながさわ)冴子。三十二歳」

「住所は？」

「それはこれからです」

「この二人で間違いないか？」

「一応すべての乗客をあたってもらいましたが、八十から九十の男性というと黒沼一人です。間違いないでしょう」

「よし、二人の身元をあたれ。で、帰りは」

「ええ。次の日曜日。たしかに二人の名前で、奄美大島発羽田着の便に名前がありま す」

「二人は帰ってきたということだな」

引き続き、奄美大島での三人の足取り、帰ってきた黒沼影潜と永沢冴子についての捜査が指示された。暗い気持ちのまま、武田尾、里宮両刑事は家路についた。

「何ですって！　依藤一郎は生きている⁉　本当に本人だったのですか？」

古都波は吉村、川崎両刑事の訪問を受けていた。午前中の診察が終わった頃を見計らって現れた二人の刑事は、怒りを奥に引っ込め、それでも何か少し気になるようで、こうしてやってきたのであった。

「それはかえってご迷惑をかけてしまいましたね」

古都波は素直に謝った。だが、死んだ老人が七色製薬の開発研究中の薬剤を持っていたことは事実であった。古都波は前回警察を訪れた時には話さなかった、公園での小男との話を伝えた。その男が言った老人の名前は、古都波が推測していた名前と一致したのであった。

「いや、我々もちょっときつねにつままれたような気持ちでしてね。関係のない人間が、あのような薬をどこで手に入れたのか。普通は手に入らない」

「そう、そうなんです。それを依藤一郎が、あ、まあ彼の名前を騙る人物が、仲間に与えていたんでしょう。どう考えても妙だ」

「何か我々は大きなことを見逃しているんじゃありませんかね。先生」

「依藤一郎の前身は、前にもお話ししたように、例の生体実験で悪名の高い細菌部隊の参謀です。戦後免責されて、七色製薬を創設した。三つ子の魂百までですよ。人の性格なんて、そう簡単には変わらない」

古都波は迷った。蛋白質毒素のことは、できる限り秘密にしておきたかった。下手に騒ぐと、公園を中心にパニックが起きるかもしれない。依藤一郎を名乗る老人すら、誰かに殺された可能性があります、と言いたいのを辛うじてこらえている。

「七色製薬の臨床開発の動きが、ほかの製薬会社と比べて、あまりにも対応が早すぎるのです」

怪訝な顔つきだ。古都波は簡単に、研究開発途上の７７１０のような薬の開発中止が極めて迅速であり、それが人体実験の結果に基づくものだろうと説明した。

「刑事さんたちが会われた依藤一郎は、本当に本人だったのですか？」

古都波は疑問をぶつけた。

「間違いないでしょう。ホームページに出ていた写真の本人ですよ。もちろん死亡届もありませんよ」

「じゃあ、あの公園の老人はいったい誰だったのだろう？」

古都波の顎が組み合わせた手の中に沈み込んだ。

「いずれにせよ、七色製薬に人体実験をやっていたという体質があれば、またやりますよ、きっと。形を変えてね」

古都波の言葉に二人は飛び上がった。

「何ですって！」

「体質はそう変わらないということですよ。これまでに摘発されることなく、大きな問題を起こさずにやってきたとしたら、彼らはいくらでもまたやりますよ。人間とはそのような動物ですよ」

二人の刑事は人体実験というところに拘（こだわ）っていた。

「先生。またあの公園で何か起こるかもしれません。もしまた死人が出たら、今度は我々のところで解剖させてください。徹底的に調べてみます」

「わかりました。気をつけてみておきましょう。それと、今、気がついたのですが、もし仮にまだ七色製薬の薬を持っている人があの中にいたら、その人たちに何かあれば、薬が血液内に存在することを証明すればいいでしょう。服用したという証拠になります」

「先生、そりゃ危ない。もし死人でも出た日には、大変なことになる。わかりました。これからあの公園に住む連中にあたってみましょう」

「新しい番号の薬を持っていれば、誰にもらったか尋（たず）ねてみたらいいのではありませんか？　今まで薬を配っていた依藤一郎なる人物はもう死んでいる。新しいものがあれば、別の人間が与えたことになる」

「なるほど」

「それに、刑事さんは今、危ないとおっしゃいましたが、私がお見せした四種類の薬では、おそらく大したことは起こりませんよ。今までに飲んだ人はたくさんいるでしょうから。あれらの薬が登録された時期はわかっています。研究開発が中止された日もね。そのあたりでは、少なくとも妙な患者は発生していませんから」

「そうすると、何か起こるとしたら、これからですな」

「どこか別のホームレスの方たちが集まっているところも注意したほうがいいかもしれませんね」

「わかりました。できる限り気をつけてみてみましょう」

古都波は皮肉を言うつもりはなかった。

「とにかく、病気も犯罪も未然に防ぐのが一番ですからね」

4

古都波の脳細胞は、あちらこちらで喧嘩をしてはまた仲良くなり、仲良くなっては喧嘩を繰り返していた。そうこうするうちに、あちらで火の手が上がり、それを消しにいっていると、今度はこちらで火がついた。繰り返し修復作業を行いながら、少しずつ、ほんの少しずつ、何かが形をなしつつあった。あとわずかで何かがパッと見えそうな気がして、それでいて遠かった。もどかしい日々が続いていた。

目の前の机の上には、何枚もの黒く塗りつぶされた紙が散らかっていた。絵図面の中に見つかった二種類の、文字であるような、記号であるような奇妙な字体が何を意味するのか、それが解ければ、おそらくはこの地下通路網がどこにあるのか判明するような気がしていた。

「道だろうか？」

道といえば道のようにも見えた。

「もう一つは、何か倉庫のようだが」

だが道ならば、線の長さを揃えそうなものだった。倉庫ならば、家のような絵でよかった。見るものが見ればわかるような、しかしわからないものには意味のないもの、まさに暗号のような取り決めのはずであった。古都波の思考は現実と非現実の間を行ったり来たりした。

こうして、答えが見つからないままに、古都波は診察時間にも記号が浮かんできて、ぼんやりすることが多くなっていた。

「先生。お薬の日にち、また間違えてますよ」

これは患者と看護師の苦情だ。患者が外に出てから、看護師が言った。

「先生。このところ、ちょっとミスが多いですよ」

言われるたびに、古都波自身、肝を冷やしていた。

「いかんな。ちょっと道楽が過ぎたか」

反省はつかの間であった。古都波の冒険心に溢れた、子どもをそのまま大きくしたような悪戯心は、ますます古都波の脳細胞を発育させ、新しい神経回路を次々と構築していった。

「神経回路か……」

ふと呟いた言葉に引っかかりがあった。ほとんど間違いなく記憶している地下通路網の入り組んだ線が、脳神経系の軸策の網のように見えた。

「神経……。ん？　神経か。申す。神。示偏に申す。この記号は、申と……土。示偏に申と土。神と社」

古都波の脳細胞が一気に融合し、神経回路を形成した。

「神社か！」

神社かもしれなかった。とすれば、もう一つのほうは？　古都波は線の平行性から、上下二つに分けてみた。答えは簡単だった。上と下を入れ替えたら、極めて簡単な文字が浮かび上がった。寺であった。

「神社と寺。なんと馬鹿馬鹿しい」

罰当たりな言葉を吐きながら、古都波の脳細胞の暴動は一気に鎮静化した。

何となくそのような予感もあった。古都波はこの東京には思いのほか寺や神社が多いことを知っている。むしろ、これほどまでに隣り合う敷地まで別の寺が押し迫って建立された理由は何だろうと、時おり頭が混乱することもあったくらいだ。

古都波は絵図面の上の記号に、それぞれ赤で印を入れた。そしてそれを、現代の東京の地図の上に重ねてみた。前後左右に動かし、時には絵図面を外し、現代東京をただひたすら検索し続けた。

そして、ついに古都波は、寺と神社を表す記号が、それらの場所に寸分違いなく一致するところを、地図の中に見つけたのであった。

「こいつだ！」

そこは古都波が勤務するS病院から、さほど遠くない場所であった。

「灯台下暗しか」

まだ大きな問題があった。このあたりは主幹線道路が地上に敷かれ、地下にはご多分に漏れず、何本かの地下鉄が走っている。

今、古都波が持っている絵図面の地下通路網が、地下鉄や幹線道路と一致しないのだ。地上の道路と合わないのは理解できる。地下に穴を掘るのに、地上は関係がない。

だが地下鉄は、当然のことながら大東京地下網を利用しているはずであった。新たに掘るような無駄は最小限に抑えられているはずであった。

「なぜ地下鉄の線が、この絵図面の中にないんだ」

まったくと言っていいほど、一致するところがなかった。先ほど見つけた神社や寺の記号は、間違いなく地上の寺社に一致している。

「どういうことだ？　何かおかしい」

考えたが、いいアイディアが浮かんでこなかった。

「本当に地下通路などあるのだろうか？　どこかにこの東京とまったく同じ町があるのか」

ふとした思いつきであった。東京を摸倣した町。

そもそも帝都を信州松代に移そうという発想はあった。しかし松代じゃない。東京をそっくりそのままどこかに移した町。子どものような発想であった。

どこにあるんだ、東京のコピーは……。

古都波は思いがけない発想に、自分で酔っていた。

それから数日、診察が終わると家にとんで帰り、古都波は全国の地図の上を訪ね歩いた。あらゆる場所の地図を手に入れて、部屋の中で広げまくった。

絵図面が作られた当時と、町の様相はまったく違っているだろう。だが、寺や神社がなくなることはほとんどないと思われた。その土地の人々の信仰の対象だった。

人々は神や仏に心を託して、それら寺社の歴史をつないでいったに違いない。

地下壕が掘られ、それが人々の目から隠されて、長い年月眠っていようと、寺や神社を目印に探せば、地下壕は間違いなく再び日の目を見ることを、当時これを作った人間は確信していたに違いない。

地図の上を旅しながら、また依藤一郎に考えが戻った。いったい何者だろう。七色製薬会長依藤一郎本人が生きている以上、公園で聞いた小男の話の信憑性が怪しくなる。しかし、彼はあとをつけて、老人が七色製薬に入るところを目撃しているし、その後に新聞で見た写真から、老人の名前を知ったわけである。

「依藤一郎が二人いる！」

その二人は顔も同じ、名前も同じである。ストレッチャーに横たわる老人が起き上がって、古都波を見てにやりと笑ったような気がした。

二人の依藤一郎。一人は七色製薬会長。一人は戦争後、いつからか長い間S中央公園に住みついているホームレス。しかし、顔はそっくり。

地図を見ていた古都波の身体が、電流に触れたようにビクンと硬直した。依藤一郎のコピー。大東京のコピー。一つで二つ。二つで一つ。二つあっても構わないよね。二人でもかまわないか、同じ人間が二人いてもね……。同じ町が二つあっても構わない……。

それからしばらくして、古都波は二つの問題、すなわち絵図面の地下通路網と思われる場所、および二人の依藤一郎について、それぞれ結論を出した。それはいずれも突拍子もない考え方であった。だが、古都波の脳細胞にとっては、それが一番心地よい結論であったようだ。

古都波は次の休日に何度目になるのか、S中央公園に行ってみた。

足を東北の方角に延ばせば、旧陸軍病院があったところまでは三十分ほどの距離だ。坂道の多い東京の街を、古都波はぶらぶらと歩いた。そこは昔の影をことごとく人々の記憶から消し去ろうとするかのように、近代的な医療センターや研究所が地面を覆い隠し、西側にある陸軍学校の跡地にのぼっても、六十数年前の歴史をたどることは不可能であった。

だが古都波は、自分が立っている場所のアスファルトや土の中から、じわりと六十数年前の帝都東京の空気が沁み出してきて、静かに身体を浸蝕していくような気持ちがしていた。

町の名前の表示が電信柱やビルの角に現れてきた。目指す寺社はすぐ先の角にあるはずだ。南北に伸びるやや狭い、といっても二車線はある道路を挟んで、西側に三つ、東側にやはり三つ、寺のような屋根や、神社の鳥居が見える。見方によっては非常に奇妙な光景だ。わずかな空間の中に、寺の屋根と鳥居。わずか二区画の小さな土地の中に、六個もの寺と神社が集合している。

絵図面では、これら六個の寺と神社に一致する形で記号が並んでいる場所であった。その六個の寺社に囲まれるように、入の文字があった。

古都波は一つひとつ狭い境内に入り、どこかに寺や神社の由来を書いたものがないか探した。最初の寺は、A宗道沢寺とある。建立は一六〇三年というから、東京に江戸幕府が開かれた時のことだ。その南にはB宗満願寺。これは一五四三年とある。

さらに南に真っ赤な鳥居が妙に居丈高だ。北側の二つの寺の風情と比べると、やたらきらびやかである。だが狛犬は耳や鼻がもげており、近年の建立とは思えなかった。由来を書いたものが見当たらないので、古都波は中にいた神主らしい男に尋ねた。この犬熊神社が建てられたのは、寺より古く一二〇〇年頃と答えが返ってきた。もちろん、先の大戦の戦禍によって、一部は焼け落ちたとのことであるが、同じ場所に新しく建てられたということであった。

道路を隔てた東側には、北から南へ、C宗入道寺、桜葉神社、D宗英心寺と並んでいる。こちらのほうは西側とは逆に、寺の屋根にはお互いの大きさときらびやかさを競うようなしゃちほこが光っている。その間にあって、よく見なければわからないような社が、くすんで潰れそうな様相だ。狛犬など、片方はもうない。社の壁には、よく見ると空襲の時の火で焼かれたような痕があった。参拝の人がいるのかいないのか、くすんだ太い縄が鈴から垂れており、社務所の窓も閉まったままだ。

風すら訪れることがないのか、すべてが止まっているようであった。いずれも江戸時代以前の建立である。

古都波は道路に立って、六寺社をぐるりと見渡しながら、これらの位置関係が間違いなく絵図面の六つの記号の位置と同じであることを確かめた。図面では、入の文字が、桜葉神社の記号の前に、六つの記号に囲まれるようにある。

古都波は傾きかけた鳥居のあたりに足を運んだ。二、三歩行くか行かないうちに、それは見つかった。塞(ふさ)がれた井戸であった。

「古井戸か。まあ、当時の発想としては、この程度のものだろう」

井戸を塞いでいる簀子(すのこ)を取りはずしてみると、底がまったく見えない。暗い穴が一直線に地球の中心めがけて落ちている。安全対策すらとられていないようだ。もちろん利用されているはずもなく、滑車や手桶などどこにもない。

古都波は石を一つ拾って、中に投げてみた。途中、どこか壁にあたったのか、堅い音がいくつか返ってきたっきり、水の音は聞こえない。

地下通路への入口だろうか？　間違いないだろう。しかし入口らしきものを見つけた喜びは古都波にはなかった。これ以上どうしようもなかった。

それに、古都波の持つ絵図面では、このあたりは端のほうに位置しており、まだ東のほうに続くであろう地下通路網に関しては、まったく情報がなかった。

足元深く、古都波の立つあたりから西のほうに、複雑な地下通路網が眠っている。現代の誰も知らない巨大な地下網。何とかして、全貌を見てみたい気持ちがおさまらなかった。

一方で、この地下通路網を暴くことに躊躇いがあった。人知れず、静かに六十数年前の時間を止めたままにしたほうが、何かしら間違いを起こさないような気がした。

好奇心と躊躇いが、まるで足元の地下壕が大地震を起こしたかのように、古都波をゆり動かしていた。

5

S中央公園周辺の土壌に潜む細菌の分析結果は、古都波に届くより前に、ワシントンDCの伝染性微生物研究所の知るところとなった。田尻のコンピュータの画面に、ただ748という番号が表示された。

田尻は748という三つの数字が画面の隅にあるのを見て、これは古都波医師にもう一度直接会ったほうが手っ取り早いと考えた。一石二鳥だ。田尻は探し物がいよいよ手元に近づいてきたのを感じている。

それにしても、偶然とは恐ろしいものだ。二つの探し物が一度に見つかり、それも一人の医師の手元にあるらしい。田尻の気持ちはたかぶった。

田尻は黒沼老人の容態を見るべく、朝は一銀荘の地下室を訪れた。そしてQすなわち古都波医師から、残り三分の一の絵図面のありかについて訊き出すつもりであることを伝えなければならなかった。

田尻はそっとドアを開けた。かすかに空気の流れが生じた。田尻の目が布団のふくらみを捕らえた。耳をすましても、寝息は聞こえない。

扉が大きく開かれた。布団のふくらみは白髪の頭に続いていた。田尻は近づいた。顔は布団の中にもぐっていた。

「御前」

田尻は静かに声をかけた。わずかに肩が動いたようだ。布団に手を置いて、田尻はまた声を出した。

「御前。お加減はいかがですか？　今日、例のドクターのところに行って参ります」

田尻は白髪の下の老人の顔を覗き込んだ。

昼前になって、田尻はS病院に現れ、内科古都波医師の診察希望を告げた。

前回同様、病院内は患者でいっぱいであった。彼らの間を縫うように、白衣の看護師たちが走り回っている。いつもの光景であった。

目の前を看護師が通った時、白い光が今朝会った冴子の白いスーツに重なった。

黒沼の寝室を出てきた田尻は、ちょうどやってきた冴子と、扉のところでばったりと鉢合わせした。寝室の中を見ながら、そっと扉を閉めて振り返った時に、入ってきた冴子にぶつかったのだ。

そこに田尻がいたことに驚いた冴子は、すくんだように立ち止まり、じっと田尻の目を覗き込んだ。田尻も冴子の目を見つめ返した。二人は黙ったままであった。やがて、田尻が笑い出した。

「何があったんだい、奄美大島で？」

その時の会話を思い出して、田尻はくすりと笑った。横にいた待合室の患者が気味悪そうに田尻の顔を見て、田尻の視線と合うと、慌てて目をそらした。

古都波が素直に絵図面を渡してくれるかどうか疑問であった。それよりも古都波が絵図面の三分の一すべてを持っているかどうか。公園での死者の話もすべきかどうか。細しないと話がつながらないかもしれなかった。話すとすれば、どこまで話すか。細菌748の話をして、果たして古都波は信じるだろうか？

もう少しの待ち時間であった。田尻は大きく息を吸い込んだ。

「いかがですか、おなかの調子は？」

古都波は田尻を覚えていた。田尻は、飲んでもいない薬のおかげで調子はいいと、軽く頭を下げた。そのあとポケットをごそごそと探ると、一枚の紙を取り出して、古都波の目の前に置いた。

古都波の目が大きく見開かれた。そこには真っ黒なQという文字が書かれていた。

「ほほう。そうですか。なるほどねぇ」

古都波の脳細胞が急速に回転した。少しばかりの静寂があった。古都波が口を開いた。

「なるほど。それで、アトリエは気に入られましたかね？」

田尻はにやりと笑った。この先生は自分が画家Qの正体を見破り、アトリエに忍び込んだことに気づいたようだ。田尻は身を乗り出した。

「大いに気に入りました。とくに一枚の絵に」

「そうですか。あの絵ですね？」

「ええ、あの絵です」

古都波は看護師を振り返った。

「あ、この患者さんは、もういいから、休憩を取ってください」

怪訝な顔をしたまま、看護師は姿を消した。彼女の姿が見えなくなったことを確認すると、古都波は一度深く息を吸い込んで、田尻のほうに向き直った。

午後、古都波は手早く病棟回診を終えると、珍しいですねという声を聞きながら、早退届を出した。

白衣を脱いで、病院の外に飛び出すと、田尻が待っていた。無言でうなずきあった二人は近くの喫茶店の扉を押した。昼食時の忙しい時間はもう過ぎていて、反動のように店内にはちらほらと客がいるだけであった。彼らはそれでも人気のない一番隅のテーブルを選んだ。

一口コーヒーをすすると、田尻が先に口を開いた。手には名刺を持っている。

「私は黒沼海運の田尻と申します。絵の買い付けを仰せつかって、あの絵を所望したいと申し上げても、あなたは信用なさらないでしょうね」

古都波はコーヒーを一口ふくんだ。ごくりと喉が鳴る。

「で、あの絵をどうして？　私はてっきりあなたが、S中央公園で死んだ老人のことを調べにきたのかと思っていましたよ」

「え？」

「この間いらした時に、線香の匂いがしましたのでね」

葬式の帰りとも思えない男に、線香の匂いは不自然だ。それにあとで訊いてみたら、田尻と思える男に公園で死んだ人たちのことを話した看護師がいた、と古都波は言った。

「そうですか。さすが、正体を隠して絵画展を続けていらした方だけのことはある。鋭い観察だ」

別の職業のほうが向いているのじゃないか、と田尻は思った。

「ざっくばらんに申しましょう。もちろん絵の買い付けじゃありません。今日お伺いした理由は二つあります」

「二つ？」

「ええ。一つはこの一月の間に、S中央公園で発生した四人でしたか、その死亡理由」

古都波の顔がわずかに緊張したようだ。

「あれは皆さん何も変なところはありませんが。年齢的にも老衰、自然死かと」

「そうですか？　まあ、そうでしょうね。でも、それじゃあ、どうして死体のCTなど撮られたのです？」

「そこまで見ていたんですか？　あれは、後日問題が起こってはいけないので、ルーティーンに撮っているだけですよ」

「何かお疑いのことはないですか？」

田尻の目は真剣だ。古都波は、おやっと思った。

「そのようなことを質問されるあなたの真意がわかりませんが」

蛋白質毒素のことが思い浮かんだ。正体の知れない田尻に話すことではなかった。

探るように相手を見た古都波は、次の田尻の言葉に仰天した。

「何か、死んだ方たちの血液に異常はありませんでしたか？」

「何ですって！」

大きな声に、遠くにいた客が振り向いた。

「いったい、田尻さん、あなたはどのような方なのです？　普通の方じゃありませんね。医者ですか？」

それには答えず、田尻は続けた。

「異常があったのですね」

動いた古都波の瞳が肯定していた。

「やはりね。古都波先生。これは非常に重要なことです。決して口外しないと誓ってくれますか？」

この男は何かを知っている。古都波はゆっくりと首を縦に振った。

「あの公園の老人たちを倒したのは、細菌です。細菌７４８と呼ばれるバクテリアです」

「な、何ですって！　細菌７４８！　何です、それは？　どのような種類の細菌なのです？」

「先生は太平洋戦争中に中国大陸で活躍した日本陸軍の細菌部隊というのをご存知でしょうか？」

古都波は脳が爆発するような気がした。自分とさほど年も変わらない目の前の男が、自分の脳の中に入り込んできたような気分がしている。

「も、もちろん知っていますよ。731部隊でしょう、生体実験をやったという」

古都波の中では、細菌部隊は依藤一郎とつながっている。蛋白質毒素が未知の細菌に由来するものかもしれないと考えて、公園の土の検査を依頼したが、田尻はそれらのことに関係がある重大な情報を持っているようだ。

「細菌部隊の一員が、終戦時、ある種の細菌を日本国内に持ち帰ったという記録があるのです」

「あれは細菌部隊のすべての記録情報をアメリカに提出することで、全員免責になったんじゃなかったですか？」

「そこまでご存知ならば、話は早い」

田尻はまたコーヒーに口をつけた。

「そうです。残存したすべての記録および関係物品はアメリカが押収しました。その中に、未知の細菌がありました。当時の科学者たちは、それを部隊名にちなんで、細菌７３１と名づけました。解析するつもりだったのでしょう」

「アメリカでその細菌の研究が」

「驚いたことに、細菌７３１はほぼ二年に一度、遺伝子変異を起こすことがわかりました」

「遺伝子変異？　性格が変わるのですか？」

「そうです。今、お話しした細菌７４８は十七回目の遺伝子変異を起こしたものです。変異が起こるごとに数字を1ずつ増やして、名前をつけているのです。遺伝子解析で間違いありません」

「どうしてそれが老人たちを倒したと」

「S中央公園の土壌を調べました」

古都波の顔にまた驚きが広がった。自分が考えたことと同じことを、田尻という男がやっている。いったいこの男は何者なんだ？

「とにかく細菌７４８が検出されました。あ、申し訳ないが、それがどこで検査されたかは申し上げることができないのです」

すると、あの未知の二種類の蛋白質は、田尻のいう細菌７４８由来かと古都波はすぐさま推理した。

「これまでの解析で、細菌７４８というのは、リンパ球毒性のある蛋白質を二つ作ります」

古都波は唸り声をあげた。田尻は任務につく前に示された情報を復習しながら話した。

「何かお心当たりでも。死亡者のリンパ球に異常があったのですね」

そのものズバリであった。

「誰のリンパ球でもというわけではありません。そうですね、とくに老人で、蛋白質が少なくなっている方です」

古都波が死んだ老人たちの血液から推測したとおりであった。

「そのとおりのことが、S中央公園で死んだ四人に起こっていたのです」

「やはりね。しかし、よくそこまで先生お一人で……。さすがです。そうです、細菌748の仕業ですよ」

驚くべき話であった。古都波に新たな疑問が湧いた。

「田尻さん。あなたは先ほど細菌は二年に一度、遺伝子変異を起こすとおっしゃった。ですがいつから変異が始まったのです？　十七回では、三十四年ということですか？　変異が始まったのは、三十四年前ということですか？」

「それは違います。我々の」

と言いかけて、田尻はしまったというような表情をした。

「我々？　どういうことです？　あなたは科学者ですね。アメリカの方ですか？」

「申し訳ないが、私の身分を今、明かすわけにはいかないのです。そのようなものとお考えいただいて結構です」

田尻は続けた。

「アメリカの細菌は、戦後直ちに変異を始めました。つい最近、三十回目の変異が終わり、細菌761が生まれました」

「761……」

「ええ。あなたは医師であると同時に、信頼が置ける方と思えますからお話ししますが、755あたりから、非常に強力な毒素を産生するようになっています。一つ前の760では、そうですね、感染して死亡するまでに二日と要りません」

「何と……」

「もちろん先ほどからのお話では、細菌の分裂速度が、この東京ではまったく違うように思えます。ですから、おそらくはこちらの細菌748が760あるいは761にまで変異を繰り返すには」

田尻は時間を計算した。古都波が少し焦ったように、田尻に質問した。

「細菌748はもうS中央公園を中心に相当の広がりを見せていると思われます。田尻さんの先ほどのお話を信じるとすれば、まだ弱毒でしょう。ですが、755ですか、そのあたりになると」

「ええ。抗血清がなければ大変なことになるでしょうね。大感染があっという間に広がり、この日本だけでも多大の犠牲者が出るでしょう」

「大変なことになる」

「ご心配なく。そんなことが起こったら、パンデミックな状況になりかねない。それは食い止めねばならない。充分な抗血清の準備があります。毒素の性質に関しても、完全なデータが揃っています。犠牲者は最小限にとどめることができます」

古都波はホッと胸をなで下ろした。ただし未知の蛋白質と思われた発見は、もう新発見としての価値はなくなっていた。この際、それはどうでもよかった。田尻は信頼してよいだろう。これほどの知識を持ち合わせている田尻は、おそらくはアメリカの特殊機関に属する人物と考えてよさそうだった。

そうなると七色製薬の人体実験の件はどうなるのか。細菌748や蛋白質毒素とはまったく関係がないということになる。

黙ってしまった古都波の顔にじっと視線を固定しながら、田尻は次の話に移った。

「今日お伺いしたもう一つの用件は、あの絵です」

古都波は思考の方向転換をしなければばならなかった。

「あの絵を熱心に見ておられたご老人と、最終日には美しいご婦人がおられましたが。

田尻さんはあの方たちと何か関係が」

「ええ、よくご存知ですね」

やはり、Qは密かに客のふりをして会場にいたのだと、田尻は笑いをかみ殺した。

「私はあの老人に雇われております。黒沼というのがあの老人の名前です」

「どういう方ですか？　今の田尻さんのお話から、どう見ても海運業を営む方とは思えませんが。それに、私がQであることを突き止めなければならないほど熱心になるような魅力が、あの絵にあるのですか？」

絵図面の意味を知りながら、古都波はしらばっくれた。

「先生。この際です。私は細菌748とそれに関係する情報をすべてお話ししました。我々」

とまた言いかけて、しかめ面をした顔は、そのまま言葉を続けた。

「我々は今後、日本に持ち込まれた細菌731の変異株が引き起こす重大な事態に対処する方策をすべて提供できます。ですから交換条件というわけではないですが、腹を割って話しましょう。あの絵の中心に描かれていた図形、あれはどこで手に入れられましたか？　あの小さな絵のほかにはありませんでしたか？」

古都波はこの際、田尻の協力を仰いでみようと思っている。とても独りで、あのような地下通路網の探検はできない。

「あの絵は折り鶴の中にありました。先ほどお話ししたS中央公園で死んだ老人の一人が持っていたのです」

「何！　老人が」

田尻は何かに思い当たったようだ。

「名前はわかりませんか？」

「名前？　どうしてそのようなことを訊かれます？」

「いや、細菌を持ち込んだ男は、我々の調査では」

田尻はもう我々という言葉を躊躇（ちゅうちょ）なく使った。

「細菌部隊にいた依藤一郎という人物ということになっています」

何と頭の熱い日だ。俺の脳細胞はどうにかなるかもしれん。古都波はゲラゲラと笑い出した。

大声をあげたり笑ったり、それでいて隅でひそひそと話している二人に、店の中にいた客は気味悪そうに立ち上がり、従業員は迷惑そうな視線を送った。

「なんと、なんと。ははは。依藤一郎」

古都波は老人を診たところから、千羽鶴の話、そこから組み立てた絵図面の話を語った。

「細菌を持ち込んだ疑いの強い依藤一郎が、絵図面まで持っていたとおっしゃるのですか？」

　田尻のほうが驚いている。

「それは今どこにありますか？　できれば戴きたいのですが」

「そうですね。さしあげてもいいのですが、一つ条件がありますね」

　莫大な金でも要求されると思ったのかもしれない。田尻の顔から、それまでの親しげな表情が消えた。

「この地下通路網の探検、私も参加させてもらいたい、というのが条件です」

「な、何！　地下通路」

　店員がもう出ていってくれというような、険しい視線を送ってきた。

「先生。どうして地下通路と。尋常のお人ではないとは思っていたが、そこまでご存知とは。で、絵図面は」

「私のマンションです。よろしければ、これからいらっしゃいますか。この店も、いい加減出ていけというような様子ですし」

第七章　暗黒の眠り

1

吉村（よしむら）、川崎（かわさき）両刑事が署への道を急いでいた。

「それにしても、あの先生の言うとおりになりましたね。こいつはひょっとすると、ひょっとするかもしれませんね」

「S中央公園では何もなかったが、M区公園のホームレスから薬が出ようとはな」

「間違いないでしょうね」

「薬を入れたフィルムケースも、あの先生が見せてくれたものと同じものだ。それに、何より番号が」

「7731でしたっけ」

「ああ。それだ。7から始まる。7710なぞ、しゃれてやがる」

「え」

「ナナイロだ」

「あ」

「まあ、そんなことどうでもいい。こいつは、誰が配ったのか知らんが、七色製薬が密かに人体実験をやっている可能性が大きくなってきたぞ」

「古都波先生が言った依藤一郎会長の前身と何か関係があるのでしょうか？」

「やはり、三つ子の魂、百までかもしれん。同じ思想が流れているのかもしれん」

吉村の顔がさらに厳しいものになった。


S署に帰ると、何やら中が慌しい。

「どうしたんだ？」

「轢き逃げ犯が割れたらしいです」

すれ違った刑事が叫んだ。

「何、轢き逃げ犯。いつの話だ？」

「ほら、鹿三島工業の会長、ええっと、菱田でしたっけ、菱田三男。もう一カ月くらいになりますかね」

「そいつはよかったな。担当は誰だ？」

「武田尾さんと里宮さんですよ。それが、あまりよくもないんだな」

「ん？　どういうことだ？」

「Ｐ国の外交官なんですよ。大使館員」

「轢き逃げ犯人がわかったんだって」

捜査員室で吉村に声をかけられた武田尾が、苦虫を嚙み潰したように、しかめ面をした。

「手も足も出ん」

「本人は？」

「出国している」

「帰ったのか？」

「ああ。日付を調べてみると、事故を起こした二日後だ。車も密かに処分されたらしい」

「どうやら別の疑惑もあるようです」

「ほら、先年Ｐ国で大雨による大災害があったのを覚えているだろう」

二年前に、数日降り続いた大雨のために、大規模な地すべりと洪水が発生し、住民が何百人と死亡した災害であった。世界中で大きく報道され、各国から救援隊や救援物資、そして多額の募金が送られたはずである。

「あの時の、日本が提供した募金を全部くすねたんだ」

「な、何ですって！」

「本国に送金したふりをして、自分の家族が本国で経営する会社に振り込んだそうだ。被害総額は約八百万円」

人の善意は自らが信じる以外にない。善意の行き着く先が、善行とは限らない。

P国でも日本からの通達を受けて、横領と轢き逃げの両方で捜査を開始したらしい。だが日本の中ではない。捜査が困難を極めることは、これまでの経験でも火を見るより明らかであった。本人や係累が有力者ならば、なおさら有罪となる可能性は低い。

気落ちした武田尾、里宮両刑事を慰めることもできず、吉村、川崎の二人は、押収した錠剤７７３１を持って、科学捜査室に向かっていた。

何となく元気のない武田尾刑事と里宮刑事のもとに、黒沼影潜（くろぬまえいせん）と永沢冴子（ながさわさえこ）に関する調査報告が届いた。

黒沼影潜。一九一四年生。本籍、京都府。現住所、東京都中央区銀座一丁目×番地一銀荘（いちぎんそう）。経歴、出身校不明。旧日本陸軍。一九五〇年出国。以後不明。一九九八年日本入国。職業不詳。

永沢冴子。一九七六年生。国籍、日本、米国。現住所、米国ペンシルヴァニア州。

二年前日本に入国。出国記録なし。

「何なんだ、この連中は？」

　里宮刑事の反応も同じであった。吉村、川崎両刑事も加わって、頭を抱え込んだ。

「この黒沼影潜という人物も正体が胡散臭い人物ですが、永沢冴子も何故日本に留まっているのでしょうね」

「それはわからん。二人は年齢からも、空港と奄美大島で目撃された男女に間違いないだろう。さらにわからんのは、この黒沼影潜という男だ。年齢は九十四か五か。いったいどういう人物なんだ。日本に拠点を持ってはいるらしいが、五十年近くもどこで何をしていたんだ」

「今も銀座にいるのでしょうか？」

「あたってみなけりゃいかんだろうな」

「捜査令状を取りますか？」

「そうしてくれ。西畑むつみ失踪事件の最大の容疑者だ」

　黒沼影潜と永沢冴子について論議をしている捜査陣に、奄美大島名瀬署から連絡が入った。

　西古見にある病院跡を詳しく調べた結果、病室と思われる部屋の床のコンクリートの一部が破損しており、その部分の土が掘り返された痕跡がある。夜になるが、これからそこを調査するというものであった。

二人の刑事の顔が暗く沈んだのを、ほかの刑事たちも気がついている。タカラジェンヌのような西畑むつみの無残な姿が浮かんで、二人は思わず目を固く閉じた。

黒沼影潜と永沢冴子に対する憎しみが、ふつふつと沸き立ってきていた。武田尾と里宮の目が合った。二人はうなずいた。

「令状なんか待っておれん。これから銀座一銀荘に直行だ」

捜査員室を飛び出した二人は、科学捜査室から戻ってきた吉村、川崎とぶつかりそうになった。

「どうしたんです、血相を変えて」

「これから銀座だ」

「銀座？ 飲みにいくんですか」

「冗談じゃない。行方不明の女性の容疑者取り調べだ」

「銀座のどこです？」

「一丁目だ。一銀荘という、古いアパートだ」

「武田尾さん、里宮さん。ちょうど私たちは引き上げるところだ。帰り道だから、ちょっとつき合ってもいいかな」

「行きましょう」

四人の刑事はS署を飛び出していった。


一銀荘の場所はすぐにわかった。周りの近代的なビルやオフィスに囲まれて、夜の光の中にそこだけが時間を止めたような、煉瓦(れんが)造りの古めかしい建物が暗かった。

「こんなところに住んでいるのか？」

「この一銀荘の所有者は黒沼影潜ですよ。昔はアパートだったようですが、今は半分くらいの部屋に店が入っています。いくつか画廊もあるようです」

里宮が手っ取り早く調べた情報を話した。

「真っ暗じゃないか。いるのか」

手分けして探してみよう、と四人は別れた。吉村、川崎の二人が加わったことで、アパートの捜索は簡単に終わってしまった。

「誰もいません」

「西畑むつみを殺害して、やばいと思って、どこかに雲隠れしやがったか」

くそっ、と武田尾が舌打ちした時、表に人の気配がした。二人の男の声が響いてきた。

「こんなところに。これはこちらが一本取られましたね」

どこかで聞いた声であった。

「誰ですか？　何の御用です？」

もう一人、男性の声が響いた。刑事たちは玄関を振り返った。

「あれっ。刑事さんたち。どうされたんです？」

「先生！　先生こそ、こんなところにどうして？」

古都波医師であった。

「これは奇遇だ。何かまた事件ですか？」

「先生に連絡取りたかったのですよ。ほら、例の薬、出ましたよ」

「お。それは」

「その話はまた明日にでも。今夜、分析にかかっていますから。それより、そちらの方は？」

吉村は田尻（たじり）のほうに向いた。

「田尻といいます」

田尻義男（よしお）は軽く頭を下げた。武田尾刑事が前に出た。

「こちらの方ですか？」

「ええ。ここに事務所がありまして」

「それは好都合だ。私たちはある事件で、ここにお住まいの黒沼影潜と永沢冴子の二人を探しているのです。ご存知ないですか？」

　田尻の目が光った。

「ご存知なのですね」

「どういうご用件でしょうか？　私も黒沼の下で働いている者です」

　里宮が声を張り上げた。

「西畑むつみという女性の失踪に、二人がかかわっている疑いが非常に濃厚なのです。何かご存知ないですかね？　二人はどこにいます？」

「失踪？　西畑むつみさんがですか？」

「そう。捜索願が出ている」

「そりゃ妙だな。むつみさんなら、下にいますよ」

　四刑事はわめき声をわんわんと響かせながら、下に降りていった。

　地下室への入口は、階段の奥の部屋の中にあった。部屋の壁のように見える一面全体が扉になっていた。

　古都波は、双方が持つ絵図面をつき合わせて、彼の考えを再確認するために、そしてさらなる冒険に参加させてもらうために、田尻と一銀荘を訪れたのであった。自分が個展を開いたところが、彼らのアジトともいうべき場所であったことは、かえって古都波を面白がらせた。奇妙な糸で人々は結ばれている……。

地下室では、冴子とむつみが驚いたように大きな目を見開いて、男たちを出迎えた。

「ああ。西畑むつみさんですね」

見覚えのある顔であった。間違いない。

「ご両親から、捜索願が出ているのですよ」

「ええっ！」

むつみのほうが驚いている。説明を聞いて言った。

「家にも電話しておいたし、大学のほうには休学届を出しているのに」

とにかく無事な姿を見て、刑事たちはほっとしている。彼らの目が冴子に向けられた。

「永沢冴子さんですね。いろいろとお訊きしたいことがあります。黒沼影潜さんはどこにおられます？」

むつみの顔がこわばった。田尻が冴子の横に動いた。

「この際、全部話したほうがいいんじゃないか。それに、この先生とも話はついた」

田尻は古都波に視線を送った。古都波がうなずいている。

「何の話です？」

四人の刑事は、何が何やら混乱している。二つの事件の関係者が集まっていても、刑事たちの頭の中では、つながりがあろうはずもなく、田尻、冴子、むつみ、そして古都波の顔を順々に眺めていった。

死んだ祖父から託されたものを手に入れるために奄美大島に向かったのだと、西畑むつみは静かに話し始めた。

「あの時は危なかったのです」

遠くを見つめる目になったむつみの顔が青ざめた。

「あの病院跡にも、おそらくハブはたくさんいたんだろうと思います。もちろん、私はずいぶん注意をして草木を掃っていきました。それに西古見で泊めていただいたおばあさんから硫黄をもらっていましたから。温泉のあるところにはハブは住まないそうです。硫黄が嫌いなのね。奄美は火山もなく、温泉もないそうです。だから私はずいぶん臭いのを我慢して、身体中に塗りつけておきました。ハブの姿は見えなかったけれど、どこから襲ってくるかわからなかった」

冴子の顔も緊張の色を深めている。

「祖父が書き記した場所はすぐにわかりました。私は周りに注意を払いながら、隠し場所に積まれていた石を取り除きかけたのです」

「その時、私たちの乗ったタクシーが、むつみさんのレンタカーにぶつかったのね」

「そうです。驚いて外を見ると、黒沼という老人の方が、病院跡の外から大きな声をかけてきたのです」

「レンタカーを見て、むつみさんに間違いないと思ったのよ」

「名前を呼ばれた時には本当に驚いた。そのあと、私が探しているものを渡すよう言われた時には、もっと驚いたわ」

「あとは私が話しましょう」

冴子がむつみを見ながら言った。むつみの顔に恐怖の色が走ったからだ。

「硫黄のことは、私も今、初めて聞きました。そんなこと知らなかったわ。何だか、妙な匂いがすると思ったくらいで。私も気がつかなかったくらいだから、黒沼にもむつみさんが塗っていた硫黄のことはわからなかったのでしょう。そのうちに黒沼は、むつみさんを亡き者にしようとして、むつみさんに近づいていった。その時私は黒沼に声をかけたのよ、先に絵図面を確かめたほうがいいと思いますって。まさか中にハブが潜んでいようとは想像もしていなかった。万が一、そこに絵図面がなかったら困ると思ったのと、何とかむつみさんを助けたかったのよね。時間稼ぎのつもりだった」

みんな押し黙ったままだ。

「それで、黒沼は積んである石を自分でよけ始めた。すぐに石はなくなって、少し深い穴が現れたわ。黒沼は覗き込んだ。その時よ、中から何かが飛び出してきて、黒沼にぶつかったのは」

大きな声をあげて、黒沼がのけぞるのと、横に何やら太いものがボトリと落ちるのが同時だった。むつみの鋭い悲鳴が病院跡の壁に跳ね返り、奄美の青空に広がった。

床のコンクリートに落ちた長く太い棒のようなものは、蠢きながら、素早く向こうのほうに遠ざかっていった。

顎を押さえた黒沼は、その場にうずくまり、痛みに苦悶の表情で、助けを求めるように冴子に手を伸ばしていた。見る見るうちに顔が紫色に腫れてきた。

「さ、さ、えこ……」

「御前さま」

むつみはギョッとして、蛇の行方をきょろきょろと見回した。まだほかにもいるかもしれない。あれはきっとハブだわ……。

「く、苦しい。息がで、き、ない……」

顎のあたりから喉首にかけて腫れ上がっている。老人の痩せているはずの首が、倍以上に膨れ上がってきていた。予想以上に強いハブの毒であった。

老人の充血した眼球が飛び出さんばかりに目が見開かれ、血走って不気味な光を放った。その二つの目の光が、たちまちのうちに力を失ってきた。倒れ臥した老人の身体が細かく痙攣（けいれん）し始めていた。

それさえ静かになった時、黒沼に確実な死が訪れた。ハブの毒が回る前に、腫れ上がった喉を通る気管が圧迫されて、窒息（ちっそく）したのである。


冴子は続けた。

「私はむつみさんと交渉しました。探し物のことを話したのです」

冴子の話を聞いて、むつみはしばらく考えたあと言った。

「ただし条件があります。私の祖父もこれを六十四年間秘密にし続けました。私にも三分の一の権利があるかと」

「どうなさるおつもり？」

「いえ、何か莫大な価値のあるものが隠してあるとしても、私にはそのようなものは必要ありません。ですがそれが何であれ、とにかく平和利用していただきたいのです。祖父の遺言です。このあとのこの絵図面の行く末を、私自身の目で確かめたいのです」

冴子はまじまじとむつみの顔を眺めた。はっきりとした意志を示す瞳が二つ、きらきらと輝いている。冴子が答える前に、むつみの口が開いた。

「冴子さん、とおっしゃいましたわね。あなたはいったいどのような方なのです。この黒沼という老人の秘書だけですか？　先ほどからのあなたの冷静な様子を見ていると、とても普通の女性とは思えないわ」

それには答えず、冴子は言った。

「あなたこそ、普通の女子大生とは思えないわよ。よくまあ、この危ないところを刈り込んだものだわ。普通諦めるでしょう」

むつみは背後を振り返った。切り開いたところ以外は、鬱蒼とした緑一色だ。

交渉は成立した。むつみはしばらく大学を休学して、冴子と行動をともにすることを決心した。冴子はむつみを外に残したまま、また病院跡に入っていった。

「どうしたのです？」

「死体をこのまま放っておくわけにはいかないわ」

一時間あまり、むつみは時々病院跡の床に見え隠れする冴子の背中を見ながら、強い陽射しの中、道路に立っていた。緊張が暑さを感じさせなかった。やがて上がってきた冴子の顔は泥まみれで、汗と埃が混じって、別人のようであった。

「思ったより、土が軟らかかったわ」

冴子の一言が老人の埋葬を物語っていた。

「むつみさんは何も知らないでいい。すべて私がやったことだから」

むつみは冴子とともに、その夜、奄美空港を飛び立った。黒沼の名前で予約してあった航空券を用いて座席指定を自動発券機で行えば、黒沼の名前の搭乗券になる。羽田に着くと冴子と別れてむつみは一人一銀荘に向かった。冴子の指示どおりに動き、真夜中には地下室のベッドに身体を休めることができたのである。

大学に届けた一ヵ月の休学願が、いつの間にか大騒ぎになっているとは露知らず、冴子から聞かされる絵図面蒐集の進展に、むつみは心を躍らせていたのであった。

2

無事が確認された西畑むつみは、涙を流して喜ぶ両親のもとに帰っていった。冴子と別れる時に、むつみは念を押すように言った。

「冴子さん。あなたのような方とお知り合いになれてよかったわ。約束ですよ。あの絵図面のことがわかったら、必ず教えてくださいね」

その夜、日付が変わろうとする頃、奄美から続報が入った。病院跡から掘り出された死体は極度に腐乱しており、年齢も性別も不詳であったが、衣服から男性と判断された。詳しい解剖は翌日になるが、ハブに噛まれたことは確実と考えられた。ハブ毒でさらに腐敗が促進されていた。

死体遺棄の罪で、永沢冴子はその場で身柄を拘束された。事情聴取のために、田尻義男にも翌日の出頭が命じられた。

次の日の夕方、古都波は吉村、川崎両刑事の訪問を受けた。昨日見つかった７７３１という錠剤が解析できたというものであった。７７３１と聞いて、古都波は七海からもらっていたデータベースを調べてみた。

「ほら、ここをご覧ください」

古都波が指さした画面には、七色製薬の名前のあとに、ＮＮ７７３１という薬剤記号が見えている。

「この薬剤はこのデータベースが作られた時点では、まだ正式な臨床治験の届けは出されていませんよ。人に使うことはできない」

「ということは、先生の予感が当たりましたな」

「あんまり嬉しくないですがね。最悪の場合、この薬で人が死ぬことも考えられる」

「どうします？　こうしている間にも、誰かが服用するかもしれない」

「公表できませんかね。このような薬は飲まないようにと」

「それは無理でしょう。パニックになる可能性がある。それに、すべての人に知らしめるのも無理です」

「七色製薬の捜索は？」

「手配済みです。こちらでも治験薬の臨床試験については、関係省庁に問い合わせ中です」

七色製薬会長依藤一郎が任意で取り調べを受けていた。7710に始まる一連の錠剤を目の前に並べられても、知らぬ存ぜぬの一点張りであった。

会社および研究所が調べられたが、薬の管理に関して、まだ研究段階の薬剤の製造数と使用数が一致するはずもなかった。

幸い7731が配られたM区公園の住人たちに大きな異常は起こらなかった。それでも、何人かが強い下痢を起こして、近所の病院で点滴を受けていた。

症状を聞いて、古都波は7731の副作用の可能性がある、と相談に訪れた吉村と川崎に告げた。まったく人体実験を認めようとしない依藤一郎のことを知ると、古都波は二人の刑事に妙なことを依頼した。

「依藤一郎の戸籍を調べてもらえませんかね。できれば親戚係累に至るまで」

依藤一郎の血縁者に関する情報が揃ったのは、それからしばらくしてであった。

「依藤一郎には弟が一人いますね。あとは姉が三人。いずれも死亡しています」

「弟の名前は？」

「依藤二郎です」

「生年月日は？」

「おやっ？　依藤と同じ日にちだ。双子か⁉」

「やはりね」

古都波はそのことを想像していたようだ。喜色満面の笑顔だ。

「ですが依藤二郎は、昭和二十年八月十五日死亡となっています。戦死とあります」

「終戦当日ですか。ほう」

しばらく何やら一人で考えていた古都波は、身体を二人の刑事のほうに近づけて言った。

「例えばこういうことは考えられませんかね」


「依藤一郎さん。どうしても、人体実験の事実はない、とおっしゃるのですね」

「いい加減にしてください。名誉毀損（きそん）で訴えますよ」

「そうですか。ではせめて、お宅の売り出される前の薬がどうして世の中に出たのか、それだけでもお話し願えませんかね」

聞くだけ野暮であった。そんなこと知るわけないじゃありませんか、と依藤は伸びをした。その手が頭におりてきて、白髪（しらが）の載った頭皮をぽりぽりと掻いた。背後の窓から射し込む日の光に、抜け落ちた髪の毛が二、三本舞い散るのが見えた。

「私は忙しいんだ。もうよろしいですかな。とにかく、何もやましいことはしてはおらん。うちの会社は日々人々の健康に奉仕しておるのだ。これ以上のことがありますと、こちらにも考えがある」

依藤は帰っていった。その様子を隣の部屋からマジックミラーを通して見ていた古都波がうなずいた。

床に落ちていた依藤一郎の髪の毛から採取されたDNAと、S中央公園で死亡した依藤一郎の血液から採取されたDNAが、鑑定比較された。古都波は病院で保存していた血液を提供した。これは賭(か)けであった。

数日後、鑑定結果が出た。

吉村、川崎両刑事は古都波医師とともに七色製薬を訪れた。以前の受付嬢たちが目を丸くした。今日は依藤会長が出社していることを確認してある。

広い会長室の中の、大きな机の後ろに座っている依藤は、部屋とは対照的に貧相な姿だ。刑事のほかにもう一人いるのを見て、依藤は不愉快な表情の上に、怪訝(けげん)そうな色を浮かべた。刑事は古都波を紹介しなかった。

「依藤さん。今日はどうしてもお話しいただかねばなりません。まずはこれをご覧戴(いただ)

きましょう。先日あなたが取調室で落とされた毛髪から得たDNAと、S中央公園で死亡したあなたの名前を名のる老人のDNAを比較したものです。ここに鑑定結果があります。二つは同じものです」

同じDNAを持つ人間は一卵性双生児、あるいは一卵性の多胎のみである。

「依藤さん。あなたには双子の兄弟がおられますね」

かすかに痺（しび）れのような動きが依藤の顔に現れた。川崎が依藤の戸籍調査から作成した家系図を取り出した。依藤の目がそちらに動いた。

「弟さん以外にも、三人のお姉さんがおられる。あなた以外はすでに死亡されています」

かすれるような声が、依藤の薄い唇の間から出てきた。

「弟は終戦の日に死んでおる」

「そのとおりです。確かに弟さん、すなわち依藤二郎さんの戸籍には、そのように記されておりました。では、六十年も前に死んだ方が、つい最近まで生きておられたということはどう説明されるのです？」

「別人だろう。他人の空似だ」

「他人の空似では、DNAは一致しません」

依藤は何ごとか考えているようであった。沈黙を続けている。だが、目だけは油断なく、こちらの三人を見据えていた。

「親戚の方がおっしゃってましたよ。お二人は非常によく似た兄弟だったと。兄一郎のほうは性格も穏やかで、勉強がよくできた。K帝國大学医学部に入ったそうですな」

古都波は、七色製薬のホームページで見た依藤一郎の経歴に、K帝國大学医学部出身とあったのを思い出している。

「ところが、一卵性双生児と思われる弟の二郎さんのほうは性格が粗暴で、勉強のできも悪く、厄介者だったようですな」

依藤の顔がわずかに歪んだ。

「我々は、S中央公園で死んだ依藤一郎が、じつは二郎、あなたの一卵性双生児の弟さんだと考えています」

一段と大きな声で、吉村は一言一言はっきりと話した。依藤一郎の身体が硬直した。

「もう一度お尋ねします。こちらの薬を公園の住人たちに飲ませましたね。戦後あなたは細菌部隊にいた経験を活かして、製薬会社を設立した。当然、当時の人体実験の思想は、そのまま製薬会社の薬つくりに受け継がれた。戦争中、弟の二郎がどこでどうしていたのかは知らない。だが、人体実験をやりやすくするために、二人は共謀してことを運んだ。すなわち二郎は終戦のドサクサに紛れて、戦死したことにして、S

中央公園に住み込んだ。当時は、行くあてのない人たちが溢れていたでしょう。戸籍を抹消して自由な身になった弟を利用して、兄の一郎は自分の製薬会社でつくった薬を、いち早く人体で試していた。そうじゃありませんか？」

古都波の推理であった。依藤一郎が二人いても構わないと考えた時に、古都波の脳神経回路は、一気にこれらのことをはじき出していた。

「私が弟に薬を渡していたという証拠がどこにある？」

「やはり弟さんは生きておられたのですね」

「おっしゃるとおりだ。弟が自分で戸籍を抹消したのだ。それに諸君は知らないだろうが、細菌部隊にいたのは弟のほうだ」

「何ですって！」

これには古都波も驚いた。

「私たちはそっくりだった。私がK帝國大学医学部にいた時に、細菌部隊から声がかかった。私は行きたくなかったのだ。何とかならないかと考えた。その時、ぶらぶらしていた弟のことが浮かんだ。すでに私は陸軍病院に呼ばれて、いくつかの実験を行っていた。その話を弟にしたのだ。弟は、あれで、やはり私と同じ遺伝子を持った人間だ。結構興味を示した。すぐに私になり代わって細菌部隊に身を投じ、大陸のほうに行ってしまったのだ。話に聞くと、そこではずいぶん活躍したようだ。例の部隊長の右腕とも呼ばれたらしい。記録では私が命令どおりに細菌部隊に所属したことになっている。弟はそこで経験したことが忘れられなかったのだろう。帰ってくると、私に医学関係の仕事を続けろと言ってきた。薬がいいと言った。儲かる仕事だし、つくった薬を人体で試してみれば、手っ取り早く判断ができると言ったのだ。私はもちろん断った。だが、製薬会社をつくることは魅力的だった。私も医者だ。人々の健康に奉仕するのが私の仕事だ。結局私は七色製薬を設立した。弟は私がいない時に私のふりをして、しばしば会社に姿を見せていた。不思議なことに、一度として鉢合わせしたことはない。私の勤務を調べていたのかもしれない。会社に来ては、新しい実験途上の薬を持ち出していたようだった。その薬だろう、あなた方が手に入れたのは。とにかく私たちは、二人いながら、世間では一人として動いていたようなものだったのだ」

依藤一郎は、静かに身体を椅子に沈めた。最初の興奮も冷めたようで、表情のない顔をしている。

川崎刑事はぽかんとした顔をし、吉村刑事は混乱して救いを求めるように古都波を見た。その古都波も表情が停止している。

「弟が生きていたのは認める。だが、薬の件は断じて知らん。弟が勝手にやったことだ」

古都波が辛うじて声を出した。依藤は、お前は何者だというような顔つきだ。

「それでは、弟さんが亡くなってから配られたと思われる7731については、どう説明するのです。誰がやったというのです」

依藤一郎はじろじろと古都波を見ている。

「そんなことは知らん。おそらく弟がまだ生きている頃にばら撒いたものが、今頃になって出てきたのだろう」

公園の住人たちも同じ公園に住む者から分けてもらったと言うし、彼らの言葉を手繰っていっても、どこかで手がかりは途絶えてしまっていた。依藤二郎の死後、誰か別人が配ったという証拠がどうしても得られなかった。

今の時点で、依藤一郎会長に人体実験の嫌疑をかけるには、確固たる証拠がなかった。すべて弟がやったことと言われてしまえば、それを覆す材料がなかった。

三人は力なく七色製薬を辞した。道をとぼとぼと遠ざかっていく三つの丸い背中を、七色製薬最上階の会長室の窓から、依藤一郎がじっと見つめていた。

「ひどいものですね。完敗だ。まあ、それでも今後の抑止力にはなるだろうが」

帰り道、古都波が呟いた。吉村も川崎も言葉が出ない。

「今度の薬だって、偶然でしょうかね、7731なんて」

二人の訝しげな目に、古都波はくすりと笑った。

「いえ、こともあろうに、7のあとに731だなんてね」

刑事二人とS署の前で別れる時、ふと思いついたように古都波は言った。

「依藤一郎ですがね。本当に今日会ってきたのが、依藤一郎、すなわち穏やかな兄のほうなんでしょうかね。死んだのが二郎なんですかね？　あれほどの書物をテントの中に揃えていた人物が、果たして勉学が嫌いな、粗暴な二郎だったのでしょうか？　一郎と二郎、どちらがどちらなんでしょうね？」

3

担当刑事に理由も告げられないまま、次の日の昼には永沢冴子の拘束が解かれていた。その夜のワシントンDCに向かう航空機の中に、田尻と二人並んで座る冴子の姿があった。

低いエンジン音が規則正しく響いて、声の拡散を妨げていた。

「冴子さん。僕にはわかっていたんだ。どうやら黒沼の身に」

田尻は黒沼と呼び捨てにした。

「奄美で何かあって、帰れないのだろうと。もしかしたら冴子さんが何かやったかとも疑った。だいたいおかしいだろう。あれほど長く黒沼に連絡が取れないのは。連絡はいつも冴子さんばかり。今までにないことだった。それに、黒沼が帰ったと聞いた時には、まだ西の空に日が残っていた。奄美からは夜着く便しかないのに、どうして午後に帰れるんだい。黒沼が大阪経由で帰ってきたとでも言うのかい」

冴子は、あ、と小さく声を出した。

「田尻さん。あなたはいったい……？」

「詳しくは言えない。だが任務は君と同じようなものだ。最初の任務は黒沼影潜を追うことだった。冴子さんは俺のあとに送り込まれたんだ。もちろん冴子さんは俺のことは聞かされていないだろうがね。連絡を受けて、君が日本に入国したのち、それとなく君の動静を見ていたんだ。街で歩いている君に声をかけたのも偶然じゃない。うまく黒沼に雇われるよう仕向けたのさ」

冴子は唇を噛んでいた。

「黒沼の正体は知っているな。別名エシェレキア・バンクロフト。生涯を二重スパイにささげた男だ。ちょうど第二次世界大戦が始まる前に、彼は日本軍大本営にもぐり込んだ。そこでの活動は目を見張るものがあったらしい。重要なポストについた記録がある。何かとてつもない計画の責任者に抜擢(ばってき)されていたらしい。今回彼が日本に来たのは、例の絵図面を手に入れるためだ」

「それが地下網だったのね」

田尻はうなずいた。

「彼は戦後、別の任務で日本を離れた。退役するまで、ついに日本に足を踏み入れることができなかったようだ。お役ご免となった途端に、彼は日本に舞い戻った。十年前のことだ。そしてバラバラになった絵図面を探していたんだ」

「でも、日本を出てしまったら、あの地下網がどこにあるのか、私たちにももうわからないわね」

田尻は前を向いたままだった。コックピットとの間の壁が細かくゆれている。

「黒沼は地下網をただ見つけたくて、日本に来たとは思えないわ。きっと何かを隠しているのよ、その中に」

「それが何だか、冴子さんは知っているんだろう」

「はっきりとは知らない。でも、黒沼が言っているのを耳にしたことはあったわ。莫大な富を運び込んであると」

「我々にもそれが何だか確証があるわけではない。だが当時の調べによると、大本営が所持していた大金塊が紛失しているそうだ」

「金塊が地下に眠っているということ？」

田尻は答えず前を向いたままだった。瞬きをしなかった。やがてぽつりと言った。

「あの先生は、すごい男だよ」

「え？」

「Qさ。古都波先生。医者にしておくにはもったいないな」

田尻はクスリと笑い声を漏らした。

「名前、何と読むかわからないと言ったことがあっただろう。最後に訊いてみたんだ」

「何と読むの？」

「かぜまかせ」

「え？」

冴子は風魔風という漢字を追ってみて、プッと噴き出した。

「まあ……。本名なの？」

「そうらしい。それにしても、名前には見事にしてやられた」

「でも、あの先生もすっぽかすことになったわね。怒るわよ」

「そうかな？　彼は、あの地下網がどこにあるか、完全に見抜いていたんだ」

「ええっ⁉」

田尻の顔が冴子に近づいた。ほのかな沈丁花の香りを楽しんだあと、唇が冴子の耳元に寄った。田尻は何ごとか囁いた。冴子の切れ長の双眸が大きく見開かれた。

「冴子さん。黒沼には何を与えていたんだ？」

「ホルモン注射。ちょっと元気になる。変な意味じゃないわよ。それは時々、黒沼は私に手を伸ばしてはきたけれど、もちろん何もないわ。本国の命令で、彼にはある種のホルモンを定期的に注射していたのよ。黒沼が日本で追い求めているものの正体がわからない限り、危険だという判断だったから。長生きしてもらわないとね」

冴子はくすりと笑った。ホルモン注射のことは、田尻にも若干の知識があった。

「黒沼が奄美でハブに嚙まれた時は、万事休すと思ったわ。それでも、むつみさんが協力的で、絵図面の三分の一を渡してくれたから」

「むつみさんへの報告はどうするんだ。約束させられていたじゃないか」

「手紙を書くわ。地下網のこと」

「そりゃ、ちょっとまずいんじゃないか」

「どうして？」

「俺の考えでは、おそらくあの地下網は平和利用されるなどということはないだろう。確実に人々の目から隠蔽されるに違いない。そのようなものは存在しません、とね」

「そんな……。じゃあ、隠されているかもしれない金塊は？」

「そんなもの、今の世界経済には何の意味も持たないだろう。黒沼は独りじめしたかったんだろう」

冴子には話していないこともあった。細菌７４８である。地中奥深く、どこに潜んでいるかわからなかった。事実、７４８による感染が起こっている。地上に出てきた細菌は、今後間違いなく遺伝子変異を起こして、次々と新しい細菌に変わっていくはずであった。金塊も汚染されている危険性が大きい。余分な細菌はできる限り、封じ込めておくべきであった。

「確かに約束もある。俺と古都波医師との間にもな。だが、この件の処理に関しては、今後俺たちの手を離れる。これ以上彼らを巻き込むことも好ましくない。彼らには悪いが、知らせることはできない。それに、我々が彼らに会うことも二度とないだろうからな」

飛行機は順調に太平洋上を東に飛んでいく。

「でも変ねえ」

「何が？」

「だって、黒沼は自分がかかわった計画なのに、どうして絵図面など必要だったのかしら。出入口くらい、いくつか覚えていたでしょうに」

「その答えは、冴子さんが一番よく知っていると思うがね」

「え？」

「ほら、いつか冴子さん、一銀荘の地下から地下通路に入っていったことがあっただろう」

ああ、と冴子はうなずいた。あの時は、どちらに進んでも行き止まりだった。六十四年という時間に、東京都心はいたるところ巨大なビルが立ちはだかり、地下通路網はズタズタになっていた。

「黒沼は自分が覚えていた地下網への入口が、どれも使い物にならないことを知ったのだろう。だから絵図面を揃えて、ほかの出入口を探さなければならなかったのだと思う。それに、金塊の正確な位置もね」

田尻と冴子が日本を出国して一日が過ぎた。診療を終えるのを待ちかねたように、古都波にS署から電話が入った。冴子が無罪放免となり、田尻とともに成田から出国したことを吉村刑事から聞いて、古都波は何となく予感が的中したような気がした。

細菌748の話が田尻の口から出た時、すでに田尻がただの会社員とは思えなかったし、一銀荘に連れていかれて、そこに失踪と間違えられた若い娘と、彼女につきそうどこか洋風美人の冴子に出会って、夢か現(うつつ)か古都波ですら目が回る世界に迷い込んだ気がしていた。事件の奥はどこまでも深そうだった。

身近に人体実験がありそうな気配までしていて、謎の解明に喜ぶ脳細胞が、一方で自分のものでないような気にもなっていた。誰かがどこかに消えても構わないような気がした。

吉村と替わって、武田尾刑事が電話に出た。西畑むつみが関係した絵図面の説明が聞きたいと言う。田尻が立ち去る間際に、絵図面のことは古都波医師がよく知っていると言い残したというのだ。

三十分後、古都波は四人の刑事と相対していた。

古都波は老人の死と、折り鶴の関係から話し始めた。それを追いかけるうちに、部分的に絵図面が完成したこと、さらに詳細に研究するうちに、ついにどこにあるのかがわかったということを話した。

「ちょうどその頃ですよ、田尻さんが私のところに現れたのは」

田尻が、古都波の扮する画家Qを追跡して近づいてきたことは話さなかった。偶然の出会いとだけ言った。細菌748の発生と由来は田尻から聞いたものだった。古都波の提出した土の検査では、一般細菌の名前がいくつか連ねられていただけであった。

黒沼や永沢冴子についても説明が求められたが、もとより古都波は絵画展会場で二人を目撃しただけであった。古都波は詳しくは知らないとしか言えなかった。

古都波は、田尻の持つ絵図面と自分の絵図面を合わせたもののコピーを広げた。それは二メートル四方に近く、コピーのA3用紙をつなぎ合わせたものであった。

「何です、これは？　まるで巨大な蜘蛛の巣だ」

「まあ、よく似たものかもしれません。入り込んだら、どこかでひっかかって、逃げることができなくなる。迷路ですよ。これが地下通路網であると思い当たるには、ずいぶん苦労しました。どこにあるのか？　まだあるのか？　いずれにせよ、これがどの程度の大きさであれ、入り込んだら、八幡の藪知らずだ。迷子になる。私は入口らしきものは見つけましたが、入るのはやめることにしました。これを暴こうとすると、大規模な準備が要るでしょう」

「どこなんです!?」

四人が身体を乗り出した。

古都波は指を突き立てて、それを足元に落とした。

「ここですよ」

四人には、すぐには理解できなかったらしい。

「ここって。この下ですか？　そりゃ、東京には、かつて日本軍がつくった大地下壕があることは知っていますが」

「地下鉄が通っているところも、地下壕を利用していると聞いたことがあります」

これは若い川崎刑事だ。

「でも、そんな、いまさら、東京の地下壕のために、連中、躍起になっていたんですか？」

バカバカしいというような表情が明らかに四人の顔に浮かんでいる。期待していたものが簡単に崩れたような感じで、肩透かしを食らったようだった。

「いえ。もっと下です」

「は？　もっと下？」

「ええ。皆さんがよくご存知の東京地下通路網の、さらに下です。もっと深いんです。東京に掘られた地下壕は、二重だったのです」

古都波は続けた。

「私はこんな想像をしてみたのです。世間では、日本軍が東京を捨てなければならなくなった時、昭和天皇を擁して徹底抗戦する場として信州松代に大本営を築いていた、としか伝わっていないでしょう。事実、戦後、連合国軍による松代の大規模な捜索が行われている。誰も彼もが騙されていたのです。あれほどの松代すら、カモフラージュであったと思います。みんな見事に騙された。本物はね、この下にあったんですよ」

古都波は再び足元を指さした。

「現在知られている東京地下通路網。これは資料が残っているし、終戦当時の連合国軍総司令部も徹底的に調べて、ほとんど調べ尽くされている。おっしゃったように、一部は地下鉄や道路として利用されている。一度掘り返して、そこに何もないとわかったら、その下を掘り返すものがどこにいるでしょうかね。当時の知恵者はそこまで考えて、この地下通路網をつくったのではないでしょうかね」

古都波は東京都の地図はないかと、刑事たちに求めた。一メートル四方もある大きな地図が広げられた。

「地上の道路からは想像もつかないような、蜘蛛の巣状の地下通路がどうしてこの東京の地下に二重にあることがわかったか、ご説明いたしましょう。ここをよくご覧ください」

古都波が絵図面の上に指さした場所には、例の古都波を悩ませた二つの記号があった。

「これらの記号の位置関係を覚えておいてくださいね」

今度は東京都の地図の上に顔を近づけて、財布から小銭を取り出すと、一枚ずつ置いていった。十枚ほど置いたあとで、古都波は顔をあげて刑事たちを見渡した。

「どうです？」

わからないという顔が並ぶ。古都波は少し首を捻ったあと、絵図面のほうの記号の上にもコインを置きだした。絵図面のほうが三、四倍は大きい。だが、絵図面の上に置かれたコインの位置をそのまま縮小すると、東京都の地図の上に置かれたコインに重なるようであった。

　少しばかりコインを修正すると、まさに相似形が現れた。

「これはどういう意味です？」

「この二つの記号は、寺と神社を表します。こうです」

古都波は紙の上に文字を分解して、また結合させた。

「な、なるほど」

「都地図の上のコインは、例えばこれは靖国神社、これは明治神宮。ここは浅草寺、そしてここが赤穂浪士で有名な泉岳寺。私が持っていた絵図面は、このあたりですから」

　古都波は西側のほうを指さした。

「この六つの寺と神社が決め手になったのです」

と小さく輪を描いたところには、細かい字で道沢寺、満願寺、犬熊神社などの文字が見える。道を挟んで、入道寺、桜葉神社、英心寺が並んでいた。

「こちらを絵図面のほうで見ますとね」

　五つの頭が絵図面のほうに動いた。

「入という字が薄く見えるでしょう。地下通路への入口なんです」

「すごい！」

川崎の叫びだ。ほかの三人も同じように感心していた。それぞれ位置を移動して、自分の目であちらこちらを比較確認している。

「こんなところに入口が。あれ、でも変だな。ここは確か」

里宮が地図を見て言った。

「ここはもう都心で、高層ビルが立ち並んでいますよ。これで入口があるのかなあ」

「多分無理でしょうね」

古都波が答えた。

「時間の許す限り、入口のあるあたりを歩いてみました。ほとんどが潰されていると言っていいでしょう。今では、この絵図面に書かれた入口、出口で残っているのはわずかだろうと思います。先ほどお示しした神社ですね。X町の桜葉神社。境内にある古井戸、そこは入れそうです」

「先生は入ったのですか？」

「いいえ。見つけた時には何も準備をしていなかったし、ひどく深そうです。下がどうなっているかもわからない。ちょっとした探検になりますよ。それに、この絵図面の様子じゃ、間違いなく迷子になる。きちんと準備をしないと」

「田尻たちが絵図面を探していたのは、死んだ黒沼影潜という老人の指令です」

武田尾刑事が短い時間に、田尻と冴子から得た情報を話し出した。

「西畑むつみの祖父菱田三男も、黒沼が絵図面の三分の一を預けた一人だったのですな」

「その黒沼という男は、どういう人物なのですか？」

古都波の脳裏に、絵画展会場で見た老人の姿が映っている。じっと線描画を覗き込んでいた老人。武田尾は手元に引き寄せた資料を見ながら話している。

「該当する人物の名前が、旧日本陸軍参謀の中に見つかりました。菊0号作戦、あ、これは東京地下壕に関する最も大きな作戦ですが、その指揮官だったようです。彼は戦争責任を逃れています。昭和二十五年に日本を離れ、その後の記録は、平成十年に日本に帰国するまで、まったくありません」

「本人なんでしょうね？」

依藤一郎と二郎のことがひっかかったままだった。

「知るべくもない。田尻義男や永沢冴子に訊いても、そこまでは知らないとしか答えが返ってこなかった」

「そこの資料の中に、何かえらく古いものがあるようですが？」

古都波が目ざとく茶色に変色した紙を見つけた。武田尾がひっぱり出した。

「旧日本軍に登録されていた資料のコピーですね」

黒沼影潜というそれぞれの文字が、一つひとつ団子のように連なりかけている。

「ん？　なになに。菊0号作戦は昭和十八年十二月三十一日終了の見込み。ほう、昭和十八年には、この大東京地下壕は完成していたのか。よくやるね」

感心しながら、古都波の視線が読みにくい文字を追う。

「菊0号作戦はその後……ん？　なんだ、まだ続くのか……」

古都波の目が光った。じっとそのあとを読んでいる。首が次第に傾いできた。

「ふふん。こりゃ面白い。当時、確かに東京に地下壕が二つあったということだな、これは」

ええっ、と四人の視線が古都波に集まる。古都波は手にした資料を、全員が見えるように机の上に置いた。

「この0ですがね。二つ0が重なったように見えませんか？」

「滲んでいるんじゃないのですか？」

古都波は違うと言い切った。

「二つ重なったような0が、このあとの記載に三ヵ所出てきますよ。ほら、ここと、ここと、ここ」

なるほど滲んだような二重の0が三つあった。

「途中に滲んでいない0が二つありますよね」

　いずれも菊と号の間に挟まれた数字だ。

「つまり菊0号作戦と、菊00号作戦というわけですよ。多分00号のほうが、下の地下壕でしょうね」

「滲んでいるだけじゃないのですかね。菊00号作戦なんてあったのでしょうか？」

「さあ、どうでしょうか。ですが、今となってはどうなりと考えられますよ。例えばですね、菊0号作戦がそもそも菊00号作戦をも包括したものだったのかもしれません。もともとは何ヵ所かでつながっていたのかもしれません。敗戦の色濃くなってきた時、黒沼たちは、従来考えていたとおり、菊00号作戦を菊0号作戦から切り離すことを急いだとも考えられます」

　まあ、単なる想像でしかありませんが、と断って続けようとして、古都波は小さく、やはりそうかもしれないと呟いた。

「え？　先生。どうしました？」

　細菌748のことを刑事たちに話すと、いたずらに騒ぎを大きくしそうだった。それでなくとも充分に大きな事件だった。古都波は頭の中で呟いていた。

　依藤一郎なる人物が持ち込んだという例の細菌731。あれがどのような意図で持ち込まれたか、よくわからなかったが、もしかしたら……。急に終戦になって、各部署で掘り続けていた強制労働を強いられた人たちは、どうなったのか？　菊００号作戦の秘密性から、当然彼らの口は封じなければならなかった。生き埋めか？　あるいはガスでも送り込んだか？　もしかしたら、彼らを地下壕の中で葬（ほうむ）るために、例の細菌が使われたのかもしれない。依藤一郎あるいは二郎の役目も、それだったのかもしれない。使われた悪魔の細菌も、その時同時に地下深く封じ込められた。封じ込められていたものが、いつの間にか、おそらくは菊０号作戦で作られた地下壕が地下鉄路線に利用されるようになって、どこからか漏れ出したに違いない。

　今は弱毒だが、田尻の話では将来、強烈な毒素を産生する驚異的な細菌に変異するという。地下通路網どころじゃない。細菌検査のやり直しだ。田尻を信用しないわけではないが、こちらでも独自に情報を得ておく必要がある。

古都波ににわかに医師としての責任感が戻ってきていた。

4

　夕闇が静かに街を覆（おお）っていく。寺の屋根が残照の空に波を描く。一つ、二つ、と時を告げる鐘の音が余韻を残しながら、闇に落ちていく。

　桜葉神社の鳥居の横に、黒い影が溶け込んでいた。動かなかった。

前の道を時おり通り過ぎる車も途絶え、時間が静寂に包まれている。空の光が急速に失われ、見えない星が時間を刻んで、天空を動いているはずであった。

影はそろそろと行動を開始した。厚い手袋をはめた手が古井戸の縁にかかった。もう一方の手が、近くの木にしっかりとくくりつけられた一本の綱を、静かに井戸の中に下ろした。音もなく綱が落ちていく。登山に使うザイルであった。

影はこのような作業に慣れているのか、井戸の縁をまたぐと、綱を腰に絡ませて、身体を井戸の中に移した。壁に足をあてながら、悠々と降りていく。

するすると身体が下っていく。進むにつれて、少しずつ中の空気に地中独特の匂いと湿り気が混じり始め、気温も低くなってきたようだ。

真っ黒なその人物は、あかりを点けることもなく、ただひたすら井戸の底を目指して、深く深く降りていく。水はないようで、壁にあたるキャラバンシューズもまったく滑らない。

「その辺の地下鉄よりまだ深いぞ。いったいどこまで深いんだ」

しばらく下ると、ついに井戸の底に到着したようだ。ごつごつとした岩を、足の裏に感じる。あかりが灯った。

「ほう……」

感心したような声が漏れた。黒ずくめの姿に、目だけが光っている。身体はすべて防水処理をしたスキューバダイヴィングのような着衣で覆われている。

二つの目が、左右前後に広がる闇を見渡した。いずれも人が一人通れそうな通路となっている。両壁と天井はコンクリートらしきもので固められ、極めて頑丈な印象である。

ポケットの中から取り出されたペンでつけられた印は蛍光を発した。影は磁石で方角を確かめると、東に延びる地下道を選んだ。そしてところどころに印をつけながら、奥へ奥へと進んでいった。


栗原七海は、いつものように研究室にいた。あの夜以来、古都波から連絡はなかった。

蛋白質毒素のことも気にはなっていたが、それ以上に古都波に対して、微妙な感情が湧いていた。それは不愉快なものではなく、日常の定められた研究の味気なさの中に、ほのかな温かみを運んでいた。

貼りつくような山林の視線は相変わらずだったが、昨日からどこかに出張しているのか、姿が見えなかった。

今日もこれから研究室に行こうとした時に、目の前の電話が鳴った。古都波であった。声を聞いた時に、何故か七海は動悸がするのを感じた。

「よう、しばらく。今夜、来れないか。いろいろと情報がある」

七海は躊躇なく返事した。

相変わらず乱雑な医局の中の、相変わらず粗末な椅子に腰かけ、七海は古都波の驚くべき話に一時間ばかり、耳を傾けていた。

「じゃあ七色製薬のことは」

「証拠がない。今後、よく監視をする必要があるな」

「それにしても、会長はどちらなのかしらね？　こんなことってあるのかしら」

「戦争は、まさしく悪だね。後世にまでこのように悪意が継続する。どんな理由があろうと、戦争は駄目だね。相手だけでなく、味方の自国民にも災厄をもたらす。まさに見境がない。ここまで人の命をないがしろにして、正義も何もあったもんじゃない」

古都波の顔が真剣に怒りを顕わにしていた。

細菌と地下通路網のことは、七海にとっては初耳だ。七海の顔に恐怖の色が消えない。

「古都波くん。そんな細菌、大丈夫なの？」

「まあ、大丈夫だろう。田尻を信用する以外あるまい。おそらくS中央公園には、いたるところに細菌748がいるだろう。が、あれ以来、まだ死者は出ていない。それより、どうだ。栗原のほうで、前に言ったとおり薬にしてみるか？」

「それはその方向でやってみようと思っているけれど。うまくいくかどうか」

「やらなければ、うまくいくかどうかもわからん。やってみてくれ。ところで、例の奴はどうだ？　相変わらず栗原につきまとっているのか？」

「昨日から出張みたい。それに、この頃は気にならなくなったわ」

「それはよかった。いや、じつは栗原だけじゃなく、俺のほうにも目をつけていたんじゃないかと思ってね」

七海は目を丸くした。

「ええ！　どうして？　山林さんが、どうして古都波くんのことを」

「栗原のあとをつけたんだろう。それにその男、山林というのか。下の名前は？」

「ええっと、確か、山林多茂津（たもつ）だったと思うわ。同い年よ」

古都波は何かを考えているようだった。山林……と呟いている。大学時代のことを思い出したようだ。

「栗原。やっぱりつけられていたんだよ。多分、前に病院に来た時だろう。俺の名前を見たのかもしれん」

七海は、わからない、という顔をしている。

「山林は大学の同期だ。いや、俺は医学部だが、奴は薬学部だ。授業を一緒に受けた覚えがある。たもつとは多いに茂る、それに津波の津だろ。妙な字の組み合わせだから記憶にある」

「よく覚えていないけど、そんな字だったような気がする」

「そうか。まあ栗原が俺に会っていることに気がついたんだな。だから俺のあとをつけていたのか」

「山林さんが古都波くんのあとを」

「ああ。時々誰かにつけられているような気がしていた。地下通路の入口を探している時や、公園で土を採取した時だ。そのうちに、間違いなくつけられていると確信に変わったがね。田尻と会った時は、彼がつけていたのかと思ったが、少し体型が違う。俺の目の端に捉(とら)えていた男は、もう少し小柄で貧相な奴だった。そうか、山林か。なら、身体つきもあっているな。大学時代から、山岳部で大自然を相手にしていたわりにはこそこそした奴だったからな」

古都波は七海の顔に視線を遊ばせながら、しばらく考えていた。

「まあ、いいだろう。栗原も堂々と研究の提案をすればいい」

七海はうなずいた。古都波は立ち上がった。白衣の裾(すそ)がゆれた。

「どうしたの？」

「帰ろう。飯をおごるよ。うまいイタ飯屋があるんだ」

七海は時計を見た。まだ八時前だ。

「今日は当直じゃないのね」

「ああ。そうしょっちゅうじゃ、いささか身が持たん」

それに絵を描きたいしな、と医局を出た時に呟いた声は、七海にかすかに届いた。

にわかに七海の胸がドキドキした。


待てど暮らせど、田尻からの連絡はなかった。古都波は西畑むつみに連絡を入れてみた。むつみは奈良の大学に戻っていたが、冴子からは何の連絡もないと、少し悔しそうに強い声で言った。

「え、先生のほうも」

古都波はそれを聞いた時、せめて入口だけでもむつみに見せてやろうという考えが湧いて、次のむつみの帰省の日を尋ねている。それに別の目的もあった。

むつみはしばらく考えたのちに答えた。

「じゃあ、次の日曜日に」

古都波は東京駅にむつみを迎えにいった。ボーイッシュな姿は一銀荘で見た時と同じだったが、やはり男装の麗人のようで、古都波の喉がごくりと鳴った。

むつみの帰省を待つ間に、すでに栗原七海の肖像画は完成していた。七海の大人の女性の色気とはまた違った、強烈な若さ香り立つむつみの姿はキャンバスの中には収まりそうになかった。

二人はタクシーでＳ区Ｘ町に行き、寺に挟まれた桜葉神社の前で降りた。降りる時、ちらっと眺めた神社の鳥居に何か違和感があった。

「こんなところですか？」

うなずきながら境内（けいだい）に足を運んだ古都波は、唖然（あぜん）として立ち止まった。足がかすかに震えた。井戸がなかった。

境内は平地になっていた。社務所はそのままだった。井戸があったところに立ってみても、そこに井戸があったことを感じさせるような痕跡（こんせき）すら見当たらなかった。

「どこなのですか、入口は？」

むつみがきょろきょろしながら寄ってきた。何もそれらしきところがないのを見て、古都波に疑わしそうな目を向けた。

「やられましたよ」

辛うじて古都波の口から声が出た。

「なくなっちゃいました」

大きく腕を広げながら、古都波はそこに座り込んでしまった。

しばらくして気を取り直した古都波は、むつみにもう少しつき合ってくれないかと申し出た。むつみは騙されたようで、いささか立腹している。

「どうするのです？　どこかに行くのですか？」

古都波はポケットから折りたたんだ紙を取り出して、土の上に広げた。絵図面だった。縮小してある。それでも五、六十センチ四方はある。むつみもしゃがみ込んだ。

「今いるのはここです」

古都波は絵図面の一点を指さした。

「僕は調べ尽くしました。出入口すべてをね。そして、ここと、ここと、ここのあと三カ所だけが、この東京の地下に深くに眠る通路につながっているのです。すべて井戸です。ほかの出入口はすべて潰されてしまった」

「祖父が守ろうとしたのは、この東京の地下通路なのですか？」

「これは単なる想像ですが、何かを隠していたのではないでしょうかね。旧日本軍が秘匿(ひとく)した大金塊とか」

古都波の言葉におどけたような弾みがあった。

「まあ。でもありうることだわ。私、大学に帰ってから、いろいろと調べてみました、戦争のこと。祖父が当時どう考えていたのか、本当のところはわかりません。でも地下通路も、もしかしたらあったかもしれない大金塊も、確かに使いようによっては平和利用もできるし、悪意があればいくらでも悪用できる。これが菊００号作戦だったのね」

「むつみさん。菊００号作戦って！」

「祖父の手紙に書いてありました」

古都波は自分の観察力に賞賛の拍手を送った。そして絵図面をたたんでポケットに納めて立ち上がった。ゆっくり伸びをしながら、お尻をポンポンとはらって、手をむつみのほうにさしのべた。

「行きましょう。この三つの入口を見に」

むつみは一瞬の躊躇(ためら)いののちに、手を出した。古都波の手は柔らかかった。長い指がむつみの白い手を包んでそっと引き上げた。

それから三時間、あちらこちらと動き回った二人を待っていたのは、完全な失望だけであった。二つが桜葉神社の井戸と同様に、まったくあったことすら感じさせない状態になってしまっているのを見て、もう三つ目は行く前から身体が疲れていた。

三つ目、最後の望みが絶たれた時、二人は何もする気にならず、ぼんやりとその場に佇(たたず)んでいた。

やがて古都波がむつみを見下ろしながら言った。

「僕たちは大変なことを知ってしまったのかもしれません。誰がやったのかわかりませんが、完全に封鎖されてしまった。六十年以上続いた闇の中の秘密が、また闇の中に戻された。いや、もしかしたら僕たちの知らないところで、誰かが密かに掘り返しているのかもしれませんね。今まさに、この足の下で」

古都波とむつみは、気味悪そうに足元に眼を落とした。

むつみは、祖父が歩いていたであろう東京の二重地下網に思いを馳せながら、目の前にとめどなく広がる暗い通路が続いているのを感じていた。続いているのは六十数年前に掘られた地下通路なのか、それとも決して一般の人には知られることのない、いや知られてはならない秘匿されるべき悪魔の所業なのか。

「この世の中には、我々が知ってはならないことがたくさんあるのかもしれませんね。もちろん人がなした所業でしょうが。でも同じ人間の中で、そのようなことがあってよいものでしょうか？」

「仕方がないのでしょう。誰もが同じ考えで生きているわけではありませんからね。人の心には、天使も悪魔も住んでいる。この地下通路だって、どういう考えで誰が計画したのか、そして誰がどう使うのかでどのようにでもなります。人は良心だけではありませんからね」

「誰もが、いい心だけを持っていればいいのに」

「あ、それは無理だ」

古都波は厳しい表情で言った。むつみは強く響く、無理だという言葉に、驚いて古都波の顔を見た。

「生物はね、むつみさんは習ったことがあるでしょう、DNAでできている。このDNAがつくられた過程、そしてDNAが織りなす化学反応、それからつくられる我々が生命と呼んでいる現象、これはみんな宇宙をつくっている元素に備わった性質を基盤とした必然的な現象です。それを否定することはできないんです」

何の話をしているんだ、というような怪訝な顔が古都波に向けられた。

「これらの現象は、いいとか悪いとか、人間が決めた評価の範疇(はんちゅう)を超えています。人がいいとか悪いとか言えるようなものではないんです。いいとか悪いとかは人が勝手に決めた評価です。何が基準になるかによって、その評価は変わります。生命現象、いやこの世にあるすべての現象は、どちらかだけを選ぶことはできないんです」

なんだかよくわからなかった。ちょっと妙な医師だとは思っていたが、ますますむつみは混乱してきた。

「それでも、人としてやっていいことと悪いことがあるでしょう」

「もちろんです。人を殺(あや)めてはいけないということだけは、確実に守らなければいけないことでしょう。でも、むつみさんはどう思います？　蠅(はえ)を殺したことありませんか？　蚊を叩いたことありませんか？　まあ、喩(たと)えは少し極端かもしれませんが、それって人の利益不利益だけで判断しているわけでしょう。ずいぶん勝手ですよね。彼らにとっては、急に命を絶たれて、迷惑なことだ。鯨(くじら)は哺乳類だから捕ってはいけない。そのくせ同じ哺乳類の牛はいくらでも殺して食っていいんですよね」

あ、とむつみは小さく呟いた。古都波の言いたいことが少しわかったような気がした。

「鯨でも、うまく家畜として飼育できれば、牛や豚同様、要るだけ殺して食っていいということになると思いますよ。そんな時、鯨と牛の知能を比べる人、どれくらいいるでしょうかね。所詮(しょせん)人の身勝手な判断だけでこの世をいじくっているのです」

古都波は目の前の平地になったところに視線を移して、にやりと笑った。

「仕方がありませんね、もう。誰がこの地下網をいじくったのか知りませんが、あの田尻義男や永沢冴子が絡んでいるのでしょう。もはや僕らの出る幕ではないようです」

「冴子さんからは何も言って来ません。あれほど約束したのに。なんだか悔しいわ」

「いや、それも彼女たちの我々への思いやりかもしれませんよ。下手をすると、とんでもない秘密を知った我々だって命が危ないかもしれない」

言いながら、古都波は周りを見渡した。薄気味悪くなって、ついむつみもつられてあたりを警戒する目つきになった。

「ははは。むつみさん、まあ大丈夫ですよ。これだけのことをあっという間にやってのけた連中だ。僕たちを亡き者にするなら、もうとうにやってますよ。大丈夫」

古都波はむつみを安心させるように、そして自分にも言い聞かせるように、強く言った。

「それにしても、あの女って、どのような女だったのでしょうね？　ほら、冴子という女性ですよ」

ああ、とむつみは遠い目になった。約束を違えた女性であったが、自分の命の恩人ともいえた。黒沼に襲われそうになった時、冴子の気転でむつみは助かったのだ。形勢逆転の一発であった。

「冴子さんが黒沼の死体を埋めたことはわかりました。すごい人だと思いました。だって、平然としていたのですもの」

「それにしても、ちょっと日本人離れした個性的な美人だった」

古都波の視線はむつみに向けられている。

「あ、むつみさんも、すっごく美人ですがね」

むつみは赤くなっている。

「僕は時々あの冴子という女性を思い出して考えるんですよ。僕らとは別の世界に生きる、想像もし得ないような女だったのかもしれないとね。世界平和のために、人類の平和のために宇宙のどこかから遣わされて、人類が歪めてしまったこの地上に舞い降りた天使なんじゃないかとね」

前後左右上下まったくの闇であった。その中を丸い光がぶるぶると震えながら、そろそろと進んでいく。

やがて闇の中に大きな声があがった。光がところを定めないように、あちらこちらと動き回った。

そこはこれまでの通路のような狭い空間とは異なり、比較的天井も高く、部屋のようであった。沁(し)み出した地下水が、分厚いコンクリートを六十数年の歳月をかけて浸食したところは、ひび割れのようになって、光を弾き返していた。

井戸に入ってから何日が経ったのかわからなかった。

迷い込んだ影は頭が完全に混乱して、死の恐怖にさいなまれながらも、少しずつ進んでいた。新しい光景が目の前に展開されても、もはやそれは感動ではなく、ただ恐怖を増しただけであった。

すぐ傍(かたわ)らで、かつて地下壕で強制的に働かされた人々の屍蠟(しろう)化した虚(うつ)ろな目が、ぼんやりと光を反射したのを影は知らない。コツンと蹴飛ばしたものが人骨であったことも知らない。

頭上には大東京の街の繁栄が広がっているはずであった。

その時影は何かにつまずいて、力なく倒れ込んだ。倒れたところについた手の感触が妙で、そこに電灯の光が当てられた。

金色の光がちかりと目を射た。金塊だった。それが黄金の山であることに気づくまでには、少しばかり時間が必要だった。表面がくすんではいるものの、いくつもの金塊が積み上げられていた。

ぼんやりと大金塊を見つめる目に、涙が溢れた。唇がにーっと上がったかと思うと、またすすり泣くような音が漏れた。影は金塊を抱くように崩れ落ちた。

やがて、手から転がり落ちて床を弱々しく照らしていた懐中電灯の光も、最後に一瞬明るく輝いたあと、静かに消えていった。

長い闇が再び訪れた。

今日も轟音(ごうおん)をたてて、地下鉄が人を運ぶ。さらに地中奥深く、動かない時間を封じ込めた空間が蜘蛛のような手を広げて眠っていることを、人々は知らない。

終章　新型ウイルス

二年後のワシントンＤＣ郊外。伝染性微生物研究所は、また騒がしくなっていた。

「妙です。細菌が無毒化しました。遺伝子変異が、どうやら細菌７３１を人類にはまったく毒性のないものに変えてしまったようです」

研究員がデータを示しながら説明を続けた。

「無毒化の予測はまったく立ててはおりませんでした」

「そうすると、これ以上の脅威はなくなったと」

「日本に蓄積されている細菌も、いずれ同じ運命を辿ることでしょう」

一人の研究員が飛び込んできた。血相を変えている。

「大変です。ウイルスの発生です」

「ウイルス？　何のことだ。今は細菌７３１の話をしている」

「その７３１からウイルスが発生したのです。細菌７３１は７６２となったところで、無毒化してしまいました。どうして無毒化したかわかりますか？　細菌の遺伝子の中で、毒性を示す部分を中心に切りだされてしまったのです。つまり、毒性を示す遺伝子を完全な形で備えた新型ウイルスが発生したことになります」

　人々は顔色を失った。

「早く抗体を作れ」

「それが、できないのです。ＲＮＡウイルスです」

　所長がはっとしたように叫んだ。

「研究室は封鎖したのだろうな」

「焼却中です。研究員が二人、犠牲になりました」

　人々の安堵の吐息が漏れた。人の死より、自分の生だ。

　新型ウイルス発生を報告した研究員が、大きく身体を震わせながら、小さく声を発した。

「あのう……私も感染したかも……」

　その声が終わるか終わらないうちに、伝染性微生物研究所員全員が急激な体温の上昇を感じた。

　目の前の同僚が炎をあげ始めたのに気づいた時、全員の意識が途絶えた。


（完）

本作品は当文庫のための書き下ろしです。なお、
登場する人物・団体は実在のものではありません。

霧村悠康（きりむら・ゆうこう）
一九五三年、奈良県に生まれる。私立灘高校、大阪大学医学部を卒業。大阪大学微生物病研究所附属病院、大阪大学医学部附属病院で腫瘍外科の臨床医として活躍しながら、腫瘍免疫学および生命科学に関する基礎研究論文を数多く発表。宇宙、生命、進化、再生医療など、脳内思考を止めることがない。現在、大手製薬会社メディカルアドヴァイザー兼勤務医。
著書には『瘢痕』『摘出』『昏睡』『細菌感染』、『透白の殺意』（ぶんか社文庫）、『死の点滴』（二見文庫）、『脳内出血』（だいわ文庫）などがある。

だいわ文庫

細菌No.731

著者　霧村悠康

二〇〇九年三月一五日第一刷発行
二〇〇九年四月一〇日第二刷発行

発行者　南　暁
発行所　大和書房
東京都文京区関口一－三三－四　〒一一二－〇〇一四
電話　〇三－三二〇三－四五一一
振替　〇〇一六〇－九－六四二二七

ブックデザイン　鈴木成一デザイン室
タイポグラフィ　平澤智正＋小泉　均
装画　サイトウユウスケ
本文印刷　慶昌堂印刷
カバー印刷　山一印刷
製本　ナショナル製本

ISBN978-4-479-30227-8
乱丁本・落丁本はお取り替えいたします。
http://www.daiwashobo.co.jp

だいわ文庫の好評既刊

＊MOONKS
JAZZとびっくり新定盤500＋500
ジャズは世界中で進化している！一九七四〜二〇〇七年の「新定盤」五〇〇枚＋関連作品五〇〇枚を掲載した全く新しい名盤ガイド!!
980円
74-1 F

＊保阪正康
これだけは知っておきたい昭和史の基礎の基礎
戦争、平和、勝利、敗戦、占領、被占領、餓死、飽食……。あまりにも多くのことがありすぎた時代を読み解く昭和史入門の決定版！
680円
75-1 H

＊坂井三郎
わが零戦の栄光と悲劇
ガダルカナルで奇跡の生還を遂げた撃墜王坂井三郎。愛機零戦とともに闘い抜いた勇姿が鮮やかに甦る！　不滅の自著、待望の文庫化。
780円
76-1 H

金子純子
本間日呂志 写真
MOMO café レシピBook
トマトのキッシュ、カフェオレのマフィン、はちみつケーキ、魚のサラダ……。モモカフェの美味しいシンプル料理を楽しくつくる本。
680円
77-1 A

＊金子純子
本間日呂志 写真
MOMO café 手づくりBook
モモカフェのかわいいグッズは、自分で使えば毎日が楽しく、誰かにプレゼントするにも最高。そんなグッズを簡単に手づくりする本。
680円
77-2 A

＊堀木れい子
色の奇跡（ミラクル）
大発見！　誰にでも自分にミラクルを起こす色がある！　色の世界を極めた著者が「色カード」テストで、色からの伝言を伝えます！
600円
78-1 B

＊印は書き下ろし、オリジナル、新編集

定価は税込み（5%）です。定価は変更することがあります。

だいわ文庫の好評既刊

*深堀真由美
朝ヨガ 夜ヨガ
たちまち美肌ダイエット
ハリのある肌も、バストアップも、きれいなヒップラインも、セルライトのない脚も思いのまま。やせる体質、きれい体質になる本！
600円 81-1 A

*深堀真由美
1日5ポーズ ダイエット&
きれいヨガhandbook
1日5ポーズやるだけ！ 初公開の「深堀式ダイエットコース」「深堀式きれい体質コース」でラクラク美体に！ ヨガで心身万全！
600円 81-2 A

*土屋敦
なんたって豚の角煮
極上&簡単レシピ
ウェブで人気ナンバーワンの豚の角煮。新進料理研究家が挑戦する垂涎レシピ！ 豚肉の旨みを最大限に引き出す至福の角煮とは！
780円 82-1 A

*末永蒼生
色の力 色の心理
感情を喚起する赤、悲しみを癒す青……。色にはそれぞれ力がある。言葉にできない思いや忘れていた記憶にも、色が力を発揮する！
680円 83-1 B

*楠戸義昭
大奥炎上
江戸城の女たち
将軍の世継ぎは慶喜か家定か、慶喜か家茂か。幕末の大奥で女の戦いが繰り広げられた。篤姫、本寿院、瀧山、和宮らはどう生きたのか。
740円 84-1 H

*遠藤喨及
気心道
タオ療法の秘力
世界から「奇跡の手」といわれる著者が、体内の邪気を排出し、心身を癒し、好転させる「気の実践法」を公開。人生に加速がつく本。
650円 85-1 C

*印は書き下ろし、オリジナル、新編集

定価は税込み（5%）です。定価は変更することがあります。

だいわ文庫の好評既刊

＊佳川奈未
今日からお金持ちになれる！ハッピー生活術
財布☆金庫☆通帳 三種の神器で金運を呼び込む！
お金は稼ぐものではなく、呼び込むもの。頑張っているのにお金がたまらない人、必読！お金持ちはみんなしている「生活術」があった。
580円 90-1 D

＊藤原ようこ
夜の凹（へこ）み本
366のココロの風船
夜ごとページを開いて、言葉の魔法にかかる……悩みも迷いもイライラも、不思議に消えていく！ 凹んだ心が、やさしく凸みます！
600円 91-1 D

＊猪野健治
山口組永続進化論
変貌する4万人軍団のカネ・ヒト・組織力
危機をバネに伸張し続ける山口組。その力の源泉に迫り、巨大組織の実像を浮き彫りにする。進化するやくざはすべて武闘派である！
800円 92-1 H

＊星亮一
偽（いつわ）りの明治維新
会津戊辰戦争の真実
勝者が作った歴史は正史ではない。天皇を利用して戦争を始めた薩長が官軍で、尽忠報国の会津が賊軍となった歴史の交差を紐解く！
740円 93-1 H

＊星亮一
偽（いつわ）りの日米開戦
なぜ、勝てない戦争に突入したのか
満州事変、日中戦争、無責任な日本軍幹部。勝てないとわかっていながら開戦に至った理由とは？ 知られざる歴史の闇が明らかに！
740円 93-2 H

＊早乙女貢
戦国秘曲 信虎と女
武田信虎は意外にも機知に富み、多くの武将や女たちに愛されていた。その信虎がいかにしてわが子をも敵に回すような鬼となったか。
980円 94-1 I

＊印は書き下ろし、オリジナル、新編集

定価は税込み（5%）です。定価は変更することがあります。

だいわ文庫の好評既刊

＊早乙女貢
戦国秘曲　信玄と女
宿敵・上杉謙信をはじめ戦国武将たちとの壮絶なる戦の日々。女たちの情も顧みず天下を治める野望に生きた信玄の哀切に満ちた最期。
980円
94-2 I

＊渡辺佳子
朝1分できれいになる即効リンパマッサージ
ベッドでの1分、鏡の前での1分、通勤途中の1分でできる美顔ケア、美脚ケアなど、効果抜群の極上のビューティメニュー満載！
600円
95-1 A

＊渡辺佳子
1分リンパダイエット
リンパマッサージで気持ちよくやせる
おなかやせ1分、脚やせ1分、顔やせ1分！裏切らないダイエットで別の体、新しい自分に！　自分の手だけで太らない体になる本！
630円
95-2 A

＊渡辺佳子
カラダ年齢20代！1分アンチエイジングダイエット
ベストな体重をキープし、スリムなボディラインでいるための経絡リンパマッサージ！エイジングSTOPのミラクルパワー全開！
630円
95-3 A

＊藤沢あゆみ
恋9
恋はタイミングが9割
もてる女の子とそうではない女の子の違いはタイミングを読めるか読めないかだけ。タイミングを制して恋愛を制するテクニック満載。
580円
96-1 D

＊和田裕美
和田裕美の人に好かれる話し方
愛されキャラで人生が変わる！
世界No.2のセールスレディーが明かす究極のコミュニケーション会話術。話すより聞くのが会話の第一歩。もう話すのは怖くない！
600円
97-1 E

＊印は書き下ろし、オリジナル、新編集

定価は税込み（5%）です。定価は変更することがあります。

だいわ文庫の好評既刊

*早見俊
闇御庭番
江戸城御駕籠台（えどじょうおかごだい）
天保の改革の時代、水野忠邦、鳥居耀蔵と闘う闇御庭番がいた！　菅沼外記たち闇御庭番と犬一匹が世直しに疾る。シリーズ第一弾！
680円
98-1 I

*早見俊
闇御庭番
天保三方領知替（てんぽうさんぽうりょうちがえ）
水野・鳥居の横暴「三方領知替」を阻止せんとする闇御庭番菅沼外記。庄内藩の命運を懸けた謎の黒鍬者との死闘!!　シリーズ第二弾！
680円
98-2 I

*早見俊
闇御庭番
妖怪南町奉行（ようかいみなみまちぶぎょう）
「世直し番」を騙る同心連続殺人事件が発生。事件の裏で水野、鳥居による南町奉行失脚の陰謀が密かに進んでいた。シリーズ第三弾！
680円
98-3 I

*早見俊
闇御庭番
密謀奢侈禁止令（みつぼうしゃしきんしれい）
老中水野の奢侈禁止令で進む大名家改易と鳥居の奸計。大塩平八郎の密書を巡る謀略に闇御庭番外記が立ち向かう。シリーズ第四弾！
680円
98-4 I

*早見俊
闇御庭番
春画氾濫遠山景元（しゅんがはんらんとおやまかげもと）
内憂外患の江戸でせめぎ合う妖怪奉行の謀略と名奉行の知略。張り巡らされた陰謀の網の目を外記が吹き飛ばす！　シリーズ第五弾！
680円
98-5 I

*あおぞらきりん
3分でわかる運のちから
人気ブログ「運の達人1000人に学ぶ今日の秘訣」から、あの成功者たちがおこなっていた運の力アップの法則を選りすぐりで。
580円
99-1 D

*印は書き下ろし、オリジナル、新編集

定価は税込み（5%）です。定価は変更することがあります。

だいわ文庫の好評既刊

松永伍一
老いの品格
木々の声に耳を傾け、書や骨董に目をやり、感受性を大切にする。「戒老」から「快老」へ、理想の老いを過ごすための詩人の流儀。
680円
100-1 D

*樋口裕一 編著
クラシック名曲名盤独断ガイド
ベスト3&ワースト1
音楽を自腹で愛する最強の〝クラシック狂〟7人が、名曲150曲のベスト3&ワースト1を独断で選出！　ズバリ本音の辛口ガイド！
945円
101-1 F

*村咲数馬
嘘屋絵師
国芳(くによし)必殺絵巻流し
鬼才絵師・歌川国芳の絵筆に隠された仕込み針が炸裂！　白州で裁けぬ数々の悪行を裏で裁く「嘘屋」が暗躍！　シリーズ第一弾！
680円
102-1 I

*村咲数馬
嘘屋絵師
鶴寿(かくじゅ)必殺狂歌送り
嘘屋の元締・鶴寿に老中・水野忠成暗殺の密命が下る。鶴寿はじめ国芳、金四郎の前に不穏な闇が忍び寄る！　シリーズ第二弾！
680円
102-2 I

*村咲数馬
嘘屋絵師
金四郎必殺大刀返し
闇で悪を裁く嘘屋の前に背中に宮本武蔵の下絵を描いてほしいという花魁が出現……黒い罠が嘘屋に襲いかかる！　シリーズ第三弾！
680円
102-3 I

*古後匡子
やさしい重曹生活！
ecoで安心、きれいです
地球にも人にもやさしい重曹。掃除、洗濯、バスタイム、赤ちゃん、ペットにも使えます。「ナチュラルきれい」の暮らし術79レシピ！
600円
103-1 A

*印は書き下ろし、オリジナル、新編集

定価は税込み（5%）です。定価は変更することがあります。

だいわ文庫の好評既刊

＊近藤誠
名医の「有害な治療」「死を早める手術」
患者が知らない医の本音
「なんとかなるかも」で始める治療！「名医のカン」が危ない！　これでいいのか、日本の医療！　名医が本音・本気で大激論！
880円
104-1 C

和田秀樹
「勉強が大好きな子」に育てる本
学力を伸ばす17の法則
少しの心がけで子どもの学力は上がる！　灘高から現役で東大医学部に合格した受験指導のプロが掲げる「和田式勉強法」を大公開！
580円
105-1 D

＊造事務所
関真興 監修
図解 宗教戦争でよくわかる世界の歴史
世界の歴史は戦争の歴史。宗教戦争を軸に古代から現代に至る二千年を振り返ることで、複雑な宗教も壮大な世界史も一気にわかる！
740円
106-1 H

＊渡辺雄二
食べてはいけない添加物 食べてもいい添加物
いまからでも間に合う安全な食べ方
〝食品〟ではない食品添加物の何が危険で何が安全か。毎日食べている添加物を食品別・危険度付きで解説。食品不安の時代に必携！
735円
107-1 A

飯田剛
銀座プロスカウトマンが教える「いい女」の秘密
どんな女が男心をそそるのか？
モテる女、愛される女になる、すごい方法！　銀座のスゴ腕が明かす、女を磨く効果抜群の裏技！　この本で、「いい女」度、急上昇！
600円
108-1 D

橋田壽賀子
ひとりが、いちばん！
頼らず、期待せず、ワガママに
日常はシンプルに、義理のおつきあいはなし、無理せず気楽に暮らす秘訣が満載！「ひとり」をどうたのしく生きるかに、名回答！
600円
109-1 D

＊印は書き下ろし、オリジナル、新編集

定価は税込み（5%）です。定価は変更することがあります。

だいわ文庫の好評既刊

*百瀬しのぶ 森下直 関えり香 脚本
フルスイング 下
わずか一年でガンに倒れた彼が、卒業生への贈り物となった最後の授業で伝えたかったものは何か。氣力を込めてフルスイングする！
680円 114-2 I

*山本弘人
「薬と食品」毒になる食べ合わせがわかる本
「アスピリン＋奈良漬け＝胃潰瘍」「水虫薬＋ベーコン＝肝臓障害」……危険な副作用の食べ合わせ、知らなかったではすまされない！
680円 115-1 A

*泉秀樹
大江戸 富者と貧者のなるほど経済学
現代にも似た「大江戸」で生きるさまざまな階層の暮らしぶりを「経済」という視点で紹介。金持ちと庶民それぞれのサバイバル術！
600円 116-1 H

藤田徳人 上原英範 共著
〝ちょっとした一言〟でわかる恋愛心理
素直に喜んでいい一言、警戒が必要な一言、二通りに捉えられる一言など、男心がわかり、恋愛に勝てる「圧倒的な知恵」を授けます！
580円 117-1 B

*霧村悠康
脳内出血
大学病院という迷路で医師は倫理を捨ててしまったのか――。現役の医師としても活躍する著者だから書ける衝撃の医療ミステリー！
780円 118-1 I

*霧村悠康
細菌No.731
S中央公園のホームレスが三人、連続して死亡した。自然死に見えたが、血液データには異常があった。まさか新種の細菌なのか――。
780円 118-2 I

*印は書き下ろし、オリジナル、新編集

定価は税込み（5%）です。定価は変更することがあります。